ANDREAS SCHRÖFL
Weißbier-Requiem

EIN SUD zum Mord »Schuld an der ganzen Misere war eigentlich sein Schwager, der Hannes, der mit dieser hirnrissigen Idee dahergekommen ist, seinem Bekannten, dem Haslinger Konrad, mit dem ersten Sud an diesem Eröffnungswochenende zu helfen.« Alfred Sanktjohanser, der Sanktus, lässt sich überreden im Bier-Wellnesshotel »Holledauer Hof« zu brauen. Doch als der Sanktus früh am Morgen seinem Freund, dem Drengler, zum Hotelpool folgt, da er vermutet, dass dieser nach deutscher Manier Liegen mit Handtüchern besetzt, entdeckt er die Leiche des Hotelbesitzers Haslinger, die im Wasser treibt und kurz darauf, als die örtliche Polizei eintrifft, wieder verschwunden ist. Um zu beweisen, dass er nicht verrückt ist, macht sich der Sanktus mit seinem Freund Graffiti auf die Suche nach dem Toten und dem Mörder. Die Auswahl an Verdächtigen ist erdrückend, da sich herausstellt, dass eigentlich alle Ehrengäste eine Rechnung mit Haslinger offen hatten. Die Spuren führen Jahre zurück auf das Oktoberfest, ins Münchner Erotikmilieu und bis zum Balkankrieg. Niedertracht, Hass und Missgunst lassen den Sanktus verzweifeln.

Andreas Schröfl, 1975 in München geboren und aufgewachsen, erlernte das Handwerk des Brauers und Mälzers in einer Münchner Großbrauerei. Anschließend studierte er an der Universität Weihenstephan und arbeitete fünf Jahre als Braumeister in einer bayerischen Brauerei. Andreas Schröfl lebt mit seiner Familie in einem Dorf am Rande der Hallertau. Die Sanktus-Bier- und München-Krimis vereinigen seine Liebe zum Beruf, die Verbundenheit mit München und der bayerischen Tradition sowie seine langjährige Leidenschaft für Kriminalromane.

Bisherige Veröffentlichungen im Gmeiner-Verlag:
Hopfenkiller (2018)
Schlachtsaison (2017)
Altherrenjagd (2016)
Brauerehre (2015)

© Max Werkmeister

ANDREAS SCHRÖFL
Weißbier-Requiem

Der »Sanktus« muss ermitteln

GMEINER

Immer informiert

Spannung pur – mit unserem Newsletter informieren wir Sie
regelmäßig über Wissenswertes aus unserer Bücherwelt.

Gefällt mir!

Facebook: @Gmeiner.Verlag
Instagram: @gmeinerverlag
Twitter: @GmeinerVerlag

MIX
Papier aus verantwor-
tungsvollen Quellen
FSC® C083411

Besuchen Sie uns im Internet:
www.gmeiner-verlag.de

© 2020 – Gmeiner-Verlag GmbH
Im Ehnried 5, 88605 Meßkirch
Telefon 0 75 75 / 20 95 - 0
info@gmeiner-verlag.de
Alle Rechte vorbehalten
1. Auflage 2020

Lektorat: Claudia Senghaas, Kirchardt
Herstellung: Mirjam Hecht
Umschlaggestaltung: U.O.R.G. Lutz Eberle, Stuttgart
unter Verwendung eines Fotos von: © b-fruchten / photocase.de
und © MarkusL / stock.adobe.com
Druck: CPI books GmbH, Leck
Printed in Germany
ISBN 978-3-8392-2602-5

Der Mensch ist eine Sau!
Aber niemand hat jemals eine Sau gesehen,
die die hinterfotzigen Charaktereigenschaften des Menschen besitzt.

PERSONENVERZEICHNIS

Alfred Sanktjohanser, der »Sanktus«, *Bierbrauer und Hobbydetektiv*

Familie:
Kathi, *seine Frau, Programmiererin, ruhender Gegenpol zu ihrem Mann*
Martina, *Kathis Tochter, schwierig, da in der Pubertät*
Schorschi, *Sanktus' und Kathis Sohn, der einzig Vernünftige*
Anna, *Sanktus' große Schwester und Mutterersatz*
Jean-Pierre, »Hannes«, *ihr Lebensgefährte, Autohändler, zünftig, trinkfreudig*
Der alte Sanktjohanser, *Sanktus' Vater, Familienoberhaupt, oft anstrengend*

Sanktus' Freunde und Ermittler:
Quirin Himsl, der »Graffiti«, *Sanktus' Jugendfreund und zwielichtiger Geschäftsmann, sehr gutaussehend, Bazi*
Dr. Jens Engler, der »Drengler«, *Steuerberater und Bekannter, Preuße, Schicki-Micki und Gschaftlhuber*
Ulrike, *seine Frau, muss viel mit Jens aushalten*
Betty-Lou, *deren Tochter, Fan von Rita Koslowski*
Bhuphinder Singh, *Inder, Wirt und Koch im Stammlokal »Neue Kirche«, katastrophaler Autofahrer*

Ashwini, *seine Nichte, Bedienung in der »Neuen Kirche«, trägt Sari, Schönheit*

Im Bier-Wellnesshotel:
Oskar »Sipp« Haslinger, *Hotelbesitzer, typisch bayerische Erscheinung*
Annette, *seine Frau, gutaussehend, durchtrieben*
Jessica, *deren Tochter, Kopie der Mutter*
Tom, *deren Sohn, nervös, Kokser*
Theres, *Haslingers Tante, rigoros*
Daniela Meierhofer, *Reporterin bei der »Müncher Morgenpost«, quirlig, hübsch*
Thumann, der »Thupsi«, *Wirt des Bärenbräuzelts, nervös, sieht aus wie ein Walross*
Marion und Hartl Altenberger, *Wiesnwirte, Spitznamen: Marianne und Michael*
Anneliese Grünmandl, *Wiesnchefin, für ihr Alter gutaussehend und dynamisch*
Cecilia »Cilli« Meier, *ihre Begleitung, altmodisch*
Amadeus Hoffmann, *Mitarbeiter beim Finanzier des Hotels, blasse Erscheinung*
Anja Hoffmann, *seine Frau, sehr anziehend, sieht aus wie Barbara Carrera*
Sebastian Jordan, *Schankkellner bei Haslinger, mürrisch*
Olivia Rubenbauer, *Tochter des Vorbesitzers von Haslingers Wurstbraterei auf dem Oktoberfest, alternativ angehaucht*
Pater Josephus, *alter Freund der Familie Haslinger, sympathisch*

Die Polizei:

Bine Schranner, *amtierende Kommissarin, hat alles im Griff*

Hans Bichlmaier, der »Bichä«, *Kommissar im Kranken-stand, mag nicht mehr*

Rudi Bergmann, *Franke, alter Freund von Sanktus, Pfunds-kerl*

Weitere:

Rita Koslowski, *Moderatorin, bekannt aus Funk und Fern-sehen*

Helga von Dorn, *Bekannte von Olivia Rubenbauer, dürr, ausgemergelt*

Pater Božidar, *Jugendfreund von Sanktus, verhinderter Advokat*

VORHER

Die südländisch aussehende Frau blickte dem Mann stoisch in seine lüstern funkelnden Augen. Ihre Worte erinnerten an das Zischen einer Schlange.

Fass mich nicht an!

Warst doch früher ned so. Komm her und zier dich ned, Mausi.

Einen Schritt näher und ich bring dich um, du Arschloch.

Tu das Messer weg. Du schneidst dich bloß aus Versehen. Schöner Zufall, dich hier wiederzutreffen. Wie lange ist das jetzt wohl her?

Fast 25 Jahre. Ich hätte drauf verzichten können.

Was willst denn dann von mir?

Die Adresse!

Welche Adresse?

Du weißt genau, welche Adresse ich meine. Stell dich nicht dümmer, als du bist. Ich will *ihre* Adresse.

Ja, sie schau an! Das kannst vergessen.

Dann muss ich wohl der Presse etwas von deinen Machenschaften erzählen. Deinen sexuellen Vorlieben. Deinen Geschäften. Deinen dunklen Seiten. Was denkst du?

Da redet die Richtige. Du kannst mich nicht erpressen. Du nicht. Wer im Glashaus sitzt, der muss im Keller scheißen, ned wahr?

Was verlangst du?

Das weißt du ganz genau.

Er näherte sich der Frau und begann, ihre Brüste zu massieren. Sie hatte verstanden. Sie öffnete seine Hose, zog sein Glied heraus und begann, es zu liebkosen. Kurz bevor er kam, hielt sie seinen Penis fest in ihrer Hand, zückte ihr Messer erneut und hielt es gegen die Peniswurzel. Der Mann nannte nun der Frau schwitzend und stotternd die gewünschte Adresse. Lächelnd kniete sie sich vor ihn hin und vollendete ihr Werk mit dem Mund. Jedoch nicht, ohne das Messer zu entfernen.

DONNERSTAG, IRGENDWO IM MÜNCHNER SOMMER – SAU TOT

Die gutaussehende blonde Frau war dermaßen erregt, dass sie es vor Zittern kaum noch schaffte, den Schlüssel in das Haustürschloss zu stecken. Maria, ihre schlanke, südländisch wirkende Begleitung, schien ihr etwas zu schüchtern, doch sie hoffte, in ihr heute noch ein Feuerwerk entfachen zu können. Ihr Herz raste, ihr Schritt brannte vor Verlangen, und ihr Slip war bereits völlig durchnässt. Während sie mit einer Hand versuchte, das Schloss zu öffnen, drückte sie ihre Errungenschaft mit der anderen gegen die

Haustür und küsste sie leidenschaftlich. Maria erwiderte den Kuss noch zögerlich.

Endlich war die Tür offen und sie schob ihre Partnerin die Treppe hinauf ins Schlafzimmer. Sie warf sich, vor sexueller Vorfreude jauchzend, auf das japanische Futonbett. Schnell zog sie sich aus, wobei sie Maria keine Sekunde aus den Augen ließ. Auf diesen Typ Frau hatte sie seit Jahren gewartet. Diese sexuelle Ausstrahlung, dieser Körper, diese Naivität. Sie war so unverdorben. Ein Rohdiamant. Maria musste ungefähr genauso alt wie sie selbst sein, doch sie würde sie formen, sie zu ihrer Sexsklavin ausbilden, ihre Mentorin, ihre Herrin sein. Jetzt zog sie auch Maria die Kleidung aus und betrachtete sie. Ein Schauer der Begierde überkam sie erneut. Lachend lehnte sie sich zurück und fuhr der erschrockenen Frau mit ihren nackten Füßen über die Brust. Das Bild ihrer eigenen schlanken, muskulösen Beine, der bordeauxfarben lackierten Nägel ihrer Zehen, die die dunklen Brustwarzen massierten, turnte sie noch mehr an. Maria sah ihr nun fest in die Augen, fing zögerlich an, ihre Beine, von den Unterschenkeln an aufwärts, zu küssen. Ihr Herz begann zu rasen, als sich Maria auf sie legte und ihre Brüste und die etwas zu üppig geratenen Lippen zärtlich mit den ihren liebkoste. Sie sah Maria in ihre fast schwarzen Augen und glaubte, unendliches Verlangen darin entdecken zu können. Sie konnte ihre Nippel auf den eigenen fühlen. Endlich spürte sie, wie sie Marias feingliedrige Finger an ihrer intimsten Stelle streichelten. Das würde den ersten Orgasmus des Abends auslösen und weitere würden folgen. Ganz sicher. Sie wollte die junge Frau mit ihren Armen umschlingen, doch die band nun ihre Hände mit einem Seidentuch zusammen an das Bettgestell. So eine bist du, dachte sie. Wohl doch nicht so roh, dieser Diamant. Bis zum Äußersten erregt, lag sie nun mit gefesselten Händen über ihrem Kopf da und ließ sich mit den Fingern liebkosen, wobei Maria mit dem Mund an ihren Brustwarzen sog. Sie spürte, wie sich der Druck des Orgasmus immer stärker aufbaute, und genoss, das Becken kreisend, das aufkommende Zittern. Endlich durchfuhren sie kurze Blitze der Erleichterung, und sie fühlte sich unendlich frei.

Umso härter traf es sie, aus heiterem Himmel ein Kissen auf ihrem Gesicht zu spüren. Sie rang nach Luft, versuchte, ihre Hände freizubekommen. Die Atemnot wurde immer stärker, bunte Lichter tanzten vor ihren Augen. Sie versuchte, Maria mit Tritten ihrer Beine und Zuckungen ihres ganzen Körpers von sich wegzuschlagen. Ihr Kopf drohte zu zerspringen. Kurz darauf verlor sie das Bewusstsein.

Sau tot!

AM SELBEN TAG, JOHANNISPLATZ –
ALSO, WIR SIND FERTIG

Jetzt wenn du meinst, der Sanktus ist nur in den Kurzurlaub gefahren, um zu beweisen, dass er auch außerhalb Münchens eine Leiche finden kann, bist du falsch unterwegs. Weil erstens hat er ja seinerzeit den toten Kübrich in Berg am Starnberger See, also außerhalb der Landeshauptstadt, entdeckt, und zweitens hat er es seit all dem Tod und Mordswahnsinn des Hopfenkillers eigentlich nicht mehr darauf angelegt. Wäre er ja auch fast dabei draufgegangen, der Sanktus, wie du weißt.

Schuld an der ganzen Misere war eigentlich sein Schwager, der Hannes, der mit dieser hirnrissigen Idee dahergekommen ist, seinem Bekannten, dem Haslinger Konrad, mit dem ersten Sud an diesem Eröffnungswochenende zu helfen. Der Haslinger hat nämlich ein großes Wirtshaus in München und eine Wurstbraterei auf der Wiesn gehabt, musst du wissen. War ihm aber noch nicht genug, diesem Ruach, also macht er jetzt ein Bier- und Wellnesshotel mitten im Hopfenanbaugebiet, also in der Holledau, auf. So mit Hopfenaromatherapie und so weiter. Dazu zukünftig Bier aus der hauseigenen Brauerei und Bio-Hopfengarten. Aber was hilft dir die schönste Brauerei, wenn dir der Braumeister vor dem ersten Sud auf und davon läuft? Richtig! Gar nix. Und da ist der Hannes auf den Sanktus gekommen, weil der sich mit so etwas auskennt, wegen gelernter Brauer und Bierwerkel. Belohnung quasi ein verlängertes

Wochenende für die ganze Familie, all inclusive, samt Wellnessanwendungen für die Damen.

Die eine der Damen, also die Kathi, war natürlich gleich Feuer und Flamme, weil erster Urlaub seit Ewigkeiten, und sie und die Kinder wären eh mehr als urlaubsreif. Und so hat der Sanktus widerwillig klein beigeben müssen. Selbst ein Auto hat ihnen der Hannes, da ja Besitzer des Autohauses Meierhofer, zur Verfügung stellen wollen, und so war dann wirklich kein Ausweg mehr für den Sanktus offen.

Er hat eigentlich überhaupt keinen Bock gehabt, in dieses Bier-Wellnesshotel zu fahren, denn A hat er sich nichts drunter vorstellen können, und B hat er sich gedacht, dass der Schickimicki-Faktor bei so einer Eröffnung immens sein würde. Und Schickis für den Sanktus rotes Tuch, weißt ja eh. Der Hannes ist ihm zwar inzwischen sympathisch gewesen, aber er und die Anna haben da so Bekanntschaften unter den Münchner Promis gehabt, die es dem Sanktus die Zehennägel aufstehen haben lassen. Und der Haslinger hat definitiv dazugehört.

Selbst seine Angst, dass der Hanspeter alleine in der Bierwerkel, ihrem gemeinsamen Craft-Bier-Laden mit hauseigener Mikrobrauerei, im Sommer untergehen werde, hatte die Kathi mit der Sommerflaute während der Urlaubszeit abgetan, und der Sanktus hatte somit endgültig verloren.

Wo der Sanktus dann seine Schwester, die Anna, fast umgebracht hätte, war, als sie den Vorschlag gemacht hat, ihren Vater, also den alten Sanktjohanser, den Sanktä, auch mitzunehmen. Die Kinder jedoch happy, die Kathi großzügige Zustimmung, und der Sanktus Verzweiflung praktisch kein Ausdruck.

Aber das war alles nichts gegen den Tag der Abreise. Klassiker. Wart's ab!

Schon am Vortag hat der Sanktus schwarzgesehen, denn er und der Schorschi hatten ihr Gepäck bereits seit langem hergerichtet, da war von der Kathi und der Martina noch nicht die leiseste Spur einer Aktion in Richtung »Ich packe meinen Koffer« erkennbar. Nur herumgewuselt sind sie, dass du meinen kannst, ein Bienenschwarm ist in der Wohnung. Aber dass einmal irgendwo ein Wäschestapel oder Ähnliches am Entstehen gewesen wäre, praktisch totale Fehlanzeige.

Der Sanktus hat den Schorschi um acht Uhr ins Bett gebracht, hat seine Sachen und die des Buben in eine Sporttasche geworfen und sie der Kathi demonstrativ vor die Nase gestellt.

»Also, wir sind fertig. Wie schaut's bei euch aus?«, hat er sich noch zu fragen getraut, und dann hat er bei dem verschnupften Gesicht von der Kathi schon grinsen müssen.

»Weißt du eigentlich, was ich noch alles erledigen hab müssen?«, hat die Kathi ihn angeschnauzt.

»Nein«, hat der Sanktus abgewinkt. »Weiß ich ned. Und will ich auch gar ned wissen. Morgen um zehn ist auf jeden Fall Abfahrt. Ob du alles erledigt hast oder nicht. Guad Nacht, Frau Sanktjohanser.«

Dann hat er ihr ein Bussi auf den Mund gedrückt, ihr einen Klaps auf den Hintern gegeben und ist ins Bett.

Frau Sanktjohanser? Ja, da hast du richtig gehört. Der Sanktus hatte sich dann doch irgendwann durchgerungen und der Kathi einen Antrag gemacht. Mister Romantik quasi in Person, kannst du dir ja wahrscheinlich vorstellen, aber die Kathi hatte angenommen, und somit war der Sanktus ein verheirateter Mann. Die Geschichte vom Antrag und der Hochzeitsfeier an sich ist schon ein eigener Kriminalroman, würde jetzt aber zu weit führen. Nur so viel sei gesagt: Die Flitterwochen waren für den Herbst geplant, und so war der jetzige Kurztrip ein prima Testballon.

Wie der Sanktus so entspannt in seinem Kissen gedöst hat, hat er die beiden Damen in der Wohnung rumoren und ab und zu streiten hören können. Die würden sicherlich noch bis Mitternacht brauchen, bis sie ihre Kosmetiktaschen, Sportutensilien und ihren gesamten Weiber-Krimskrams gepackt haben würden. Gott sei Dank waren er und der Bub schon fertig.

Der Sanktus jetzt ein Lächeln auf den Lippen.

Er ist kurz darauf in tiefen Schlaf gefallen, weil total ausgelaugt von den ausufernden Vorbereitungen, also der der weiblichen Familienmitglieder. Jedoch für einen Mann zusehenderweise trotzdem anstrengend. Logisch, weil emotionale Belastung.

Als die Kathi ein paar Minuten nach eins ins Bett gekommen ist, ist der Sanktus kurz aufgewacht.

»So! Endlich ist die gnä’ Frau auch fertig«, hat sie geschimpft und sich deutlich erschöpft in das gemeinsame Bett fallen lassen.

Der Sanktus hat wieder gegrinst, hat sich umgedreht und zu schnarchen begonnen. Dass die Kathi ihn mit einem mörderischen Blick bedacht hat, hat er nicht mehr bemerkt und zu träumen angefangen.

Ferien! Und endlich einmal wegfahren. Das erste Mal in seinem Leben. Jugoslawien. Der kleine Fredi ist aufgeregt, dass

es der Sau graust. Noch nie war er für länger als einen Tag
von München weg gewesen, weil der Vater war schon lang
nicht mehr da, und die Mama hat nicht genug Geld gehabt,
um mit ihm und seiner Schwester für längere Zeit zu ver-
reisen. Doch dann hat die Loipeldinger Evi so lang in ihre
Eltern hineingebenzt, bis diese eingewilligt hatten, ihren
Kindergartenfreund, den Fredi, also den kleinen Sanktus,
mitzunehmen. Die Evi und der Fredi sind nämlich unzer-
trennbar, ein Duo-Infernale und somit der Schrecken des
ganzen Kindergartens in der Kirchenstraße.

Unten auf der Straße steht schon der zitronengelbe Audi
80 der Loipeldingers. Auf dem Gehsteig, was Anfang der
80er-Jahre Gott sei Dank niemanden stört. Der kleine Fredi
ist nervös, und seine Schwester, die Anna, liegt seit dem vori-
gen Abend weinend im Bett vor lauter Neid und Wut, weil
sie nicht mitkommen kann und die Ferien bei der Mutter
verbringen muss. Der Fredi hat angeboten, ihr einen Sand
vom Strand mitzubringen, aber das hat alles nichts gehol-
fen. Dass es in Istrien nur felsige Strände gibt und der Sand
Mangelware ist, weiß der kleine Sanktus nicht. Er malt sich
alles aus, wie er es aus den Illustrierten kennt. Er und die
Evi am Strand, mit einem Eis in der Hand, im Liegestuhl
unter einem rot-weiß gestreiften Sonnenschirm. Natür-
lich mit Sonnenbrille auf der Nase. Er wird mit ihr weit
ins Meer hinausschwimmen und Muscheln herauftauchen.
Am Abend gibt es Pizza und Cola.

Der Sanktus ist schon gespannt, wie schnell der neue
Wagen der Loipeldingers fährt. Ist ja ein Audi! Muss ein
schnelles Gefährt sein, weil der Walter Röhrl mit dieser
Marke alle Rallyes gewinnt.

Die Mama bringt ihn jetzt zur Straße hinunter. Sie trägt
ihm den Koffer. Ein kleiner Kinderkoffer mit Schotten-

muster. Heutzutage würdest du Augenkrebs kriegen, aber der kleine Sanktus ist mächtig glücklich, einen eigenen zu besitzen. Er hat ein ärmelloses T-Shirt und eine rote Short-hose mit weißen Streifen an. Keine von der Firma mit den drei Streifen, weil die Marke kann sich die Sanktjohanser-Mama nicht leisten. Die Klapperl an den Füßen sind auch schon recht ramponiert vom vielen Fußballspielen auf dem steinigen Hinterhof. Die weiße Kappe hat einen Werbe-schriftzug und war umsonst. Aber der kleine Sanktus ist stolz wie Oskar.

Unten angekommen, umarmt ihn die Evi. Sie ist ein Ein-zelkind und froh, dass sie endlich einen Spielgefährten für den Urlaub hat. Evis Papa wuchtet gleich den Schotten-koffer in den winzigen Kofferraum des Audis. Die Klappe geht jetzt leider nicht mehr zu.

»Weil du immer so viel mitnimmst. Jetzt bringen wir nicht einmal mehr den Koffer von dem Buben rein«, mosert Evis Papa.

Er drückt den Koffer mit Gewalt in den Rest des Gepäcks. Das Auto wackelt. Frau Loipeldinger sieht zu Sanktus' Mama, und beide Frauen schütteln den Kopf. Evis Vater knallt den Kofferraum jetzt mit Schwung zu, aber der Deckel will nicht einschnappen. Herr Loipeldinger legt nun sein ganzes Gewicht in die Waagschale und der Kofferraum schließt endlich. Leider erhebt sich in der Mitte des Blechs eine Dulle. Anscheinend eine Ecke von Sanktus' Koffer.

Die beiden Frauen sagen nichts, der kleine Sanktus und die Evi prusten hinter vorgehaltener Hand. Herr Loipel-dinger hat einen hochroten Kopf und zischt: »Kein Wort! Ich will nix hören. Habts mich? Steigts ein, bevor ich mir es anders überleg und wir bleiben daheim.«

Der kleine Sanktus kriegt noch ein Abschiedsbussi. Seine

Mama weint und will die Umarmung gar nicht lösen. Ihm
ist das saupeinlich. Evis Vater dreht sich um und drückt ihm
einen gelben Kübel in die Hand.

»Fallst speiben musst!«, sagt er.

Der Sanktus schaut in den Eimer und verspürt sofort ein
Grummeln im Magen.

BOSNIEN, 1992

Der Himmel war in Schwarz getüncht, und es hatte leicht
zu regnen begonnen, als Ivana mit ihren Schwestern Marija
und Anela, dem Nesthäkchen, von der Schule nach Hause
kam. Die Mädchen waren hungrig und freuten sich auf den
deftigen Bohneneintopf, den ihre Mutter am Vortag schon
vorbereitet hatte. Der Unterricht war interessant gewesen, und die drei kümmerten sich wenig um die politische
Situation in ihrem Land und um die wachsende Angst, die
sich täglich mehr im Gesicht ihres Vaters widerspiegelte.

Es ging an diesem Tag alles sehr schnell. Kurz nachdem
die Mädchen am Tisch der Küche des kleinen Hauses Platz

nehmen wollten, waren laute Motorengeräusche, Schüsse und durchdringende Männerstimmen von der Hauptstraße her zu vernehmen. Durch die Vorhänge mussten sie mit Entsetzen beobachten, wie ihr Vater unter lautem Protest von fremden Soldaten aus seiner Autowerkstatt gezogen und auf einen Lastwagen verfrachtet wurde. Panik zeichnete sich auf dem Gesicht ihrer Mutter ab, sie fasste sich jedoch gleich wieder.

»Schnell, nach unten!«, wies sie ihre Töchter an, mit ihr in den Keller hinabzusteigen.

Dort angekommen, verrutschte sie ein halbgefülltes Regal, und ein Alkoven kam zum Vorschein, in den sie ihre Töchter bugsierte. Sie küsste und umarmte ihre Kinder.

»Wenn Papa und mir etwas zustößt, versucht, zu Pater Josip nach Zadar zu kommen. Er ist ein guter Freund von mir. Habt ihr gehört. Ihr müsst es versuchen. Er bringt euch weg aus dieser Hölle«, waren die letzten Worte ihrer Mutter, bevor sie nach oben, zurück in die Küche, verschwand.

Nach einiger Zeit wurde auch sie von den serbischen Soldaten abtransportiert. Die Geräusche des Kampfes zuvor, das Stöhnen der Soldaten und die verzweifelten Schreie ihrer Mutter, die sie von ihrem Kellerversteck aus anhören mussten, würden die drei Mädchen nie mehr vergessen.

FREITAG, FERINGASEE – SO HAT ES
NICHT WEITERGEHEN KÖNNEN

Die Sonne war inzwischen aufgegangen, als der Kommissar Bichlmaier mit mürrischer Miene auf dem Beifahrersitz des Polizeiwagens die Teerstraße in Richtung Feringasee chauffiert worden ist. Seine Fahrerin, die Schranner Bine, ebenfalls Kommissarin, war genauso wortkarg und motivationslos wie ihr Chef auf dem Nebensitz. Er, da raus aus dem warmen Bett und weg von seiner Stillkrauth Brigitte, und sie, weil gestern Party und nur zwei Stunden geschlafen. Außerdem war sie immer noch in Gedanken bei dem gutaussehenden Flirt des letzten Abends. Gott sei Dank hatte sie keinen Alkohol getrunken und war so einigermaßen für den Dienst zu gebrauchen.

Dem Bichlmaier war schlecht. Richtig schlecht. Also magentechnisch. Er ist seiner Meinung nach schön langsam zu alt für solche Aktionen geworden. Sein 50. Geburtstag war erst vor kurzem, aber heute eher Gefühl wie ein 70-jähriger Opa. Bauchweh, Atemnot und ein Schädeldröhnen, das seinesgleichen sucht. Der Anblick von Leichen hat ihm mit jedem Jahr mehr zugesetzt, aber leider sind Leichen halt deine Kernkompetenz, wenn du bei der Mordkommission arbeitest. Da beißt die Maus keinen Faden ab. Seit langem hatte der Kommissar jeden Tag in der Früh beim Aufstehen das Gefühl, krank zu sein und den Dienst nicht antreten zu können. Dazu hat es ihn beim Zähneputzen immer gehoben, dass er eigentlich täglich in sein Wachbecken hätte kotzen können. Er war sich nicht sicher, ob er auf ein Burnout zusteuern würde. Eine Internetrecherche hatte jedoch ergeben, dass seine Symptome Gott sei Dank nicht zutreffend waren. Nichtsdestotrotz hat sich was ändern müssen, weil so hat es nicht weitergehen können.

»Halten S' bitte kurz an, Frau Schranner«, hat der Bichlmaier gerade noch rausgebracht und nachdem das Fahrzeug gestoppt hatte, die Autotür aufgerissen und sich in das seitliche Feld übergeben. Ein einziges Röhren. Viel ist nicht gekommen. Nur Schleim und galliger Kaffee. Gefrühstückt hatte er ja nicht, um fünf in der Früh.

»Geht's Ihnen ned gut?«, hat die Bine den Kommissar gefragt, nachdem er wieder im Auto gesessen ist.

»Naa, naa. Passt scho wieder. Hab da so einen Schleim, der würgt mich allerweil dermaßen. Muss mal zum Doktor und mir was dagegen geben lassen. Ist irgendeine Allergie«, hat der Kommissar geschwindelt.

In Wirklichkeit war es der Gedanke an die jetzt auf ihn zukommende Brandleiche, die am Feringasee gefunden worden war, der seinen Zustand verursacht beziehungsweise verschlimmert hatte. Einen verbrannten Menschen hatte er schon lange nicht mehr vor Augen gehabt. Kurz nachdem er in den Polizeidienst eingetreten war, hatte er einmal mit seinen Kollegen einen solchen Fall bearbeiten müssen. Anschließend hatte er durch den Anblick des verkohlten Leichnams wochenlang Albträume gehabt.

Die Kriminaltechniker sowie Notarzt und ein Einsatzfahrzeug der Feuerwehr waren bereits auf dem grasbewachsenen Parkplatz anwesend. Die Kollegen in ihren weißen Anzügen hatten sich um ein kleines Areal am Rand gesammelt. Auf der hinteren Stiege des geöffneten Notarztwagens ist eine blasse Joggerin, in eine Wärmedecke gehüllt, gesessen.

Der Bichlmaier hat sich mit der Schranner Bine gleich zu der Joggerin begeben. Die junge Frau hat noch immer gezittert, was für den Kommissar bedeutet hat, dass höchstwahrscheinlich sie die verbrannte Leiche entdeckt hatte. Der Anblick würde auch ihm gleich nicht erspart bleiben. Aber ein bisserl hat er's noch hinauszögern können. Die Joggerin hat fast keine klaren Worte finden können, so ist sie unter Schock gestanden. Ihr Name war Simone Seibold, und sie war zu Sonnenaufgang hier am Feringasee zum Laufen gewesen. Zu dieser Zeit war es noch angenehm kühl und sie musste sich nicht durch unendliche Badegäste schlängeln, die später das Ufer dieses beliebten Sees bevölkern würden. Ihren Wagen hatte sie vorne am Parkplatz nahe des FKK-Geländes abgestellt. Auf ihrer Runde sei sie hier vorbeigekommen und habe den Rauch bemerkt. Nachdem sie den Anblick der Leiche verwunden hatte, hatte sie mit dem Handy den Notruf gewählt. Es waren weder Personen anwesend noch Autos am Parkplatz vorhanden.

Der Bichlmaier ist nun langsam in Richtung der weißen Anzüge geschlichen. Schnecke jetzt großes Vorbild. Sofort ist ihm ein leichter Geruch von verbranntem Fleisch in die Nase geweht, und er hätte sich jetzt schon fast vor seinem ganzen Publikum übergeben müssen. Tränen sind ihm in den Augen gestanden, so hat es ihn gewürgt. Die Spurensicherer haben sich zu ihm umgedreht und sind zu Seite getreten, so dass der Kommissar freie Bahn zur Brandleiche im Gras gehabt hat. Rettungsgasse sozusagen zentrales Vorbild. Den Bichlmaier hat es noch einmal gehoben, aber da hat er jetzt durchmüssen.

Der schwarz verkohlte Leichnam ist inmitten eines Brandflecks im Gras gelegen. Die Arme und Beine waren durch die Kontraktion der Muskeln und Sehnen, ausgelöst von der Hitze, in einem komischen Winkel angezogen. Fast so, wie wenn ein Baby schläft. »Fechterstellung«, ist es dem Bichlmaier durch den Kopf gegangen. Typisch für Brandleichen. Komischerweise keine Spuren von eingebrannten Kleidungsstücken. Der Bichlmaier hat langsam zum Kopf emporgeschaut. Aus dem Augenwinkel hat er noch ein paar lange Haare erkennen können. Der Figur nach hätte es sich um eine Frau handeln können. Nun hat er doch einen Blick ins Gesicht riskiert. Die Augenhöhlen waren wie verschmort, die Nase größtenteils weggebrannt und die Zähne haben weiß aus einem gefletschten Mund herausgeleuchtet.

Dann ist es schwarz um den Kommissar geworden.

FREITAG, JOHANNISPLATZ –
EIN TRAUM VON EINEM AUTO

Der Sanktus ist schon um halb acht aufgestanden, weil er das Auto vom Hannes hat abholen müssen. Eigentlich wäre es besser gewesen, das schon am Vorabend zu tun, wegen morgendlichem Stress und so, aber aufgrund der Parkplatzsituation in Haidhausen ein Ding der Unmöglichkeit, und die Damen wären ja eh nicht fertig gewesen. Somit hätte ein frühes Einladen wirklich keinen Sinn gemacht.

Also raus aus den Federn, in die Dusche und aufs Radl in Richtung Autohaus Meierhofer.

Der Hannes hat schon am Tresen des Ausstellungsraums auf ihn gewartet und geschmunzelt. Einen ganz neuen Testwagen habe er ihm hergerichtet. Ein Traum von einem Auto, mit einem Raumangebot, das seinesgleichen suche, praktisch genügend Kofferraum für die Kathi und die Martina. Automatik wegen dem Komfort und Sonder-Pipapo und Trallala, von dem der Sanktus nichts verstanden hat.

»Passt das, dass euer Vater bei euch mitfährt?«, hat der Hannes gefragt. »Ich weiß wirklich ned, wann wir loskommen. Und du kennst ihn ja. Da wird er nervös, wenn er herwarten muss. Es wird auch ned eng. Ich hab dir extra den größeren Wagen hergerichtet.«

Er hat ihm den Schlüssel und die Dokumente in die Hand gedrückt und ihn zu einem schwarzen Leichenwagen geführt. Also, es war natürlich kein wirklicher Leichenwagen, nur ein Kombi, aber dem Sanktus ist er so vorgekommen. Hat einfach so ähnlich ausgeschaut wie der vom Leichen-Seppi und seinem wahnsinnigen Vater, also dem Bestattungsdienst Hingerl. Dem Sanktus ist ein Schauder über den Rücken gelaufen, denn jedes Mal, wenn er den Seppi getroffen hat, hat der eine von Sanktus' gefundenen Leichen wegfahren müssen.

Er hat sich in das Auto auf den Fahrersitz, der Hannes auf den Beifahrersitz gesetzt. Nachdem der Sanktus sehr ungern gefahren ist und auch schon länger kein Auto mehr bedient hatte, war er mit den Hannes-Erklärungen schlicht und ergreifend überfordert. Allein der Schlüssel war schon komisch, und der Sanktus hat nicht wirklich gewusst, was er damit tun sollte. Der Hannes hatte nichts anderes erwartet und gegrinst. Jetzt Suche nach der Gangschaltung, aber auch nicht da. Nirgends ist so ein blöder Knüppel zu sehen gewesen, nur ein Drehknopf an der Mittelkonsole. Der Hannes hat wieder gelacht und ihn auf den Hebel hinter dem Lenkrad hingewiesen. Wenn du in einem normalen Auto auf das Armaturenbrett schaust, siehst du zwei Anzeigen, den Tacho und den Drehzahlmesser, mit je einer Anzeigenadel, aber hier?

»Alles virtuell«, hat der Hannes gemeint und wie er das schwitzende Sanktus-Gesicht angeschaut hat, ein erneutes Lachen nur schwer unterdrücken können.

Jetzt hat Autohausbesitzer mit höllischer Geschwindigkeit an dem Knopf der Mittelkonsole gedreht und dem überforderten Sanktus alle »Features« wie Navigation, Klimaautomatik, Bluetooth-Telefonie und so weiter erklärt. Zentrum des Ganzen – das Display in der Mitte. Dem Sanktus jetzt komplett schwindlig und Schweißausbruch Scheißdreck dagegen. Nur Flimmern vor den Augen, und er ist sich vorgekommen wie eine Flasche, die randvoll ist und bei der jemand versucht, weiter mit einem großen Trichter etwas hineinzukippen, und alles rinnt über. Der Hannes hat gerade zu einer neuen Instruktion ansetzen wollen, da hat ihn der Sanktus unterbrochen und auf einen alten olivgrünen Mercedes E-Klasse-Kombi auf dem Nachbarparkplatz gedeutet.

»Gehört der auch dir?«, hat der Sanktus gekeucht.

»Ja, warum?«

»Nur so«, hat der Sanktus gestöhnt.

»Möchtest lieber den haben?«, hat der Hannes mit Tränen vor Lachen in den Augen gefragt.

»Ehrlich gsagt, ja. Der hier ist mir zu kompliziert.«

Der Hannes, der den Sanktus gekannt hat, hat jetzt schallend losgelacht und die Hände über dem Kopf zusammengeschlagen.

Der Sanktus ist jetzt geschmeidig und pomade wie ein Kutscher auf dem Bock aus beigem Leder in seinem 24 Jahre alten olivgrünen Gefährt gesessen und majestätisch über die Straßen des Münchner Ostens gefahren. Immer den Stern vor sich im Visier. Die Instrumente waren dort, wo sie sein haben sollen, der Knüppel der Handschaltung war auffindbar und alles war gut so. Ein bisserl ausgenackelt war sie schon, die Schaltung, und wenn der Sanktus richtig Gas gegeben hat, hat es ein bisserl gequietscht. Aber das war ihm völlig wurscht, weil gute Musik von Bayern 1, heruntergelassene Fenster und Sonnenbrille auf. Was willst du mehr. Kein Navi, das dich gestört hat, und keine Klimaanlage, von der du Schnupfen kriegst. Einfach eine »gmahte Wiesn«! Sein Radl würde er bei der Abgabe nach dem Wochenende wieder abholen.

UM ZEHN FAHR ICH LOS!

Der Sanktus hat sich mit seinem neu organisierten Auto eine Lücke zwischen den Stempen am Rand des Gehsteigs vor seinem Haus am Johannisplatz gesucht und hat das Gefährt mit schleifender Kupplung und heulendem Motor in Millimeterarbeit vor die Haustür chauffiert. Hier hast du nicht parken dürfen, aber das hat der Sanktus in Kauf genommen, weil, schlepp du mal die Ausrüstung von zwei Frauen für ein verlängertes Wochenende mehr als 300 Meter durch die Hitze. Also! Er hat vorsichtshalber die Warnblinkanlage eingeschaltet, weil, das schaut aus, wie ich bin gleich wieder da. Außerdem sollten die Damen ja schon fertig sein, weil es bereits kurz vor halb zehn war.

Der Sanktus also mit vollem Elan die Treppen hinauf, die Wohnungstür auf und … und? Nichts! Kein einziger Koffer im Gang, aber du hast Teller klimpern gehört.

Er ist rein in die Küche und sofort strafender Blick von der Kathi. Die Kinder und der alte Sanktjohanser am Tisch beim Frühstücken.

»Du wolltest doch Semmeln holen?«

»Ich?«, seitens Sanktus.

»Klar!«, die Kathi. »Haben wir doch gestern ausgemacht. Für uns alle und den Opa.«

Tatsächlich! Da war was gewesen. Irgendwas hatte ihn die Kathi angeschafft, aber der Sanktus hat diese Anweisung irgendwie verdrängt gehabt. Peinlich, peinlich, aber noch war nichts verloren, weil ja nichts zugeben.

»A geh! Gar nichts hast gsagt. Jetzt wär ich wieder

schuld. Ich hab ja schließlich das Auto abholen müssen. Wär halt die Martina schnell zum Bäcker gegangen, echt wahr, oder?«, hat sich der Sanktus echauffiert.

»Hab *ich* gmacht, Bub. Kein Stress. Ich hab alles im Griff«, hat der alte Sanktjohanser lächelnd gesagt. »Hast a gscheites Auto gekriegt vom Hannes?«

»Logisch!«, hat der Sanktus erwidert und war sich nicht so ganz sicher, ob die anderen das auch so sehen würden.

»Also, wie schaut's aus? Kömma's packen?«

Blitze jetzt aus den Kathi-Augen. Angriff am Anrollen. Die Martina hat ihre verdreht und der kleine Schorschi hat den Sanktus fest im Blick gehabt und über seinen Papa gelacht.

»Sag a mal, hat's dich, Herr Sanktjohanser? Ich pack gestern mit dem Mädl noch bis tief in die Nacht, und dann kann ich das Frühstück nicht rechtzeitig machen, weil der Herr die Semmeln vergisst. Ich hab noch die Betten gemacht, eine Brotzeit organisiert und euren Männer-Kulturbeutel hab ich auch noch hergerichtet. Das hättest du nämlich vergessen. So schaut's aus. Und jetzt so eine saudumme Frage?«

»Frühstück war ja wohl früher, weil, wenn ich die Semmeln erst jetzt …«

»Bevor du zum Hannes fährst, haben wir ausgemacht, und wenn du jetzt noch weiter …«

Der Sanktus ist jetzt wortlos ins Wohnzimmer gegangen und hat zum Auto runtergeschaut. Noch war kein Strafzettel unter den Scheibenwischern zu sehen. Die Warnblinkanlage hat weiterhin beruhigend geblinkt.

»Um zehn fahr ich los!«, hat der Sanktus verkündet und hat sich wortlos mit einem Asterix-Comic aufs Klo verzogen.

Natürlich ist um zehn Uhr niemand außer ihm fertig zur Abfahrt gewesen. Wie zu erwarten war, hat sich die Martina noch um fünf Minuten vor geföhnt, und die Kathi ist von einem Zimmer zum anderen gehastet, dass du meinst, sie muss einen Geschwindigkeitsrekord aufstellen. Wenigstens waren alle Koffer inzwischen so weit zum Einladen hergerichtet. Zumindest hat es so ausgesehen. Der Sanktus und sein Vater haben der Kathi noch eine Weile zugesehen, dann haben beide den Kopf geschüttelt und das Gepäck wortlos zum Auto hinuntergetragen.

»Kommts dann runter, wenns fertig seids«, hat der Sanktus in die Wohnung hineingerufen, die Antwort oder Kommentare aber gar nicht abgewartet.

»Wos ist na des?«, hat der alte Sanktjohanser seinen Sohn gefragt und auf das olivgrüne Auto gedeutet. »Hat der Hannes nix Besseres für uns ghabt? So ein knickerter Uhu. Sauber, sag ich!«

»Den hab ich mir rausgesucht. Dieser Zeh hat mir gar ned gfallen. Der hat ausgeschaut wie ein Leichenauto!«

»Zeh?«

»Ja. So hat er gemeint, der Hannes.«

»C-Klasse! Mei, Bub. Mit Autos hast es du halt gar ned, gell«, hat sein Vater schmunzelnd gemeint. »Mir soll's ja recht sein, aber deine Damen werden was zum aussetzen haben. Da kannst Gift drauf nehmen.«

Inzwischen hat sich eine kleine, ältere Politesse mit wasserstoffblonden Haaren in ihrer Münchner Parkwächteruniform zu den beiden gesellt. Weder der Sanktus noch sein Vater haben die Dame herannahen gesehen. Schließlich hat sie den Sanktus am T-Shirt gezupft.

»Sie! Da dürfen S' fei ned stehen bleiben, gell«, hat sie ihm ins Gesicht geschrien.

»Mir san glei weiter. Mir laden nur schnell ein. Wissen S' ja, wie des is, wenn man mit zwei Frauen verreist, … gell!«, hat der Sanktus geflötet.

»Na guad«, hat die Politesse gemeint, mit den Augen gerollt und den Finger warnend erhoben. »Weil Sie's san. In einer Viertelstund' komm i wieder, und dann san Sie weg. Versteh'ma uns? Des mein i fei ernst, gell!«

Und weg war sie.

»Also! Drehzahl, würd ich sagen. Ich schau rauf. Viel kann ja nimmer droben stehen. Der Kofferraum ist ja schon fast voll«, hat der Sanktus geschlussfolgert.

Der alte Sanktjohanser hat nur wissend gelächelt und den Kopf geschüttelt.

Nach einer halben Stunde hat der Sanktus schweißgebadet die Kofferraumklappe des alten Mercedes zugeknallt. Hoffentlich fliegt mir die Scheibe nicht raus, hat er sich gedacht und an die Dullackn im Deckel des alten Loipeldingers denken müssen.

Natürlich haben die Mädels länger als die Viertelstunde der Politesse gebraucht, und der Sanktus hatte schon geistig den 15 Euro auf Wiedersehen gesagt, aber bisher Glück. Also mit der Politesse, nicht mit dem Gepäck, wie du dir ja vorstellen kannst. Die Koffer, die bereits im Auto waren, waren natürlich noch nicht das Ende der Fahnenstange, und wie der Sanktus gemeint hatte, dass nun wirklich nichts mehr in den geräumigen Wagen hineingehen würde, ist die Kathi dann final noch mit der Martina heruntergekommen – der kleine Schorschi hatte sich vorher schon zu den Männern gesellt und hat auf dem Fahrersitz Autofahren gespielt – und beide haben ihre Beauty-Cases, die auch noch rein haben müssen, präsentiert.

»Was ist denn das?«, haben die beiden simultan ausgerufen und auf das alte olivgrüne Vehikel gezeigt.

»Ich wünsche keine Kritik. Hamma uns verstanden. Das ist ein 1A Urlaubsauto, und wenn's euch ned passt, na bleibts daheim, und ich fahr mit dem Papa und dem Schorschi allein«, hat der Sanktus geschimpft und sich gedacht, wahrscheinlich eh ruhiger so.

Die Kathi und die Martina haben ihm wortlos ihre beiden zusätzlichen Gepäckstücke in die Hand gedrückt und sich angegrinst.

Der Sanktus jetzt kurz vor dem Durchdrehen, hat den halben Kofferraum wieder ausgeräumt, die Ladung umorganisiert und irgendwann war dann die Klappe wieder zu und der Sanktus vom Schweiß komplett durchnässt, weil, Stress, körperliche Arbeit und Sonnenschein, das mach mal mit!

Der Passant umrundet die Familie, die mit ihrem alten Auto auf dem Gehsteig steht. Anscheinend wollen sie in den Urlaub fahren, so vollgepackt, wie der Kofferraum ist. Die große Schlanke mit den kastanienfarbenen Haaren sticht ihm sofort ins Auge. Ihre fast grünen Augen und die Brüste, die sich unter dem T-Shirt abzeichnen, fesseln seinen Blick. Natürlich nur kurz, sonst wäre es zu auffällig. Die blonde Tochter ist noch zu jung. Aber sie würde sich später einmal schön auswachsen. Er spürt einen leichten Druck in seinem Schritt und überlegt, wann er das letzte Mal Sex mit seiner Frau gehabt hat. Das ist lange her und seine Alte regt ihn sowieso nur noch auf. Ständig hat sie etwas an ihm auszusetzen. Nichts kann er ihr recht machen.

Er dreht sich noch einmal um und riskiert einen Blick auf die Schlanke. Geiler Arsch, muss man anerkennen, denkt er sich, und der Druck in der Jeans nimmt zu. Früher hat er seine Nachbarin gevögelt, wenn die Alte wieder einmal Migräne hatte. Die hat seine Sauereien am Anfang mitgemacht, ließ ihn jetzt aber nicht mehr ran. Er wollte sich aber nicht schon wieder nur einen auf dem Klo runterholen. Für den Puff war er zu geizig. Oder er würde sich nehmen, was sein eheliches Anrecht war. Grinsend verlässt er die Szene.

Gerade als sie einsteigen wollten, ist die Politesse zurückgekommen, hat dem Sanktus einen Strafzettel in die Hand gedrückt und gesagt: »Jetzt sagen S' ned, i hätt Eahna ned gwarnt, gell. Schönen Urlaub!«

Der Sanktus wollte ihr gerade Worte wie »Mistpritschn«, »Matz« oder Ähnliches nachrufen, da hat ihm die Kathi den Zettel aus der Hand genommen, ihn zärtlich geküsst und gemeint: »Ich bekenn mich schuldig. Komm! Fahr'ma los.«

Der Sanktus hat sich also doch beruhigt und ist über den Gehsteig zur nächsten Einfahrt und von dort auf die Straße gefahren. Sein T-Shirt hat unangenehm zwischen seinem Körper und dem Ledersitz gepickt, aber das war ihm egal, weil endlich Abfahrt. Beim Einfahren in die Straße hätte er vor lauter Elan, weil endlich los, noch fast einen Radler auf die Motorhaube genommen, was ihm einen Schwall an Verwünschungen beschert hat. Die Kathi hat ihn strafend angeschaut, hat aber lieber nichts gesagt.

»Der hat jetzt Glück ghabt!«, hat der Schorschi von hinten gerufen.

SCHLUMPFGWAND

Das nächste Unglück hat aber nicht lange auf sich warten lassen, weil, der Sanktus, auf Mercedes und ganz Drengler, ist mit Tempo 80 aus der Wiedenmayer- in die Ifflandstraße geschossen und hat, gerade als die Kathi »langsam« gesagt und er auf den Tacho geschaut hat, schon das Blaulicht im Rückspiegel gesehen.

»Warum haltst du an?«, hat der Schorschi gefragt.

»Boxenstopp«, hat die Kathi gemeint und die Augen verdreht.

Der Sanktus ist rechts rangefahren und war sich nun definitiv sicher, dass der heutige Tag verflucht war. Hat es noch schlimmer kommen können? Logisch, weißt du, weil, aus dem inzwischen blauen Polizeiauto sind der Burgmaier Charlie und der Hofer Lenz ausgestiegen. Beide in neumodischen blauen Uniformen. Trotzdem wie immer, Hochziehen der Gürtel, Zurechtrücken der Mützen, Bewegungen, also Schweben, wie in Zeitlupe und die unvermeidlichen Spiegelbrillen im Gesicht.

»Öha! Der Sanktjohanser. Was grinst denn so deppert?«, hat ihn der Charlie gefragt, nachdem der Sanktus sein Fenster runtergelassen hatte.

»Schön seids beinand, ihr zwei. Also farblich, mein ich. Hat so was Dynamisches«, hat der Sanktus herausgepresst, weil vor Lachen kurz vor dem Explodieren.

»Eher damisch, ned dy-namisch«, hast du es leise vom alten Sanktjohanser im Fond des Mercedes hören können.

»Findst?«, der Hofer Lenz, der den Sanktä-Ausspruch nicht gehört hatte. Jetzt spöttischer Blick und Kopfschütteln seitens Charlie.

»Ja, nett, wie die Schlümpfe«, hat der Sanktus gelacht, und ihm hat es Tränen aus den Augen gerückt.

Der Charlie inzwischen puterrot im Gesicht.

»So, Spezi! Führerschein und Fahrzeugpapiere. Und wieder einmal Beamtenbeleidigung. Kann er halt nicht lassen, der Herr Sanktjohanser, gell!«, hat der Burgmeier konstatiert und den Hofer um Bestätigung heischend angesehen.

»Geh, Charlie«, hat der Hofer Lenz interveniert. »Wir reden doch selber immer von unserem Schlumpfgwand, oder?«

Jetzt hast du merken können, dass der Charlie den Lenz am liebsten ungespitzt in den Boden geschlagen hätte, und der Hofer Lenz, der das ebenfalls gemerkt hat, ist noch käsiger geworden, als er so schon war. Weiße Wand Anfänger.

»Guad«, hat der Charlie durchgeschnauft. »Wie schnell war ma denn unterwegs? Da is Tempo 60.«

Die Kathi vor lauter Fremdschämen stummer Blick in den Fußraum, die Martina und der Schorschi eher gespannt, was nun folgen würde.

»Höchstens 70«, hat der alte Sanktjohanser plötzlich mit tiefem Bass von der hinteren Sitzbank vorgerufen. »Und jetzt lasst uns weiterfahren, Karli. Was meinst?«

»Sa … Sanktä. Servus. Ah so? Ja, ja. Genau. Höchstens 70«, hat der Charlie gestammelt. »Na, dann ist's ja ned schlimm, gell. Also dann, gute Fahrt!«

»Aber bei 70 kost's doch auch 15 Euro?«, hat der Hofer naiv gefragt.

»Du, wennst jetz ned glei dei blöde Fotzn haltst, dann ...«, hat der Charlie den Hofer Lenz gepackt, aber mehr haben die Fahrzeuginsassen nicht mehr verstanden, weil die beiden Polizisten schon in Richtung Streifenwagen und außer Hörweite waren.

»Jetzt fahr weiter. Auf geht's«, hat der alte Sanktjohanser seinen Sohn angewiesen. »Bevor er es sich anders überlegt. Brauchst gar ned fragen, ich erzähl's dir später. Is ned ganz jugendfrei.«

Der Sanktus hat völlig geplättet den Motor angelassen, ist losgefahren und hat wieder an seine Fahrt mit der Evi nach Jugoslawien gedacht.

Dem kleinen Sanktus ist natürlich nicht schlecht geworden, weil was würde denn da die Evi sagen? Somit dient der gelbe Kübel, der zwischen ihnen steht, als Aufbewahrungsort ihrer Kuscheltiere. Für den Sanktus ist die Reise mehr als mystisch. Nach der Grenze in Österreich fahren die Autos mit schwarzen Kennzeichen auf den Straßen, und die Stimme im Radio spricht mit alpenländischem Akzent. Evi möchte ihren Vater überzeugen, unbedingt kurz anzuhalten, um eine Flasche Almdudler zu kaufen, da der Sanktus von diesem Getränk bisher noch nie etwas gehört hat. Herr Loipeldinger willigt ein und überschlägt zähneknirschend den Zeitverlust. Frau Loipeldinger fährt nicht gerne selbst Auto, und so muss er die ganze Strecke alleine bewältigen. Der Almdudler schmeckt dem Sanktus recht gut, aber das koffeinfreie Cola, das es beim Aldi gibt, ist ihm lieber. Die Kinder hören die ganze Fahrt Bibi Blocksberg und Pumuckl. Herr Loipeldinger kann das »Hex-hex« schon nicht mehr ertragen, gibt sich aber geschlagen, da die Kinder, solange sie die Kassetten abspielen dürfen, brav sind und nicht nörgeln. Auf der jugoslawischen Autobahn drückt sich der Sanktus die Nase am Autofenster platt. Hier sieht alles ganz anders aus. Die Landschaft und vor allem die Fahrzeuge. Es scheint nicht viel Auswahl zu geben. Besonders interessieren ihn zwei Autotypen, die wie alte Fiatmodelle aussehen. Die heißen hier Zastava, erklärt ihm Herr Loipeldinger. Auch die Lastwagen- und Busmodelle hat der Sanktus noch nie gesehen. Auf den Autokennzeichen ist auf weißem Grund ein roter Stern, und der kleine Zastava hat genauso ein längliches Nummernschild wie alle anderen. Die Fiats daheim haben ein eher quadratisches Taferl. Das findet der Sanktus schöner und kann gar nicht mit seinen Ausführungen an sich halten. Die Evi schaut gelangweilt aus dem Fenster raus, und Bibi Blocksberg überfliegt gerade das Schulgelände mit ihrem Besen Kartoffelbrei. Der kleine Sanktus ist schon so auf das Meer gespannt, das er heute zum ersten Mal sehen wird.

IHR HABTS JETZT SENDEPAUSE!

Der Sanktus ist mit einem Grinsen auf die A9 in Richtung Nürnberg aufgefahren, denn Gedanke an den perplexen Burgmeier Charlie einfach zu schön. Wohlfühlerfahrung praktisch kein Ausdruck. Nur die nörgelnde Martina hat sein Glücksgefühl etwas gedämpft. Grundtenor der schwer pubertierenden Tochter: Es ist zu heiß, und warum hat der Scheißkarren keine Klimaautomatik? Der Sanktus hat sich an den Tag mit ihr vor fünf Jahren erinnert, als sie bei den Altherrenmorden ebenfalls in die Holledau gefahren waren. Da waren er und die Martina noch ein Herz und eine Seele. Also nicht dass du denkst, sie waren das jetzt überhaupt nicht mehr, aber die junge Dame hatte sich inzwischen zu einer richtigen Zicke und Diva entwickelt. Für den Sanktus sehr schwierig, aber die Kathi hat ihn immer wieder beruhigen können, dass dies nur vorübergehend sei und sich, bis die Martina heirate, wohl wieder geben würde. Das war dann der Todesstoß für den Sanktus, obwohl er ja nicht der leibliche Vater des Mädchens war. Heiraten? Seine Martina? Einen fremden Mann? Vielleicht auch noch so einen langzotzigen Bombenleger? Oder einen mit dem Kappä auf halb acht und den Schritt der Jeans zwischen den Knien? Oder, oder, oder … Höllenqualen für den Sanktus, aber noch war es ja Gott sei Dank nicht so weit.

»Wie ich seinerzeit mit der Loipeldinger Evi nach Jugoslawien gefahren bin, da haben wir noch gar nicht gewusst, was eine Klimaanlage ist«, hat der Sanktus angefangen.

»Und weil du die immer noch nicht kennst, hast du dieses Vehikel geholt, oder wie? Scheiße, ich zerlauf«, hat die Martina weitergenörgelt.

»Und dein Lidstrich ist schon ganz verlaufen«, hat der Sanktus sie geärgert, was einen lauten Schrei von der Martina zur Folge gehabt hat, weil das Beautycase unerreichbar im Kofferraum vergraben. Die Kathi hat nur den Kopf geschüttelt und der Sanktus hat gegrinst.

Die Martina hat sofort einen kleinen Spiegel aus ihrer Tasche herausgeholt und ihr Äußeres kontrolliert.

»Seht witzig«, hat sie gemault.

»Also wirklich«, hat der Sanktus weitergemacht, »wie ich mit der Evi nach Jugoslawien gefahren bin, da haben wir überhaupt keinen Luxus gehabt. Im Auto und im Zimmer war's heiß. Das Essen war nicht besonders, der Strand war steinig …«

»… der Butter war ranzig, es hat nur Hagebuttenmarmelade gegeben, aber es war trotzdem einer der schönsten Urlaube«, hat die Kathi den Satz vervollständigt und dem Sanktus den Oberschenkel gestreichelt. »Wir haben die Geschichte jetzt, glaub ich, schon zum gefühlten tausendsten Mal gehört. Die Autos waren so schön, die Nummernschilder mystisch und im Hafen von Poreč habts ihr jeden Abend das Polizeiboot angeschaut, gell? Hab ich recht?«

Der Sanktus hat gegrummelt, aber gleichzeitig auch gelächelt.

»Hab ich schon einmal erzählt, oder?«

»Jaaa«, hat der alte Sanktjohanser übertrieben geseufzt und sich die Ohren zugehalten.

»Und die Geschichte mit dem Rochen …?«

Und noch bevor der Sanktus fertig hat reden können, ist ihm ein verzweifeltes »Jaaaa. Auch die!« entgegengeschallt.

Der Sanktus jetzt fast ein bisserl eingeschnappt, hat erst mal nichts mehr gesagt und ist gemütlich weitergefahren.

»Mann, kannst du nicht mal ein bisserl schneller fahren, bevor wir hier alle vergehen«, hat die Martina nach einer kurzen Zeit weitergenörgelt. »Ich bin schon pritschnassgeschwitzt. Warum hast du denn kein gescheites Auto vom Onkel Hannes heimgebracht? Mensch, Meier!«

»Also da hat sie schon ein bisserl recht«, hat die Kathi ihrer Tochter beigepflichtet.

Der alte Sanktjohanser hat geschmunzelt und gerade angesetzt, auch seinen Senf zu diesem Thema hinzuzugeben, da hat es den Sanktus zerrissen.

»So! Ihr zwei habts jetzt Sendepause, bis ma da san. So schaut's aus. Zefix noch amal. Den ganzen Abend rumsanteln, nix auf die Reihe bringen, am nächsten Tag ausschlafen und sich dann über das Auto beschweren. Kann's ja wohl ned sein«, hat er mit festem Griff ums Lenkrad in Richtung Windschutzscheibe gebrüllt, weil beim Schimpfen jetzt ja niemanden anschauen.

Komischerweise war es von diesem Moment an wirklich still.

Der Sanktus hat im Radio Bayern 1 eingestellt und im Rückspiegel sehen können, wie die Martina die Augen verdreht und sich in ihr Smartphone vertieft hat. Der Fats Domino hat »I'm Walking« gesungen, da hat der Sanktus die Lautstärke mit dem altmodischen Knopf hochgedreht und im Rhythmus auf dem Lenkrad mitgeklopft.

Nach dem Verlassen der Autobahn ist es über die Landstraßen der Holledau weitergegangen, die links und rechts von saftig grünen Hopfengärten gesäumt waren. Ein Hochgefühl für jeden Brauer. Bei »Pretty Woman« von Roy Orbison hat der Sanktus jetzt lautstark mitgesungen. Natürlich nur, um seine Beifahrer zu reizen, aber die haben sich irgendwie strikt an sein Schweigegebot gehalten.

»Schaut's euch den tollen Hopfen an«, hat der Sanktus in die sprachlose Runde geworfen, aber keinerlei Reaktion. »Seit's die Craftbier-Brauer gibt, erlebt die Holledau wieder einen Aufschwung. Denen kommt es nicht auf den Preis, sondern auf die Qualität an. Vor allem brauchen die viel Aromahopfen für das Kaltstopfen im Keller. Und weil es um die Hopfenöle geht, brauchen die da extrem viel. Das gefällt dem hiesigen Hopfenbauern natürlich besonders gut.«

Im Auto bei den Damen immer noch Stille. Der Schorschi war inzwischen eingeschlafen, nur der alte Sanktjohanser hat gegrinst. Der Sanktus hat jetzt ausprobiert, wie weit er hat gehen können.

»Hopfen heißt ja im Lateinischen Humulus Lupulus und ist aus der Familie der Hanfgewächse. Den Hopfen unterteilt man in Bitterhopfen, Aromahopfen und feinsten Aromahopfen. Der feinste Aromahopfen kommt eigentlich nicht aus der Holledau, sondern aus Spalt, Tettnang und Saaz. STS, wie die Musikgruppe. Hab ich euch schon die Geschichte von unserem Berufsschullehrer erzählt, der dann immer gesungen hat …«

»Jaaaa, und du hast jetzt auch Sendepause!«, hat die Martina geschrien, und dann hat sie gemurmelt: »Mensch, auch schon tausendmal bestimmt schon.«

Dann hat sie Kopfhörer in die Ohren gesteckt und wortlos zum Fenster hinausgesehen.

Jetzt ist der Sanktus majestätisch mit seinem Oldie-Gefährt in die Auffahrt zum Haslingerschen Bier- und Wellnesshotel, dem »Holledauer Hof«, hochgefahren und ausgestiegen. Vor ihm ist unter dem überdachten Teil bereits ein Mercedes gestanden. So ein neumodisches, rundes, hochgestackstes Modell. Noch ein Schleiferl, dann schaut es aus wie ein Osterei, hat sich der Sanktus gedacht und stolz auf die klassischen Züge seines Kombis geblickt.

Die Kathi und die Martina sind sofort aus dem nach ihrer Meinung glühenden Vehikel herausgesprungen und haben sich, demonstrativ protestierend, mit verschränkten Armen vor das Auto gestellt. Das Gepäck im Kofferraum wollten sie anscheinend ignorieren. Der Sanktus hat um das weiße Ei herumgeblickt und seine Schwester, die Anna, dahinterstehen gesehen. Auch mit verschränkten Armen. Komischerweise gleiches Bild wie seine zwei Beifahrerinnen.

»Seids ihr doch schon da? He, Anna, was 'n los? Passt was ned?«, hat der Sanktus gefragt.

Die Anna hat ihn nur mit grantiger Miene angeschaut.

»Was is los? Sagst heut nix zu mir?«

»Sendepause«, hat die Anna verstimmt gekrächzt.

»Hab *ich* ihr erteilt«, hat der Hannes lachend gemeint, der gerade aus den elektrischen Glasschiebetüren des Hotels herausgekommen ist. »Sorry, mein Termin in der Früh ist geplatzt, dann haben wir gleich losfahren können. War Gott sei Dank alles schon gepackt.«

Der Sanktus jetzt neidisch, weil woanders so etwas anscheinend möglich.

»Aber wegen der Sendepause: Ich fahr ihr zu schnell, hat sie gsagt. Und das alle zwei Minuten. Aber die deinen schauen auch ned besser aus.«

»Auch Sendepause«, hat der Sanktus grinsend unterstrichen. »Denen war's zu warm und das Auto nicht modern genug. Trink ma ein Bier und checken danach ein? Was meinst?«

Der Blick der drei Damen sei jetzt lieber nicht näher beschrieben, weil, da würde dir die Milli direkt sauer werden.

BARBARA CARRERA IN »SAG NIEMALS NIE«

Die zwei Herren haben also die Revolution geprobt und an der Bar, die sich gleich links von der Eingangshalle befunden hat, ein schnelles lokales Pils gepresst. Die Martina hat sich demonstrativ genervt in einen Sessel des Eingangsbereichs gefläzt und auf ihrem Handy herumgewischt. Die Männer nach dem Presspils natürlich gleich zurück und Eincheck-Unterstützung, weil die Damen am ersten Tag schon komplett gegen sich aufbringen, doch eher suboptimal. Anschließend gleich wieder Treffpunkt an der Bar, Poolbar, Ehrensache, hatten sie ja ausgemacht! Der alte Sanktjohanser hatte mit den Frauen zuvor schon in der

Einfahrt den Begrüßungs-Cocktail absolviert und anschließend den alten Benz auf dem Parkplatz abgestellt. Das würde den Hannes und den Sanktus ein bis zwei Halbe kosten, hatte er den zwei Revoluzzern en passant kurz zugeflüstert und neckisch gezwinkert.

Der Check-In hat sich rechts vom Eingang befunden und war in Rund ausgeführt. Über dem Anmelde-Desk hat eine große kupferne Sudpfannenhaube gethront, und überall im Eingangs- und Rezeptionsbereich hast du Leinwände, bedruckt mit alten Holledauer Motiven, erkennen können. Dunkel aussehende Männer in Faltenstiefeln, Hut und Vaterrock. Fesche Damen in altmodischen Dirndln haben dich streng angeblickt, Arbeiter haben am Abend nach dem Hopfenzupfen am Lagerfeuer gefeiert und Bier getrunken. Neben den Bildern ist ein original alter Schlüter-Bulldog mit kunsthopfen-beladenem Anhänger platziert gewesen. Daneben alte Holzträger mit antiken Bügelverschlussflaschen. Kannst du festhalten: Tradition ist hier im Holledauer Bier- und Wellnesshotel großgeschrieben worden!

Vom ersten Stock her, wo sich anscheinend die Zimmer befunden haben, ist eine breite, geschwungene Treppe nach unten in die Lobby gekommen. Die Mädels an der Rezeption waren in ihren grünen, der Hopfenfarbe angepassten Dirndln überfreundlich und vor allem gutaussehend. Das hat dem Sanktus und dem Hannes natürlich durchaus imponiert.

Jetzt Pflichtübung Melderegister ausfüllen und Kreditkarte abgeben, obwohl der Sanktus zwar gratis war, aber wegen unvorhersehbaren Vorfällen, verstehst du? Die Kathi und die Anna waren inzwischen bereits angefressen und daher Lätschenziehen und Augenrollen.

»Hat's das jetzt schon gebraucht? Geht ja schon gut los«, hat die Kathi gezischt, und die Anna hat den Hannes praktisch nicht mal ignoriert. Nur der Schorschi hat gelacht und sich auf das Schwimmbad gefreut.

Dann im Entengalopp zum Zimmer. Die Kathi hat erst einmal auspacken wollen und die Martina zum Pool. Der alte Sanktjohanser würde sich einer Halben an der Poolbar anschließen, hat er gemeint.

Eine Viertelstunde später sind die drei Männer an der idyllischen Bar am Außenpool am Tresen gesessen und haben jeder ein Weißbier vor sich gehabt. Bisher noch aus einer lokalen kleinen Brauerei, aber das hat sich ja in Zukunft ändern sollen, weil eigene Hausmarke in der Planung und der Sanktus ja Wegbereiter hierzu.

»Papa, jetzt erzähl mir mal, warum du so einen, sagen wir, positiven Einfluss auf den Burgmaier Charlie hast?«, hat der Sanktus angefangen.

»Ich kenn den Charlie aus meiner Zeit beim alten Dolezel. Da war er noch ein ganz junger Polizist. Am Abend haben wir immer in der gleichen Kneipe gesoffen. Eine vogelwilde Stehkneipe in der Orleansstraße.«

»Und?« Spannung beim Sanktus am Ansteigen.

Der alte Sanktjohanser hat in seinen Dreitagebart hineingegrinst.

»Dort war die Tamara, ein Transvestit. Aber so einer, dem hast du es nicht gleich angekannt. Der Charlie, kannst du dir ja vorstellen, hat alles, was bi, schwul oder sonst transsexuell war, extrem verabscheut.«

»Weiter, Papa! Weiter!«

»An einem Abend war der Charlie wieder einmal gestrichen voll. Also Ende Gelände. Der Biber Robert und ich haben ihn heimgeschleppt. In die Lothringer Straße. Gleich neben dem Café Größenwahn. Das hat in diesem Jahr ganz frisch eröffnet gehabt. Den ganzen Weg hat der Charlie über die Tamara hergezogen. Nicht zum Anhören. Daheim ist er nur noch aufs Bett gefallen und war sofort weg.«

»Und?«

»Der Charlie hat auf dem Balkon Peperoni und Tomaten gezüchtet.«

»Aha!«

»Und so eine Peperoni haben wir uns gebrockt und aufgemacht. Dann haben wir ihm damit die Arschfalte eingerieben.«

»Scheiße! Des brennt!«, hat der Hannes laut herausgerufen.

»Exactamente, Señor!«, hat der alte Sanktjohanser bestätigt. »Und wir haben ihm am nächsten Tag erzählt, er hätte die Tamara mit heimgenommen. Und wir hätten uns schon gewundert, dass er auf einmal was mit einer Transe anfängt, wo er doch sonst so dagegen war.«

Den Sanktus hat es schier zerrissen.

»Und jetzt meint der, die Tamara hätte ihn von hinten in den Arsch …?«

»Genau«, hat der Vater bestätigt. »Und er hat bis heute Angst, dass ich irgendwem etwas davon erzähl. Guad, oder?«

»Sakrament, Papa. Du bist eine Wucht! Ich verreck!«

Der Sanktus hätte gern noch mehr über den Vorfall erfahren wollen, weil durch diese delikate Info der heutige Tag 1A, da ist der Haslinger, der Hotelbesitzer, an der Bar aufgetaucht. Der Hannes hat sich zu ihm umgedreht und die Hand zum Gruß hochgehoben. Ein Grinsen und ein Einschlagen wie in Siegerpose mit Arm im 90-Grad-

Winkel nach oben. Der Haslinger hat sich aufrichtig gefreut und den Hannes umarmt. Der Hotelbesitzer war ein sympathischer Mann, normale Größe, grau-melierte, dunkle Locken, Brille mit schmalem Silberrand, etwas beleibt im leichten Leinen-Stoiber und grüner Weste. Alles in allem eine normale Erscheinung mit Hang zum Perfektionismus, wenn du die farbliche Abstimmung heranziehst. Gar nicht so Schickimicki, wie vom Sanktus heraufbeschworen. Vorurteil lässt grüßen.

»He, der Sipp. Griaß di, oide Schwungscheibn!«, hat der Hannes herausgeplärrt.

»Servus beinand. Schön, dass ihr da seids! Gfreut mich riesig. Habts gut hergfunden? Und das ist der Herr Braumeister?«, hat er eröffnet und dabei auf den alten Sanktjohanser gezeigt.

Der Sanktus hat grinsen müssen, wie er gesehen hat, dass sein Vater vor lauter Ehre um einen Kopf größer geworden ist. Der Hannes hat den Kopf geschüttelt und der alte Sanktjohanser letztendlich dann doch abgewinkt.

»Naa, naa. Des is mei Bua«, hat der Vater die Sache richtiggestellt und auf den Sanktus gezeigt.

Der Haslinger Sipp hat gelacht und dem Sanktus gleich die Hand gedrückt.

»Gott sei Dank san Sie da. Was meinen S' zu dem Weißbier? Furchtbar, ha? Aber des wird ja jetzt bald besser«, hat er gesagt.

»Meinen S'?«, hat der Sanktus nachgehakt.

»Freilich. Die Brauerei steht fertig da, und morgen machen Sie ja den Eröffnungssud, oder?«, hat der Haslinger getönt und dem Sanktus jovial auf die Schulter geschlagen. »Naa, jetzt ohne Schmarren. Ich bin wirklich froh, dass Sie da sind. Der Schießler Winnie hat einen guten Job in

Österreich gekriegt und hat mich kurz vor der Saison sitzen lassen. Eigentlich versteh ich ihn ja, aber für mich ist's halt jetzt Scheiße. Also vielen Dank, dass Sie mir helfen. Oder können wir Du sagen? Ich bin der Sipp!«

Der Haslinger hat dem Sanktus seine Hand hingestreckt und der Sanktus hat eingeschlagen.

»Sanktus!«, hat er gesagt und gelächelt.

»Passt! Gfreit mi. Eure Getränke sind natürlich frei. Die Leut wissen Bescheid. Aber Vorsicht, ned dass ihr den Sud morgen nimmer machen könnts«, hat er lächelnd gewarnt.

»Was soll ich denn brauen?«, hat der Sanktus gefragt.

»Mir wurscht!«, hat der Haslinger geantwortet. »Das überlass ich ganz dir. Was Festliches halt.«

»Was hast denn für eine Hefe da, Sipp?«, hat der Sanktus gefragt.

»Die ist unten im Kühlschrank. Hat der Winnie noch bestellt. Frag mich ned, welche. Aber du bist ja der Profi, oder?«, hat der Hotelbesitzer grinsend gesagt. »Aber jetzt muss ich weiter. Pfiats euch derweil.«

Der Sanktus hat den Kopf geschüttelt. Das hat ein Telefonat mit dem Hanspeter bedeutet, weil, der war der Bier-Rezept-König.

»Der Sipp ist mir sympathisch«, hat der Sanktus ein paar Minuten, nachdem der Haslinger weg war, gemeint. »Der is cool!«

Der Hannes hat verklärt in sein Weißbierglas hineingeschaut.

»Vorsicht, Sanktus. Das mag täuschen. Der Sipp ist schon in Ordnung, aber er ist halt durch und durch ein Geschäftsmann. Wir kennen uns jetzt schon seit zwanzig Jahren, aber ich würde ihm nie komplett über den Weg trauen. Der hat dieses Hotel hier, in München eine riesige Gaststätte, auch mit Hotel, und die Wurstbraterei auf der Wiesn. Bei dem ist das Geld sozusagen daheim.«

Ja, und wenn er einen neuen Mercedes bei dir kauft, sackelt er dich aus, bis es nicht mehr geht, und deswegen traust du ihm nicht über den Weg, hat der Sanktus gedacht und gegrinst.

»Heißt der eigentlich wirklich Sipp?«, hat der alte Sankt-johanser wissen wollen.

»Nein, Konrad. Richtig heißt er Josef Konrad Haslinger, aber Josef heißt ein jeder Depp. Also ist der Sepp völlig ausgeschieden. Er trinkt immer gern noch einen Pfiatdi-Gott-Schluck am Schluss des Abends. Just a last farewell sip, hat er einem Amerikaner mal erklärt, und schon hat er den ›Sipp‹ weggehabt. Praktisch eine Mischung zwischen Sepp und Schluck«, hat der Hannes erklärt.

»Kann ich bitte einen Gin Tonic haben«, hat die drei Herren plötzlich eine dunkle, wohlklingende Stimme unterbrochen, die zu einer schlanken, schwarzhaarigen, gutaussehenden Dame in den Vierzigern gehört hat. Der Sanktus hat sich zu der Frau gedreht und sein einziger Gedanke war: Barbara Carrera in »Sag niemals nie«. Ähnlichkeit verblüffend. Zuerst Anlächeln, dann natürlich Blick entlang ihrem armlosen roten Minikleid runter zu den Füßen und dort hat der Sanktus sehr schöne rot-lackierte Zehennägel ausmachen können. Passend zum Kleid. Verreck! Eine sehr nette Dame, hat er sich gedacht. Die Barbara hat zurückgelächelt und den Barkeeper noch einmal gerufen.

»Ach, geben Sie mir lieber ein Weißbier, wie die Herren eines haben. Ist wohl besser für den Durst. Ich bin Anja, Anja Hoffmann. Seid ihr auch zur Eröffnung eingeladen?«

»Ja.« »Nein.« »Eigentlich nicht«, die parallelen Ausrufe der drei Herren mit Bier.

»Eigentlich schon«, hat der Hannes die Sachlage aufgeklärt. »Der Besitzer und ich sind alte Bekannte, und mein zukünftiger Schwager hier hilft ihm aus und macht morgen den Eröffnungssud in der neuen Hausbrauerei.«

»Sud?«, hat die Anja gefragt.

»Ja, Bier«, hat der Sanktus aufgeklärt. »Also ich eröffne sozusagen die Werkel hier.«

»Das ist ja interessant«, hat die Anja gemeint. »Interessanter als bei mir. Die Berliner Firma meines Mannes ist der Hauptinvestor dieses Hotels. Deswegen sind wir hier.«

Dann haben die drei Männer mit der Dame erst einmal Prost getrunken, und der Sanktus hat gerade einen intelligenten Satz von sich geben wollen, da hat er ein »Huhuuu!« gehört. Dieses »Huhuuu«, das er genau gekannt hat, hat ihm alles in seinem Körper zusammenfahren lassen. Es war das grausame »Huhuu« des Drenglers.

Alle Blicke also in Richtung Schrei, und schon ist der Drengler, beladen mit Handtüchern, einer Badetasche und einer Luftmatratze, vor ihnen gestanden. Das Drengler-Outfit wie immer zum Fürchten. Er hat sein unverwechselbares rosa Golfshirt angehabt. Dazu karierte Bermudashorts, an den nackten Füßen Sportsandalen und einen Strohhut auf dem Kopf, dass ein venezianischer Gondoliere noch vor Neid erblassen würde. »Kasperlgewand« kein Ausdruck.

»Na«, hat der Drengler geflötet, »da seid ihr baff, nö? Habt wohl nicht mit mir gerechnet. Glaubt wohl, ihr seid als Einzige eingeladen. Aber schließlich bin ich ja Konrads Steuerberater, nö. Ach, ich freu mich auf die vier Tage. Das wird supi! Ich muss nur schnell die Sachen zum Pool bringen, denn Ulrike und Betty wollen noch etwas schwimmen. Bin gleich wieder da. Ihr könnt mir schon mal so 'n lecker-lecker Weizen bestellen. Oh Mann, bin ich *sooo* durstig. Puuh! Also tschö einstweilen.«

»Was war denn das für einer?«, hat die Anja lachend gefragt.

»Ein Depp!«, die kurze Sanktus-Antwort.

»Geh zu«, hat der Hannes beschwichtigt.

»Das war der Doktor Jens Engler. Ein Bekannter von uns«, hat der alte Sanktjohanser erklärt. »Eigentlich sind nur die Frauen bekannt, aber wir haben ihn halt immer am Hals.«

Die Anja hat sofort verstanden und recht gelacht. Der Sanktus hat den Drengler, der inzwischen einen freien Liegestuhl am Pool gesucht hat, beobachtet. Um diese Uhrzeit natürlich Pech, weil schon alles belegt beziehungsweise keine drei zusammenhängenden Liegestühle mehr frei. Bin gespannt, wie er das macht, hat sich der Sanktus gedacht und war ziemlich perplex, als der Drengler einfach Handtücher, die zum Reservieren auf den Liegen platziert worden waren, so umdrapiert hat, dass drei zusammenhängende Liegen mit Sonnenschirm in bester Lage herausgekommen sind. Kopfschütteln jetzt angesagt. Aber ein Hund war er schon, der Drengler. Verreck Kaffeehaus.

Nachdem die Anja ihr Weißbier ausgetrunken gehabt hat, hat sie sich auch an den Pool begeben, und die drei haben ihren Blick der Dunkelhaarigen folgen lassen. Sie hat sich auf ihren Liegestuhl gesetzt, ihr kleines Rotes ausgezogen und es sich in ihrem knallroten Bikini bequem gemacht. Wiederum passend zu den Zehennägeln, ist dem Sanktus aufgefallen. Jetzt hat sie sich ausgiebig mit Sonnenschutz eingecremt und dabei ihre langen, braungebrannten Beine in die Höhe gereckt. Der Sanktus hat sich wieder umgedreht und in seinem Weißbier den Schaum und die Kohlensäurebläschen beobachtet, weil Starren sonst gar zu auffällig.

Kurz darauf sind die Kathi, der Schorschi und die Martina gekommen und haben den dreien Bescheid gegeben, dass sie sich auf die Wiese legen würden, da kein Liegestuhl mehr frei sei. Der Blick der Kathi immer noch süßsauer, weil ihr Sanktus ja schon wieder an der Bar. Aber insgeheim hat sie gewusst, dass, je mehr sie bocken, desto mehr er trinken würde.

Der Sanktus hat sie ziehen lassen, ist dann nach zwei Minuten zum Pool geschlendert und zu den Drengler-Liegen hin. Der Drengler war inzwischen irgendwo abgetaucht, also nicht zu sehen. Er hat die Handtücher genommen, sie sauber zusammengelegt und auf einen Tisch, der einige Meter entfernt war, gelegt. Dann hat er die Martina gerufen, ihr die freien Liegen gezeigt und ist lächelnd zurück zur Bar. Der alte Sanktjohanser wollte jetzt ins Zimmer, da nach den Bieren erst einmal ein Mittagsschlaf auf dem Balkon angesagt.

»Was hast jetzt gmacht?«, hat der Hannes wissen wollen.

»A bisserl umarrangiert. Prost!«, hat der Sanktus schmunzelnd geantwortet.

»Der Dicke mit dem Walrossschnauzer da«, hat der Hannes nach einiger Zeit angefangen, »kennst den? Das ist der Thumann. Der Wirt vom Bärenbräuzelt. Der Thupsi und der Sipp waren schon miteinander in der Schule. Und da drüben! Schau. Kennst die?«

»Klar! Marianne und Michael. Also die schauen genauso aus. Aber woher kenn ich die?«, hat der Sanktus gerätselt.

»Logisch! Zefix. Das sind die Wirtsleut von Sternzelt. Mei, san die alt worden.«

»Die Altenbergers. Genau! Die größten Wildsäu von der ganzen Wiesn, hat mir der Sipp geflüstert. Wie die mit ihren Angestellten umgehen, der Wahnsinn. Bei denen in der Küche herrscht noch die Prügelstrafe. Vor allem bei den ausländischen Hilfskräften. Die brauchen den Job und wollen sich nicht wehren.«

»Sauber! So schauen die gar ned aus«, hat sich der Sanktus gewundert.

»Gar nicht. Nein. Nach außen hin ist das das Vorzeigepaar der Wiesnwirte. Keine öffentlichen Eskapaden. Aber er, der Hartl, vögelt alles an Bedienungen, was nicht bei drei auf dem Baum ist.«

»Und sie?«, hat der Sanktus gefragt.

»Sie ist anscheinend bi. Man hört aber nie was. Die Marion ist der sadistische Teil der beiden. Diese Frau ist der Teufel in Person.«

»Und der Sipp?«, hat der Sanktus gemeint.

»Der ist halt der Freund vom Hartl. Die beiden helfen sich auf der Wiesn gegenseitig aus, wenn's ist«, hat der Hannes geantwortet.

»Und wer ist der ältere Herr mit grauem Vollbart in dem schwarzen Anzug, der sich mit ihnen unterhält?«, hat der Sanktus wissen wollen. »Schaut aus wie ein Pfarrer.«

In dem Moment haben die beiden Stimmen vom Pool her gehört und den Drengler gesehen, wie er lautstark mit der Kathi diskutiert hat. Natürlich hat der Trottel vermutet, dass die Kathi ihm die Handtücher verräumt hatte. Die Kathi hat sich aber nichts gefallen lassen und ihm einen Vogel gezeigt. Er daraufhin direkt in Richtung Bar.

»Das is so 'ne Frechheit, nö!«, hat der Drengler geprustet.

»Haben die mir die Handtücher von den Liegen gestohlen. Ich bin natürlich gleich in die Offensive gegangen. Hab leider erst zu spät erkannt, dass Kathi« – natürlich wieder mit langem A gesprochen, was dem Sanktus das Blut in Wallung gebracht hat – »auf der Liege gelegen war. Uiuiui. Die hat mir ganz schön Gas gegeben.«

Gas im Gegenzug gesprochen wie mit zwei S. Dabei hat der Drengler mit der Hand gewedelt.

»Bitte so'n lecker Weizen!«, hat er gerufen, weil die beiden ihm natürlich noch nichts bestellt hatten, das Weißbier in Empfang genommen, auf einen Zug geleert und dezent aufgestoßen. »Ich muss los, nö. Sehen, wo Ulrike bleibt. Tschö!«

Und weg war der Steuerberater samt seinem Gondoliere-Sonnenhut.

»Ist das ein Rindviech«, hat der Sanktus gemeint.

»Geh zu. Der ist doch ganz nett«, hat der Hannes den Drengler verteidigt.

»Schon. Hat nichts Böses, aber länger als fünf Minuten pro Tag pack ich den ned. Und die fünf Minuten hat er heute schon dreimal überschritten. Aber bei dem Pfarrer waren wir stehen geblieben.«

»Ah ja. Das muss der Pater Josephus sein. Ein Franziskaner. Der ist bei jeder Einweihung da. Auf der Wiesn, beim neuen Auto, jetzt wird er das Hotel hier einweihen, und bestimmt schüttet er dir morgen ein bisserl Weihwasser in deinen ersten Sud«, hat der Hannes geantwortet und gegrinst.

»Pfui Teufel!«, hat der Sanktus das Gesicht verzogen. »Aber gut, dass d' es sagst. Wir müssen zur Brauerei runter. Ich muss den Sud noch vorbereiten. Ich sag nur kurz der Kathi Bescheid.«

So sind dann der Sanktus und der Hannes in das Kellergeschoss des Hotels hinunter. Unten an der Treppe angekommen, sind die beiden in einem hell erleuchteten Raum gestanden, von dem mehrere Türen weggeführt haben. Überall an den Wänden waren wieder, vermutlich von einem Kirchenmaler, Szenen aus der Holledau gemalt. Der Sanktus war hin und weg, weil, die Tracht mit den schwarzen Faltenstiefeln hat ihn immer an den Landtagsabgeordneten Filser im Ludwig-Thoma-Stück »Erster Klasse« erinnert. Der Filser ja großes Vorbild für den Sanktus. Auf drei der Türen ist ›Weinkeller‹, ›Schwimmbad‹ und ›Wellness Cervisia‹ gestanden.

»Was soll denn das sein?«, hat er gefragt.

»Das ist was ganz Besonderes. Musst du dir morgen zeigen lassen. Da kannst du im Bier baden oder eine Hopfensauna-Aromatherapie machen. Und so Treber-Peelings machen die auch«, hat der Hannes berichtet.

Der Sanktus hat mit der Hand vor seinem Gesicht herumgefuchtelt und dem Hannes einen Vogel gezeigt.

Gleich darauf hat sich die Wellness-Tür geöffnet und eine hübsche schwarzhaarige Masseurin ist in ihrem weißen Gewand an den beiden vorbeigeschwebt. Ihr T-Shirt hat über den Brüsten gespannt und die Hose ist eng an den sportlich geformten Beinen angelegen. Das hat den beiden Herren ein Lächeln ins Gesicht gezaubert, und der Gedanke an ein Bierbad seitens Sanktus' auf einmal gar nicht mehr so abwegig.

»Äh … schau … Sanktus. Da steht ›Biermanufaktur‹«, hat der Hannes gestottert und auf die Schrift über der Tür gezeigt. Der Sanktus hat seinen Blick schweren Herzens von der Angestellten gewendet.

»Da? Meinst …?«, war die ebenfalls gestammelte Antwort, und dann sind die beiden durch die Tür durch.

AROMAHOPFEN, HANNES.
FEINSTER AROMAHOPFEN

Dem Sanktus ist jetzt die Spucke weggeblieben. Das hier war mehr als eine kleine Hausbrauerei. Die beiden sind in einem hohen Raum, der auf der linken Seite in zwei Ebenen gestaltet war, gestanden. Die Wände waren rustikal in rotem Ziegel gehalten. Im rechten Teil des Raums ist die Brauerei aufgebaut gewesen. Direkt vor dem Sanktus war das kupferfarben leuchtende Zehn-Hektoliter-Sudhaus platziert, dahinter der mit Glas umbaute Gär- und Lagerkeller, bestückt mit Edelstahlgefäßen. Das Glashaus wegen der mikrobiellen Reinheit kühl- und absperrbar, dass dir kein depperter Besucher das Bier versauen kann. Sakrament, hat sich der Sanktus gedacht, das ist einmal eine Anlage, da sagst du »Sie«. Aber echt! Da hat die Haidhauser Bierwerkel nicht mithalten können.

Der Sanktus ist jetzt links die Treppe hinauf auf die zweite Ebene. Hier haben sich eine Bar, also ein Bierausschank, sowie mehrere aus hellem Nobelholz gebaute Tische und Bänke befunden. Alles vom Feinsten. Da hast du von oben während der Verkostung dem Brauer beim Bierbrauen über die Schulter schauen können. Der Wahnsinn.

Der Sanktus hat sich umgesehen und das Sudwerk sowie kurz die kleine Touch-Computer-Steuerung betrachtet. Hier haben alle Maschinen per Knopfdruck bedient werden können. Eine automatische Temperaturführung bei der Maischarbeit und bei der Gärung war möglich. Der Sanktus ist schnell alle Leitungen abgegangen und hat sich eigentlich gleich ausgekannt. Der Brauwassertank war voll und der Dampferzeuger sowie der Bierkühler betriebsbereit. Neben der Malzmühle sind Gerstenmalzsäcke gelehnt, und in einem Nebenraum hat er weitere Malzsorten gefunden. In einem Kühlraum war packerlweise Hopfen vorhanden, und daneben ist ein Plastikbehälter mit Hefe gestanden.

Der Sanktus hat den Kanister geöffnet und hineingerochen. Er hat den Duft frischer obergäriger Hefe wahrnehmen können. Also gibt's ein spezielles Weißbier, hat er sich gedacht und eine WhatsApp an den Hanspeter angefangen.

Muss ein Weißbier machen. 10 hl. 13,8 % Stw., Weizenmalz hell 35 %, Weizenmalz dunkel 35 %, Gerstenmalz hell 25 %, 5 % Caradunkel??? 18 Bittereinheiten?? Erste Hopfengabe Magnum, 2. Gabe Mandarina Bavaria??? Was meinst? hat er geschrieben und dann tief durchgeschnauft. Eigentlich hat er *jetzt* schon Durst auf das Ergebnis dieses Sudes gehabt.

Kurz darauf ist eine Nachricht zurückgekommen. Sie war ellenlang, aber der Hanspeter hat das Rezept für gut befunden. Natürlich hat er als Dipferlscheißer-Schwabe die Prozente etwas angepasst und die kompletten Sudberechnungen mitgeschickt. Der Sanktus hat gegrinst und ihm ein kurzes OK zurückgeschickt.

Mehr nicht?, ist vom Hanspeter zurückgekommen.

Klar! Danke Schatzi und Bussis, hat der Sanktus gesendet. ›Depp‹ und ein Smiley seitens Hanspeter.

»Passt alles?«, hat der Hannes, der auf einmal mit zwei Weißbieren vor dem Sanktus gestanden ist, gefragt und gegrinst.

»Gmahte Wiesn, Hannes. Gmahte Wiesn. Prost!«

Während des Weißbier-Intermezzos hat der Sanktus den Heißwassertank programmiert. Um sieben Uhr in der Früh würde das Wasser auf 85° Celsius geheizt werden. Dann hat er alle Gefäße durch ein paar Handgriffe kurz mit Wasser ausgespült, und nach einem letzten Prost waren die Weißbiergläser leer und das Sudhaus betriebsbereit.

Der Hannes und der Sanktus haben gerade die Tür von der Brauerei zum Vorraum öffnen wollen, da haben sie den Haslinger draußen plärren hören.

»Das kannst du a mal schön knicken. Nur über meine Leiche, dass d' es weißt, du Drecksmatz!«

Dann Türenknallen und einer der Kontrahenten war über die Treppe nach oben verschwunden. Der Sanktus und der Hannes fragende Blicke.

»Wo ist der jetzt hergekommen?«, hat der Hannes geflüstert.

»Aus dem Weinkeller bestimmt ned. Wird sich ja kaum mit seinem Wein gestritten haben, oder?«, hat der Sanktus geulkt.

»Also Wellness oder Schwimmbad?«

»Wellness!«, Entscheidung vom Sanktus, und die beiden sind durch die Tür gegenüber in den Wohlfühl-Bereich eingetreten.

Der Sanktus hat die Augen geschlossen und einen tiefen Atemzug genommen. Feinster Aromahopfen! Eine Explosion der Sinne. Sofort hat er das Sudhaus der Sternbrauerei in seiner Erinnerung gehabt, in dem er mit seinem Freund, dem Bummerl, seine Lehre zum Brauer und Mälzer absolviert hatte. Schöne Jahre waren das gewesen seinerzeit. Die Lehrbuben haben beim Sternbräu das komplette Sudhaus bedienen dürfen, was in den Münchner Großbrauereien nicht üblich war. Beim Stern-Pils waren drei Hopfengaben vorgesehen und die dritte davon war feinster Tettnanger Aromahopfen. Und den hat der Sanktus jetzt gerochen. Wahrscheinlich Hallertauer Tettnanger, da hier naheliegend.

»Was schnaufst denn so?«, hat der Hannes gefragt.

»Riechst du des ned?«, Antwort vom Sanktus.

»Hopfen halt.«

»Aromahopfen, Hannes. Feinster Aromahopfen. Der beste Hopfen. Ah! Ein Traum. Wo kommt denn das her?«

Der Raum, in dem sie sich befunden haben, war in dunklem Naturstein gehalten und indirekt beleuchtet. In der Mitte hat sich ein Brunnen befunden, der beruhigend geplätschert hat. Rings um den Brunnen herum waren Saunen angeordnet. Klassisch finnisch, Bio, Dampf und genau zentral gegenüber das Hopfenaroma-Bad. Das war eine grün beleuchtete große Saunakabine mit Glasfront, in deren Mitte ein mächtiger Holzbottich mit Naturhopfen zu sehen war. Das war also die Quelle des beruhigenden Duftes, weil, Hopfen entspannt ja bekannterweise. Diese Sauna würde der Sanktus definitiv noch ausprobieren.

Er hat durch einen Durchgang gegenüber gespäht und ein warm beleuchtetes Karree mit Stroh ausmachen können. Das muss das Weizenstrohlager zur Entspannung nach der Hopfensauna gewesen sein. Der Sanktus hat gegrinst und sich hineinfallen lassen, woraufhin ihm der Hannes einen Vogel gezeigt hat.

»Da schau!«, hat der Sanktus gerufen und auf zwei Wegweiser gezeigt. »Da müss'ma hin!«

›Zum Schwimm- und Bierbad‹ ist auf den Schildern markiert gewesen. Das Schwimmbad war durch eine Glastür weiter hinten zu sehen, war aber, so viel zu erkennen war, nicht besucht, weil das Wetter ja schön und alle draußen im Freien.

Auf dem Weg zum Bad hat sich der Eingang zum Massagebereich befunden. Hinter einem kleinen Eingangstresen, der gerade nicht besetzt war, hat der Sanktus vier Holzbottiche erkennen können. Darin hat man bestimmt das Bad im Bier nehmen können. Zwischen den Bottichen hat sich ein Zapfhahn befunden. Aha, Wellness von innen und außen, ist es dem Sanktus durch den Kopf gegangen. Die beiden haben vor Staunen nichts mehr gesagt, und es war jetzt so was von klar, dass der Sanktus und der Hannes irgendwann an diesem Wochenende in den Bottichen rechts und links von diesem Hahn sitzen würden. Lächeln und tramhappertes Geschau vor lauter Vorfreude.

Und die Stille war gerade gut, weil, jetzt haben die beiden ein leises Wimmern hören können, das aus dem Massageraum gekommen ist. Also rein und nachschauen, was los war.

Auf der Massageliege ist die hübsche dunkelhaarige Masseurin von vorher zusammengerollt in der Embryostellung gelegen.

Der Hannes hat sich ihr langsam genähert und sie vorsichtig angestupst. In diesem Moment ist die Frau aufgesprungen, hat sich ihre Tränen aus dem Gesicht gewischt und wollte auf und davon laufen, doch der Sanktus hat sie aufhalten können.

»Halt. Wir wollen Ihnen doch nichts tun«, hat der Sanktus herausgebracht.

»Was ist passiert?«, hat der Hannes gefragt. »Können wir Ihnen irgendwie helfen?«

»Nein, danke«, hat sie mit südländisch gefärbtem Akzent erwidert. »Es ist nichts. Bitte lassen Sie mich wieder an meine Arbeit. Ich habe viel zu tun.«

Gleich darauf war sie zwischen den beiden Herren

durchgehuscht und verschwunden. Verwunderte Blicke der beiden hinterher.

»Hast du die Blutergüsse an ihrem Hals gesehen?«, hat der Hannes den Sanktus gefragt.

»Die hat jemand sauber an der Gurgel gehabt«, hat der geantwortet. »Der Sipp? Was meinst?«

»Schaut so aus«, hat der Hannes bestätigt. »Aber den kenn ich nur als völlig ruhigen, netten und humorvollen Menschen. Geschäftlich zwar mit allen Wassern gewaschen, aber gewalttätig? Komisch. Das müssen wir durchleuchten, oder?«

»Na, bravo!«, hat der Sanktus geseufzt. »Geht des scho wieder los!«

EIN STREITSÜCHTIGES WESEN

Der Sanktus hat sich jetzt an den Pool zur Kathi gelegt. Die Martina, die Betty-Lou und der Schorschi waren Planschen im Wasser. Die Kathi, die inzwischen nicht mehr sauer war, hat alles wissen wollen, was bisher los war, und bei der Geschichte mit der Masseurin hat ihr Blick sofort in Richtung sorgenvoll gewechselt.

»Soso. Durchleuchten müsst ihr zwei das, du und der Hannes? Machts das, weil, abhalten kann ich dich ja eh ned. Aber denk dran, wir haben Urlaub. Ein bisserl Erholen würd dir auch ganz gut tun.«

Der Sanktus hat gelacht und hat die Kathi zärtlich geküsst.

»Kennst mich doch, Kathi.«

»Ja, genau. Und dann wird das halbe Hotel umgebracht bei deinem Glück, Herr Sanktjohanser. So! Jetzt geh ich auch ein paar Bahnen schwimmen.«

Der Sanktus hat sich einem Krimi gewidmet. Dieses Mal einem Alpen-Krimi, aber die Handlung für den Herrn Hobbykriminalisten mehr als fad und daher baldiges Einschlafen.

Der kleine Sanktus und die Evi schnappen sich sofort ihre Badesachen und hasten mit Herrn Loipeldinger zum Meer. Evis Mutter bleibt im Appartement, denn sie möchte noch in Ruhe auspacken, die Sachen in die Regale räumen und die Toilette desinfizieren.

Der Sanktus hat seine Flossen in der einen, die Taucherbrille und den Schnorchel in der anderen Hand. Die Evi ist genauso ausgestattet. Sie hat ihre Taucherbrille jedoch bereits auf dem Kopf. Die beiden Kinder sind aufgedreht und drängen Evis Vater vehement in Richtung Strand.

Dort angekommen, merkt der Sanktus nicht einmal, dass der Sand am Ufer gänzlich fehlt. Nur Felsen und betonierte Einstiege. Der typische kroatische Strand der kommunistischen Zeiten. Doch den Kindern ist das egal. Sie ziehen die Flossen über und springen mit einem Satz in das kühle Nass. Unter Wasser öffnet der Sanktus die Augen. Am Grund des

Meeres kann er Seeigel erkennen. Eine Plastiktüte zieht an ihm vorbei. Plötzlich taucht vor ihm ein rosafarbenes durchsichtiges Lampion auf. Er greift danach und spürt sofort einen brennenden Schmerz. Feuerquallen hat er bisher nicht gekannt. Er krault sofort zurück zum Ufer und steigt über die rostige Treppe hinauf zum Felsenstrand. Evi sitzt auch schon wieder draußen und weint vor Schmerz. Herr Loipeldinger macht einen verzweifelten Eindruck.

»Na bravo! So ein Scheißdreck!«, flucht er. »Geht ja schon gut los.«

»Morgen sind die Drecksviecher wieder weg«, versichert ihm ein Passant mit Wampe, hautenger Badehose und Kappe auf dem Kopf. Die Kappe ist eher ein Schirm aus durchsichtigem rotem Kunststoff, der Kopf ist nicht bedeckt. In der Hand hält er eine Flasche Bier.

»Na hoffentlich«, grummelt Herr Loipeldinger. »Sonst dreh ich durch!«

Die beiden Kinder lächeln inzwischen schon wieder, und Herr Loipeldinger verspricht, den ersten Schreck zunächst einmal mit einem Eis zu lindern.

Sie bezahlen mit Dinar. Die Scheine sind interessant, riechen aber muffig. Das Eis schmeckt nach nichts und wässrig, aber für die Evi und den Sanktus ist es das beste Eis, das sie je gegessen haben.

Nachdem der Sanktus aufgewacht ist, hat er sich umgesehen. Die Kathi war bei den Kindern im Pool. Und genau dahin würde er ihnen jetzt folgen, weil, er war ja schließlich schon einen halben Tag hier und immer noch nicht ins Wasser gesprungen. Völlig unnormal für ihn, denn kaum war irgendwo ein Gewässer zum Baden, war der Sanktus eigentlich sofort drin. Aber zuvor noch rasch aufs Klo.

Also schnell von der Liege auf und in Richtung Hotelgebäude. Die Toiletten haben sich direkt im Unterbau des Außenpools befunden. Auf dem Weg dorthin hat der Sanktus an der kleinen Bar von vorher vorbeimüssen. Dort hat sich der Thumann, der Wirt vom Bärenbräuzelt, gerade ein Pils genehmigt. Sein kurzärmliges Hemd hat über seinem Ranzen gespannt, und am unteren Ende hat nacktes Fettgewebe herausgespitzt. Gerade als er austrinken wollte, ist eine gutaussehende – dem Sanktus seiner Schätzung nach – Endvierzigerin mit aschblondem Pferdeschwanz, jedoch etwas zu dick geratenen Lippen, an ihm vorbeigegangen. Der Thumann hat kurz von seinem Glas aufgesehen, die Dame in diesem Augenblick entdeckt, sich umgedreht und sie fest am Arm gepackt. Sie hat sich losreißen wollen, aber der Thumann-Griff anscheinend zu stark. Der Wiesnwirt hat ihr irgendetwas zugeflüstert, was der Sanktus nicht verstehen hat können. Doch sein Blick und der drohende Zeigefinger in Richtung Damengesicht haben ihm signalisiert, dass es sich um keinen üblichen Smalltalk gehandelt hat. Der Sanktus sofort in Richtung der beiden zur ehrenhaften Rettung des weiblichen Geschlechts, doch kurz bevor er den Thumann packen hat wollen, hat er in das Gesicht der Frau gesehen und von seinem Angriff ad hoc abgelassen. In den Zügen der Gutaussehenden waren nur Hohn und Spott zu sehen. Diese Madame hat sich anscheinend recht gut alleine verteidigen können.

»Das wirst du dann schon sehen, du alter Depp«, hat sie ihm entgegengeschleudert, woraufhin der Thumann losgelassen hat. Sie hat sich umgedreht und ist am Sanktus vorbei abgedampft. ›A. Haslinger‹ ist auf dem Schild an ihrem Dirndl gestanden. Anscheinend die Frau vom Sipp. Ein streitsüchtiges Wesen, hat sich der Sanktus gedacht und den Kopf geschüttelt. Aber wunderschöne Augen hat sie gehabt, die Haslingerin. Fast ein bisserl wie die Reindl Leonie aus dem Geburtsvorbereitungskurs seinerzeit.

Jetzt hat sein Schädel erst einmal wirklich Abkühlen gebraucht und der Sanktus ist mit einer Arschbombe zu seinen drei Familienmitgliedern in den Pool gesprungen. Sehr zum Leidwesen einer Schwimmerin, deren hochtoupierte Lockenfrisur jetzt eher wie ein zusammengefallener Windbeutel ausgesehen hat. Der Sanktus hat von seiner Zerstörungsaktion natürlich nichts mitbekommen, weil unter Wasser und logischerweise keine Chance, etwas zu sehen geschweige denn zu hören. Nachdem er aufgetaucht war, hat er nur den roten runtergewaschenen Kopf der Dame vor sich gehabt.

»San Sie komplett narrisch, oder wos? Sie Rindviech, Sie saublöds. Schauen S' mi a moi o. Wer hat denn Eahna eigentlich ins Hirn gschissen, Sie damischer Mensch, Sie damischer. Kann ja wohl ned sei. Jetzt geh ich zum Frisör und die Rechnung zahlen Sie, hamma uns verstanden. Und beim Sipp beschwer ich mich aa. Da derf ma nämlich ned neispringa, gell. Schlimmer wia die Kinder, die Väter heutzutag …«, hat sie geschimpft und den Pool plärrend verlassen. Hat sich gut gehalten, hat sich der Sanktus gedacht, als er der Dame beim Verlassen des Beckens nachgeschaut hat. Die Martina und der Schorschi haben sich gebogen vor Lachen, nur die Kathi hat den Kopf geschüttelt. Der Sanktus hat aber genau gemerkt, dass auch sie kurz vor dem Herausprusten gewesen ist.

Er hat es genossen, mit seinen Kindern im Wasser herumzublödeln. Die Martina hat ihr vorpubertäres Gehabe zumindest für kurze Zeit abgelegt, und der kleine Schorschi hat gejauchzt vor Freude. Das waren für den Sanktus bisher die schönsten Momente des heutigen Tages. Er hat gerade versucht, die Martina zu tauchen, da ist ihn die Kathi von hinten angesprungen, hat ihre Beine um seinen Körper geschlungen und ihn nach hinten unter Wasser gerissen. Beim Auftauchen hat sie ihn umarmt und geküsst. Mei, hat das Leben schön sein können! Aber wie du dir denken kannst, so süß hat der Kuss gar nicht sein können, so süß war die Rache, und die Kathi ist ebenfalls blubbernd untergegangen.

Als sie später mit einem Steckerl-Eis auf ihren Liegen gelegen sind, hat der Sanktus seine Beobachtung mit dem Thumann und der Haslinger geschildert.

»Schau her, Geld allein macht auch nicht glücklich«, hat die Kathi kommentiert. »Die haben Probleme, die haben wir gar nicht. Und da bin ich froh darüber. Es passt schon so, wie es ist. Ui, schau! Da kommen die Anna und der Hannes!«

Und schon ist der Schorschi aufgesprungen und zur Anna gerannt. Die hat ihn umarmt, und der Bub hat sie zu den Liegen gezogen, weil er unbedingt mit ihr und der Martina Uno spielen wollte. Natürlich auf besondere Weise, weil, das Wort »Uno« hat der Schorschi nie sagen wollen, und so haben sie sich jedes Mal ein neues Losungswort für die letzte Karte aussuchen müssen. Heute war es »Arschbombe«, der Situation angemessen. Die Anna und der Hannes haben, nachdem der Sanktus die Geschichte geschildert hat, hellauf gelacht. Es ist dann aber bei einem Dreier-Uno geblieben, da die Martina und die Betty per Smartphone Musik gehört haben und abgegangen sind beziehungsweise gechillt haben. Alles andere wäre ätzend und *uncool* gewesen. Der Schorschi hat's nicht verstanden, hat sich aber seinem Los fügen müssen. Irgendwie würde er es der Martina schon heimzahlen. Da war sich der Sanktus sicher.

»Soso, die Arschbombe war mein kleiner Bruder«, hat die Anna geprustet.

»Uiuiui«, hat der Hannes bestärkt. »Die Dame haben wir drin an der Rezeption schimpfen hören. Die hat sich über dich beschwert, das glaubst du nicht. Und was die für Ausdrücke gehabt hat. Da sind selbst wir blass geworden. Im Fernsehen ist die immer so korrekt.«

»Wie – im Fernsehen?«, hat der Sanktus gefragt und jetzt gleich ein bisserl unwohl.

»Na, hast du die nicht gekannt?«, hat die Anna gefragt. »Das war die Anneliese Grünmandl. Die Wiesnchefin.«

Dem Sanktus jetzt schwarz vor Augen.

»Servus, Graffiti. Geht's grad?«, hat der Sanktus wenig später etwas abseits des Geschehens in sein neues Handy hineingeflüstert.

Der Graffiti, in Wirklichkeit Quirin Himsl, war ein langjähriger Freund, den der Sanktus schon seit ihrer Kindheit gekannt hat. Der Graffiti war gutaussehend, ein Frauenschwarm und, wenn man so will, ein Kleinkrimineller. Himsl Import-Export, Schiebereien aller Art. Mehr sog i ned. Wenn du aber was wissen hast wollen, warst du beim Graffiti goldrichtig, denn gewusst hat er alles, was in München und vor allem zwischen Auer Mühlbach und dem Ostbahnhof vor sich gegangen ist.

»Wos gibt's?«

»Da ist der Sanktus …«

»Weiß ich. Steht auf'm Display. Schieß los!«

»Was weißt du über den Haslinger Sipp und seine Frau?«

»Die Annette?«

»Heißt die Annette?«

»Jawoll«, kurze Antwort vom Graffiti.

»Und?«

»Gib mir ein paar Minuten.«

Und schon war der Graffiti weg.

Der Sanktus ist auf der Wiese hinter dem Pool auf und ab. Sein Bauchgefühl hat ihm nichts Gutes verheißen. Der Sipp war ihm außerordentlich sympathisch, und die Annette hat er durchaus attraktiv gefunden. Gut, die Lippen waren etwas hervorstechend, aber sonst hatte sich die Dame für ihr Alter gut gehalten. Aber irgendwie war hier etwas eigenartig. Das hat ihm sein Sodbrennen bestätigt.

Jetzt hat das Telefon geklingelt.

»Pass auf«, hat der Graffiti angefangen, ohne sich zu melden. »Schwierig, was über den Kerl rauszufinden. Er ist Urmünchner. 56 Jahre alt. Sieht man ihm nicht an. Hat zwei Hotels, ist Wiesnwirt von ›Rubenbauers Wurstbraterei‹. Möchte aber gerne ein großes Bierzelt haben. Vom Geld her ist genug da. Er engagiert sich sehr für wohltätige Zwecke in München. Tafel, Sternstunden und so weiter. Das ganze Sach hat er von seinem Vater geerbt. Der Vater war Mitglied der CSU und ein direkter Freund von Franz-Josef Strauß.«

»Und der Sipp?«

»Na ja. Der Sipp ist kein Kind von Traurigkeit. Du findest ihn schon auf fast jeder Münchner Party. Aber nie ohne die Annette. Keine Eklats, keine Vorkommnisse.«

»Die Annette?«

»Ist aus Ingolstadt. Normale Verhältnisse. Seit eh und je mit dem Sipp verheiratet. Sie waren beide relativ jung. Haben bald eine Tochter gekriegt, dann einen Sohn. Die Jessica und den Tom. Über die muss ich mich noch schlaumachen. Das hab ich in der Zeit nicht geschafft. Die Annette engagiert sich für Frauen in Not.«

»Also insgesamt ein Vorzeigeehepaar.«

»Exakt.«

»Na, haben sie vielleicht heute nur einen schlechten Tag gehabt.«

»Keine Ahnung.«

»Komisch!«

»Was sagt dein Bauchgefühl?«

»Dass die nicht so brav sind, wie du sagst.«

»Na Vorsicht, Kamerad Schnürschuh.«

»Mersä!«

»Pass auf, Sanktus. Ich hab da eine Bekannte. Die ist Reporterin bei der ›Münchner Morgenpost‹. Die Meillinger Daniela. Die müsste heute bei euch aufschlagen. Die soll eine Reportage über die Hoteleröffnung, den Haslinger und sein Leben machen. Ist genau dein Typ, Sanktus.«

»Na, bin ich ja schon gespannt!«

»Sanktus …«

»Ja?«

»Finger weg!«

»Eh klar!«

»Ich mach mich weiter schlau. Servus derweil.«

»Servus, Graffiti!«

»Halt! Wart!«

»Was is'n?«

»Der Bichä is im Krankenhaus. Hat's an einem Tatort umgehauen. Brandleiche am Feringasee, sagen sie.«

»Sauber. Und?«

»Burn-out, munkelt man.«

»Sakrament. Akkurat so ein Bär wie der Bichä. Und

wer macht weiter? Hoffentlich holen sie den depperten Demuth nimmer zurück.«

»A woher! 's blonde Haserl.«

»Die Schranner-Bine. Na, wenigstens das. Und von der Bine lasst *du* die Finger weg, gell.«

»Eh klar! Aber weißt, was ich vom Demuth gehört hab? Nachdem er beim Hopfenkiller-Fall immer so komplett falsch unterwegs war und seine Ermittlungen alles andere als objektiv waren …«

»Halt! Auf den Demuth lass ich nichts mehr kommen«, hat der Sanktus interveniert, »der hat mir das Leben gerettet.«

»Ja, genau. Und vorher wollt er dich lebenslänglich einsperren, der Vollpfosten. Aber jetzt pass Obacht! Den Demuth haben sie in die Oberpfalz strafversetzt. In die Oberpfalz! Zur Kripo Weiden. Das ist ganz nah bei Windischeschenbach.«

Jetzt hat der Graffiti gelacht.

»Ja und?«, Sanktusfrage.

»Wer ist da her?«

»Keine Ahnung!«

»Die Altneihauser Feierwehrkapell'n. Sozusagen Höchststrafe für jeden Franken! Was sagst?«

»Ja, mei«, hat der Sanktus gemeint.

»Ich find, das hat er verdient, der Querulant. Da kann er jetzt umeinandergschaftlen und Leute verhaften. Vielleicht kommt er dann einmal im Frankenfasching dran. Also ich muss weiter. Pfiatdi nachher.«

»Servus.«

Kurz darauf ist der Drengler samt Ulli am Pool erschienen, und es war wieder Fremdschämen angesagt. Der Steuerberater hat immer noch seinen Gondoliere-Hut aufgehabt, und man hat ihm das schnelle Weißbier von vorhin schon angemerkt, weil, eines hat der Drengler nicht können, nämlich viel Bier trinken.

Inzwischen haben sich die Liegen schon geleert, da es auf fünf Uhr zugegangen ist, und die Drenglers haben direkt neben der Sanktus-Liege Platz gefunden. Der Drengler hat die Arme in die Hüften gestemmt und den Blick schweifen lassen.

»Ein Idyll hier. Was meint ihr?«, hat er gefragt. Die Ulli hat die Augen verdreht und sich in eine Lektüre vertieft.

»Jens, wie schaut's aus?«, hat der Sanktus gefragt.

»Geh'ma auf a Weißbier?«, hat der Hannes vervollständigt.

»Nee«, hat die Ulli für den Drengler wie aus der Pistole geschossen geantwortet. »Jens hat keinen Durst!« Gesprochen »Du-ch-st«.

Der Sanktus und der Hannes haben ein Lachen unterdrückt, weil, eigentlich hat ihnen der Drengler ja leidgetan. Der hat völlig perplex auf die Ulli, dann auf seine beiden Freunde geschaut und gestottert: »Äh, ja. Durst, äh, lecker-Weizen. Tja. Später vielleicht, nö. Müssen ja den Eröffnungsabend auch noch überstehen, nö.«

»Ein Held«, hat der Sanktus gesagt.

»Pantoffelheld«, hat der Hannes bestätigt und dann sind die beiden noch auf ein letztes Weißbier gegangen. Der Kathi-Blick leider auch nicht viel besser als der von der Ulli. Sie hat ihren Sanktus halt gekannt und hat gewusst, dass nach den ganzen Weißbieren des Nachmittags Gefahr in Verzug war. Aber sie hatte es schon längst aufgegeben, ihren Bierbrauer noch ändern zu wollen.

ICH WÜRDE BIS ZUR LUPULIN-DETOX PLUS REGENERATION GEHEN

Der Sanktus hat sich langsam in seine helle Jeans und das dunkelblaue Poloshirt gequält. Das Shirt hat unangenehm gespannt und ihm war klar, dass er wieder einmal abnehmen hat müssen. Der stetige Bierkonsum in der Haidhauser Bierwerkel, die er und der Hanspeter nun schon im zweiten Jahr betrieben haben, hatte inzwischen seinen Tribut gefordert. Aber die Werkel hatte mit ihrem Craftbier-Shop samt eigener Hausbrauerei sowie Hausmarken wie eine Granate eingeschlagen und war meist proppenvoll. Endlich hatte der Sanktus seinen Platz im Berufsleben gefunden, und die Suche nach dem ewig Neuen und der Veränderung hat ihr Ende gehabt. Die Kathi hat immer noch den Löwenanteil verdient, und der Sanktus war mit seiner Rolle als Bräu und Hausmann durchaus zufrieden. Die Kinder auch, und das war das Wichtigste.

Doch jetzt hätte er viel darum gegeben, den Abend in der Werkel verbringen zu können, um diesem Eröffnungs-Bla-Bla-Gehabe zu entkommen. Aber hilft nichts. Wenn du so einen günstigen Vermieter, in ihrem Fall den Hannes, hast, musst du halt einmal nachstehen. Also Augen zu und durch, wie so oft.

Der Sanktus hat sich neben seine Frau vor den Spiegel gestellt und geschnauft.

»Guad schaust aus, Kathi«, hat sie der Sanktus gelobt

und ihr mit der flachen Hand auf ihren Hintern in ihrem kleinen Schwarzen gehauen.

»Du auch. Wunderbar!«

»Hör ich da ein bisserl Ironie?«, hat der Sanktus nachgehakt.

Jetzt nur kritischer Blick.

»Hat's die Weißbiere mit dem Hannes am Schluss wirklich noch gebraucht?«

»Freilich!«, leichtes Grinsen. »Da war die Anja, der Thumann, der Sipp und die ganze Hautevolee. Da haben wir ned anders können.«

»Ist recht, aber jetzt spritz dir bitte ein bisserl Wasser ins Gesicht und putz dir bitte noch die Zähne, weil so geh ich ned mit dir auf den Empfang. Die Anna mit dem Hannes übrigens auch ned. Dass d' es weißt.«

Der Sanktus hat seine Hand vor den Mund gehalten und hineingehaucht. Ja! Zähneputzen war wirklich eine gute Idee.

Als die Familie Sanktjohanser in der Lobby des Hotels angekommen ist, hatte sich bereits alles mit Rang und Namen geschart. Der Hannes samt Anna und der alte Sanktjohanser sind auch gleich zu ihnen gestoßen. Die beiden Kinder sind gelangweilt dagestanden. Familie also komplett. Eine dunkelhaarige Frau mit einer Kamera ist dem Sanktus gleich aufgefallen. Nach einem kurzen Gespräch ist klar gewesen, dass sie die Daniela, von der der Graffiti erzählt hatte, war. Das südländische Aussehen hat dem Sanktus gleich imponiert. Sein Freund hat wie immer recht gehabt. Genau seine Kragenweite, aber diese Zeiten waren seit der Kathi Gott sei Dank vorbei. Er hat jetzt auch den Thumann neben den Altenbergers und ein paar weiteren Wiesnwirten ausmachen können. Allesamt stattliche Erscheinungen in Tracht und ein bisserl vornehm. Gleich daneben war auch die Wiesnchefin mit einer anderen korpulenten älteren Dame.

Dann waren da anscheinend noch weitere Lager. Das eine vielleicht die Verwandtschaft, das andere hat der Sanktus nicht zuordnen können. Er hat sinniert, wer das wohl war, ist aber sofort unterbrochen worden, denn von hinten ist auf einmal lautstark der Drengler samt seinen beiden Damen hervorgeschossen gekommen und hat diese Damen und Herren überschwänglich mit halben Verbeugungen begrüßt. Aha! Also das Lager der Geschäftspartner und Investoren.

Der Drengler heute in kurzer Lederhose, Trachtenhemd und Weste. Sanktus natürlich sofort Blick auf seine Wadl, also Waden, die mit passenden Strümpfen bekleidet waren, und du wirst es schon ahnen, Spatznwadln. Also keine Muskeln, nur dünn. Ein Anblick zum Abgewöhnen. Die Ulli hat in ihrem Dirndl schon eher etwas hergemacht, obwohl auch alles andere als Original-Bayerin. Aber das Dekolleté hat sich sehen lassen können. Kurz darauf hat sich die Anja in einem schwarzen Hosenanzug dazugesellt. Ihren Mann, einen durchschnittlich aussehenden Herrn, hat sie im Schlepptau gehabt. Also wirklich Investoren! Jetzt war es amtlich.

Nun haben sich der Sipp und die Annette in feinstem teuersten Trachtengwand, dass du meinen hast können, adelige Herrschaften, in die Mitte der Gäste gestellt und die Lager begrüßt. Der Sanktus und der Hannes samt Familie haben unter Geschäftspartner und Freunde rangiert. Dem alten Sanktjohanser hat das anscheinend sehr geschmeichelt, so gegrinst hat er. Die Annette hat immer wieder nervös auf ihre goldene Armbanduhr geschaut, ist dem Sanktus aufgefallen.

»Hat sich gut gehalten für ihr Alter, die Haslingerin, oder?«, hat die Kathi dem Sanktus ins Ohr geflüstert.

»Schon! Für Ende vierzig sauber.«

»Die ist schon knapp über 50. Das kannst du mir glauben. Und der Sipp schaut auch viel jünger aus, als er ist.«

Der Sanktus, jetzt baff und erstaunt, hat die Annette noch einmal gemustert. Die hat gerade zweimal hintereinander auf ihre Uhr gesehen, hat der Sanktus bemerkt.

Als besonderer Ehrengast, und als einziger persönlich, ist jetzt der Pater, der dem Sanktus am Nachmittag schon aufgefallen war, begrüßt worden. Pfarrer in der Steinhauser Backsteinkirche, langjähriger Freund der Familie, hat die beiden schon getraut, die Kinder getauft, und heute soll das Hotel durch ihn und Gottes Segen eingeweiht werden, hat es geheißen. Der Josephus hat einen netten und spitzbübischen Eindruck gemacht und war dem Sanktus, der Geistlichen gegenüber eher zurückhaltend war, sogar sympathisch. Er hat nun ein kurzes Gebet gesprochen, alle haben sich bekreuzigt und dann hat er rings um sich herum Weihwasser verteilt. Aber nicht so zimperlich, wie du das vielleicht aus deiner Pfarrei gewohnt sein magst. Er hat die Leute ringsum mit der heiligen Flüssigkeit schon eher abgewaschen und dabei gegrinst. Anschließend hat er noch einen Pfarrerwitz erzählt und alles war gesegnet.

Nun haben alle ein Glas Sekt bekommen, die Kinder einen Orangensaft, und kleine Häppchen sind gereicht worden. Dann auf an die Tische im Speisesaal. Die Martina hat die Schinkenhäppchen verschmäht, da sie seit zwei Wochen plötzlich Vegetarierin war. Der Schorschi hat ihren Anteil gerne übernommen. Die Martina und die Betty-Lou waren sowieso angefressen, weil es ihnen diese fade Veranstaltung vermasselt hatte, ihre Lieblingssendung mit der neuen Star-Moderatorin Rita Koslowski anzuschauen.

Die Sanktjohansers waren mit den Englers und den Meierhofers in spe, also Anna und Hannes, an einem Tisch. Am Nachbartisch haben sich die Anja, ihr Mann und andere Geschäftspartner angeschlossen. Gegenüber waren Tische mit Bekannten vom Oktoberfest, anscheinend auch Personal aus der Wurstbraterei. Im hinteren Teil des Raums hat sich die Verwandtschaft angesiedelt und an der Front zentral der Tisch der Gastgeber samt lokalen und politischen Honoratioren und Wiesnwirten. Alles in allem eine Gesellschaft, die der Sanktus gescheut hat wie der Teufel das Weihwasser.

Der Drengler hat natürlich sofort zu dozieren angefangen. Die Geschichte des Hotels, die Umstände während der Genehmigungs- und Bauphase. Dann die genaue Beschreibung der Bauabschnitte und sein großartiges Wirken als steuerlicher Kalkulator und Verwalter aller Gelder und Investitionen. Ohne ihn würde das Anwesen heut natürlich nie und nimmer so dastehen. Das war einmal sicher. Dann ist er zum Wellnessangebot, an dessen Entwicklung er auch maßgeblich beteiligt war, übergegangen.

»… konnte ich Herrn Haslinger ja nicht alleine lassen. Als Frequent-Drinker in der sanktjohanserschen Bierwerkel – hier habe ich mir bereits die Platin-Card, kleiner Scherz am Rande, ertrunken – bin ich ja sozusagen genetisch vorbelastet. Hier jedoch fuhr ich eigens mit Ulrike zu Recherche gen Tschechien, denn die sind uns dort ja meilenweit voraus.«

Hier hat der Drengler dramatisch mit der rechten Hand abgewinkt. Deutsche praktisch bierwellnessmäßig Volldeppen, hat er anscheinend zum Ausdruck bringen wollen.

»Also die Bierhefe ist ja ein hervorragendes Kosmetikum bei fast allen Hautproblemen. Sie entfaltet ihre pflegenden Eigenschaften direkt an der Hautoberfläche.«

Jetzt ist er mit der rechten Hand über seinen linken Arm gefahren und hat siebengescheit in die Runde geschaut. Hoffentlich streichelt er nicht auch noch seine Spatznwadl, ist es dem Sanktus durch den Kopf gefahren.

»Auch die Kohlensäure beeinflusst die Hautdurchblutung positiv. Eine wunderbare Kombination. Das hefehaltige Bierbad beruhigt also Körper und Seele, entschlackt und strafft die Haut, regt deren Stoffwechsel an, nö. Wir haben dies als eine Säule der Wellness-Therapie entwickelt.«

Jetzt Daumen nach oben, Gscheithaferlblick, dann Zeigefinger ruckartig hoch.

»Die zweite Säule ist der Hopfen, humulus lupulus, wie der Lateiner zu sagen pflegt. In den letzten Jahren wird seine gesundheitsfördernde Wirkung wieder zunehmend geschätzt. Er wirkt beruhigend, schlaffördernd und ausgleichend, nö! Des Weiteren, nö, beinhaltet er wertvolle Vitamine, Mineralien und Spurenelemente. Er ist sozusagen der Garant für samtweiche Haut. Konrad, sage ich ...«

Jetzt wieder Zeigefinger mahnend nach oben in die Runde.

»... hier müssen wir tätig werden. Hopfenaromabad, Hopfensauna, Hopfenpeeling. It's a Must! Ich würde bis zur Hopfenentgiftung, also bis zur Lupulin-Detox plus Regeneration, gehen. Zentral hier auch der Stressabbau. Auch Massagen mit Hopfenblütenöl in das Programm aufzunehmen war meine Idee, sowie Packungen mit Hopfenextrakt. Sozusagen der ›bierige‹ Kontrapost zur Fangoanwendung.«

Du hättest jetzt die Ulli sehen sollen. Kopfschütteln gar nichts. Du hast ihr genau anmerken können, wie sie sich für ihren Ehemann geschämt hat. Der Sanktus jedoch – weil normalerweise auf Durchzug, wenn der Drengler spricht – heute ausnahmsweise ganz Ohr. Nun hat ihn der Drengler aber abgehängt.

»… unsere Spezialität nicht nur das Bierbad, sondern das Biertrubbad für Härtefälle. Hier sind der eiweiß- und gerbstoffhaltige Biertrub zusätzliche Bestandteile … Haut weicher, elastischer und zarter … Stoffwechsel des Gewebes … Vitamine, Aminosäuren, Mineralstoffe und Spurenelemente … frei von Mikroorganismen … und als Gag, auch das haben wir uns in Tschechien abgeschaut, das Weizenstrohbett zur völligen Entspannung, nö! Na? Was sagt ihr?«

In dem Moment ist der Sipp an ihrem Tisch vorbeigekommen.

»Redet er wieder ewig von der Hopfen- und Bierwellness, der Jens?«

Allumfassendes Nicken ringsherum. Der Sipp hat jetzt seine Brille abgenommen und mit einem Stofftaschentuch, das auch farblich mit dem Sakko abgestimmt war, geputzt.

»Da kennt er sich aber aus. Muss man ihm lassen. Ohne ihn wäre ich nicht deutschlandweit führend in dieser Disziplin. Da hat mir ›s Engerl schon sehr geholfen. Und dir, Sanktus, als Brauer, müsst das ja recht gut gefallen, oder?«

Der Haslinger hat dem Drengler auf die Schulter geklopft und die Hand darauf ruhen lassen, »meine große Stütze« sozusagen demonstrierend. Der Sanktus hat genickt, weil Ehre, wem Ehre gebührt, auch wenn es in diesem Fall das Drengler-Gscheithaferl war. Und dass der Sipp ihn »Engerl« genannt hat, hat dem Sanktus auch gefallen.

Die Küchenhilfe hat ein morbides Lächeln auf ihren Lippen. Sie hasst den Chef, sie hasst seine Frau und sie hasst diese verlogene Gesellschaft der Superreichen. Eigentlich hasst sie auch die Gäste, obwohl sie ihr den Arbeitsplatz ermöglichen. Sie verachtet diese Bagage, die sich heute eingefunden hat. Diese selbstherrlichen Gestalten, allen voraus die Politiker, der Pfaffe und der Haslinger. Diese intriganten Säue, die meinen, mit Geld alles regeln zu können. In einem unbemerkten Moment spuckt sie kurzerhand in den mit Essen gefüllten Wärmbehälter.

Auch beim Abendessen hat der Tisch nicht viel reden brauchen, da der Drengler praktisch jede Speise am Buffet probiert und vor allem kommentiert hat. Das Motto des Abendessens war: »Eine kulinarische Weltreise«, was dem Drengler vollends in die Karten gespielt hat. Der Herr Doktor, polyglott, weitgereist und kulturell ganz vorne. Der Wahnsinn! Monolog kein Ausdruck. Die Ulli hat ihm hin und wieder einen Rempler in die Rippen oder einen Tritt mit dem Fuß versetzt und hat versucht, das Gespräch auf das morgige Brauevent, also den Eröffnungssud, zu lenken. Aber Wirkung weit verfehlt, weil somit Büchse der Pandora geöffnet, denn jetzt hat der Drengler seinen Wissensschatz über die Craftbiere und den neumodernen Einsatz von Hopfen sowie alternativen Brauingredienzien zutage gefördert. Also wieder Stille in der Corona, der Dozierfinger hoch und der Drengler voll in Rage.

»… habe ich letztens in Leipzig 'ne Gose getrunken. Hier wird mit Milchsäure vergoren, Salz und Koriander beigesetzt. Wunderbarer Trunk, wobei ich die Koriandergabe erhöhen würde, so dass dieses traumhafte Aroma besser hervorkommen könnte. Fürderhin muss ich auch noch herausfinden, ob Koriander als Kraut oder Samen verwendet wird. Mit Kraut, denke ich, könnte man hier hervorragend den Bogen zur asiatischen Küche schlagen, denn …«

»Jens, würdest du mir bitte ein Potpourri deiner Wahl an Nachspeisen holen? Das kannst du doch so gut zusammenstellen«, hat die Ulli ihren Mann unterbrochen und ihn angelächelt.

Der Drengler zuerst etwas perplex, dann aber ganz Galan und ist der Bitte seiner Frau nachgekommen. Die Kathi hat den Sanktus angegrinst und ihm ein Bussi auf den Mund gedrückt. Die beiden Mädchen wieder gelangweilt mit Smartphone und Kopfhörern in einer Ecke der Sitzbank des Tisches. Wahrscheinlich Live-Schaltung zu Rita Koslowski.

»Jetzt ist er 'ne Viertelstunde beschäftigt. Sorry. Tut mir leid, dass er heute wieder so in Fahrt ist«, hat sich die Ulli entschuldigt.

Die ganze Gruppe hat abgewinkt und gelacht. Komischerweise hat keiner etwas gesagt, weil irgendwie Themenlosigkeit, aber egal, denn der ganze Tisch hat die Ruhe sichtlich genossen.

Der Drengler hat zwei Nachspeisenteller gebracht und sich auch ans Werk gemacht. Der Sanktus, der Hannes und der alte Sanktjohanser haben nun abwechselnd Witze erzählt, und sogar der vierjährige Schorschi hat seinen Teil mit Kinderwitzen beigetragen. Parole: Nur den Drengler nicht zu Wort kommen lassen. Die Damen am Tisch haben vor Vergnügen gequietscht, und als sogar die Martina dann in die Runde gefragt hat: »Ist ein Bauer, der seine Schafe schlägt, ein Mähdrescher?«, hat auch der Drengler lachen müssen, weil, gemerkt hat er irgendwie schon, dass ihm keiner mehr zuhören will.

Auf einmal hat es geklimpert, und der Sipp ist mit einem Glas und einem Messer dagestanden. Erneute Ansprache jetzt praktisch unvermeidbar.

»So, liebe Gäste«, hat der Sipp angefangen.

Warum müssen alle mit *So, liebe Gäste* anfangen, hat sich der Sanktus gedacht, weil Unart über ganz Bayern verbreitet

»So, liebe Gäste. Ich hoffe, ihr habt den ersten Hunger gestillt und leiht mir kurz euer Ohr. Ich möchte euch, auch im Namen meiner Frau, recht herzlich hier in unserem ›Holledauer Hof‹ begrüßen. Wir haben den Plan gefasst, dieses Hotel zu bauen und …«

Und schon hat der Sanktus nicht mehr zuhören können, Schwindelgefühl wieder einmal kein Ausdruck. Er hat die Gäste ringsum begutachtet, und denen ist es anscheinend nicht anders gegangen, weil fast alle am Wegdösen.

»… möchte ich kurz durch die Tische gehen und einige wichtige Personen begrüßen. Hier an unserem Tisch ein ganz besonderes Grüß Gott an den Vertreter unserer Landesregierung, meinen langjährigen Freund Ignaz Perchtinger, unseren Bürgermeister Rudi Ramsauer und die Vertreter des Gemeinderats …«

Jetzt wieder kurzes Sanktus-Abschalten. Der Haslinger ist jetzt durch die Tischreihen zu den jeweiligen Personen.

»… unsere Wiesnchefin Anneliese Grünmandl mit Begleitung Cilli Meier …«, hat der Haslinger weitergemacht, etwas obszön geblinzelt, der Grünmandl die Hand geschüttelt und etwas ins Ohr geflüstert.

Der Sanktus, der den Hotelbesitzer jetzt genau beobachtet hat und relativ nahe an der Grünmandl gesessen ist, war sich sicher, dass der Haslinger etwas mit »Sexualpartnerin« und »nächstes Mal« geflüstert hatte. Die Grünmandl hat sofort zum schwitzen angefangen.

»Grüß Gott beinand«, hat sie geistesgegenwärtig gerufen, der Sipp ist lächelnd fortgefahren.

»Außerdem begrüße ich auch meine lieben Freunde und Kollegen auf der Wiesn, Hartl und Marion, die mich schon lange auf dem Oktoberfest begleiten. Noch einmal heiße ich Pater Josephus willkommen, einen langjährigen Freund, der schon unsere Kinder getauft hat. Am nächsten Tisch meinen lieben Geschäftspartner, den Hofi, also den Amadeus Hoffmann, mit Gemahlin und Kollegen. Der Hofi ist dafür verantwortlich, dass das Geld fließt, also Scherz beiseite, er vertritt unseren Hauptinvestor. Des Weiteren …«

Jetzt sind all die netten Geldgeber und Geschäftspartner, die an dem Tisch gesessen sind, aufgezählt worden. Vom Frankfurter Großkapitalisten bis zum ländlichen Sparkassen-Filial-Direktor alles anwesend.

»Jessas, jetzt hab ich ihn vergessen. Am Tisch davor unser Doktor Jens Engler nebst liebenswerter Gattin. Er vertritt mich in steuerlichen Dingen. Wir wollen dem Staat ja nichts schenken.«

Dem Drengler seine Augen haben geleuchtet, und er ist einen Meter größer geworden. Kennst ihn ja.

»Am nächsten Tisch die liebe Verwandtschaft, vertreten durch meine Tante Theres. Herzlich willkommen.«

Die Tante hat sich im Rampenlicht gesonnt. Der Rest der Verwandtschaft hat nicht einmal richtig zum Sipp vorgeschaut und sich weiter leise unterhalten. Inniges Verhältnis, hat sich der Sanktus gedacht.

»Am nachfolgenden Tisch sitzt das größte Volksfest der Welt. Allen vorweg mein Freund, der Thumann.«

Kein Herr, nur Thumann. Aha!

»Auch ein Wiesnwirt, also Kollege. Last but not least möchte ich noch ganz herzlich die Olivia Rubenbauer begrüßen. Sie hat mit ihrem Vater, der leider schon verstorben ist, die Wurstbraterei vor uns jahrelang auf dem Oktoberfest betrieben. Olivia, schön dass du da bist.«

Der Sanktus hat eine blasse blonde Frau, die er zuvor nicht gesehen hatte, an dem Tisch ausmachen können. Sie war anscheinend erst nach der Begrüßung im Foyer dazugestoßen oder der Sanktus hatte sie schlicht und ergreifend nicht bemerkt. Bei Damen, wie du weißt, jedoch eher unwahrscheinlich. Irritiert hat ihn, dass die Frau in einem indischen Gewand, also so einer Art Sari und Pumphose, bekleidet war. Würde dem Bhupinder wahrscheinlich gefallen, also eher esoterisch und so …

»Besonders begrüße ich noch meine Mitarbeiter, sei's von der Wiesn oder aus einem Restaurant- oder Hotelbetrieb. Allen voran meinen Chefschankkellner, den Wast. Ohne euch wäre ich nicht, wo ich heute bin. Bitte einen Applaus.«

Der Sanktus hat durch Zufall einen Blick vom Wast, einem in die Jahre gekommenen Hünen mit Clark-Gable-Bart, erhaschen können. Da war nichts von Freude, da war Hass, gefolgt von einem traurigen Gesichtsausdruck. Eigenartig, ist es den Sanktus durchfahren. Sehr eigenartig.

»Und ich möchte noch etwas verkünden. Nach langen Verhandlungen ist mir signalisiert worden, dass meine

Frau und ich, also die Wirtsfamilie Haslinger, ein großes Wiesnzelt erhalten werden.«

Jetzt Feuer und Hass in den Thumann-Augen. Den Sanktus hat ein ungutes Gefühl beschlichen, dass in dieser Runde nicht nur Freunde anwesend waren. So ein bisserl eine Agatha-Christie-Mord-im-Orientexpress-Stimmung hat er gespürt.

Der Abend war fortgeschritten. Die Kathi, die Martina und der Schorschi samt dem alten Sanktjohanser waren müde und sind ins Zimmer hinauf. Ebenso die Familie Doktor Engler, will heißen der Drengler Marschbefehl von der Ulli. Das Duo Hannes-Sanktus ist an den Tisch gegenüber gewechselt. Hier hat, wie der Haslinger schon erwähnt hatte, die Wiesn gesessen, also die Schankkellner und zwei Chef-Bedienungen der Wurstbraterei, der Küchenchef und die Zeichenschieberin. Natürlich war noch der Thumann anwesend. Zusätzlich sind Bedienungen und Personal aus dem Restaurant des Münchner Hotels am Tisch gewesen. Durch die Rochaden an den diversen Tischen hatte sich dann noch die Haslinger-Tante dazugesellt sowie die Grünmandl samt Cilli. Auch die Daniela, die Reporterin von der »Morgenpost«, hat sich hergesetzt. Alles in allem der zünftigste Tisch, weil, bei den Honoratioren, Wiesnwirten, außer dem Thumann, und Politikern am Nebentisch ist es noch einigermaßen etepetete zugegangen. Da jedoch schon die zweite Runde Schnaps am Kommen war, dauert's wohl auch nicht mehr lange, bis die Stimmung kippt, Gedanke vom Sanktus.

»Sie! Ich bin Eahna fei nimmer bös, dass Sie mich heut so eingsaut haben«, hat die Grünmandl lachend ausgerufen. »War nur im Affekt.«

»Gott sei Dank«, hat der Sanktus gescherzt. »Ich hab schon Angst vor der Frisörrechnung habt. So was kann exorbitant ausfallen.«

Da hat sie gelacht, die Grünmandlin, und die Welt war anscheinend wieder in Ordnung. Die Cilli hat ihrer Begleitung einen bewundernden Blick zugeworfen.

Jetzt ist der nächste Schnaps gekommen und die Tante hat gerufen: »Auf den Konrad!«

Der Nachbartisch hat es ihr gleichgetan und auch gerufen. Komischerweise war das Echo am Wiesntisch nicht so riesig, nur die Grünmandl hat laut ein Prost hinausgeplärrt.

»Na, dann halt Prost«, hat der Wast, der alte Schankkellner, gesagt und leise mit seinen Wiesnkollegen angestoßen. Die Hotelmitarbeiter haben einfach so getrunken.

Aha. Gar nicht so beliebt, hat sich der Sanktus gedacht.

»Habts ihr eigentlich gwusst, dass für die Bavaria a Preißin 's Vorbild war? War anscheinend eine unglückliche Liebe vom Bildhauer Schwanthaler«, hat ein dicker Schankkellner mit Vollbart gerufen.

»A geh!«, ein anderer. »Na kömma wirklich aufhören!«

»Und einzäunen tun s' uns jetzt auf der Wiesn. Wie die Affen. Wegen der Terrorgefahr. Da kannst drauf warten, dass die uns mit Erdnüss' füttern.«

»Ja, genau«, hat eine Bedienung gemeint. »Na is's endgültig wie im Fasching. Aber, so is's ja eigentlich jetzad scho. Des macht doch koan Spaß mehr. Nur no Bsuffene und Narrische. Des war doch vor zehn Jahr no ned.«

»Wem gefällt die Wiesn denn überhaupt noch?«, hat die Grünmandl in die Runde gefragt.

Jetzt wird's spannend, hat der Sanktus gedacht, und der Hannes war auch ganz stad und hat gelauscht, aber niemand hat jetzt ganz laut »Mir!« gerufen. Alle haben nur betreten auf den Tisch geschaut.

»Dir, oder? *Du* bist doch immer so euphorisch«, hat der Thumann die Grünmandl angeraunzt.

»*Iiiiich*?«, die Antwort. »Na fürs Volk und Fernsehen. Ich hab die Wiesn in Wirklichkeit so was von dick. Das kannst du mir glauben. Wenn's auf den August zugeht, kann ich schon nimmer schlafen. Ich mein, ich mach das ja erst seit ein paar Jahren, aber ich weiß ned, wie lang ich mir das noch antue. Jeder ist der Wichtigste von der Wiesn, jeder will seine Belange durchsetzen. Alle sind wie Hund und Katz. Die Grabenkämpfe der Wirte, Standlbesitzer und Schausteller. Ein Krieg ist gar nix dagegen. Und am ersten Wiesntag sind sie alle ein Herz und eine Seele und geben sechzehn Tage in Tracht und Landhausoutfit die heile Welt. Da beten sie nebeneinander beim Wiesngottesdienst im Marstall, würden sich aber eigentlich am liebsten das Messer in die Seite rammen. O mei. Oder, Thupsi? Was meinst?«

Jetzt hat der Sanktus ein leichtes Zucken in der Daniela an seiner rechten Seite bemerkt. Da waren sie in ein Wespennest geraten. Sakrament. Der Thumann hat nur betreten in sein Bierglas geschaut.

»Und, Thupsi?«, hat die Grünmandl gemeint. »Sag was. Kannst schon zugeben, dass man versucht, dir dein Bärenbräuzelt wegzunehmen. Feindliche Übernahme, gell.«

»Der geht über Leichen. Wiss'ma ja alle«, hat der Wast eingeworfen.

»Schmarren!«, hat der Thumann gerufen. »Alles nur Gerüchte!«

Der Ausruf ist so laut gewesen, dass sich sogar der Tisch der Honoratioren umgedreht hat. Aber nur kurzes Innehalten, und gleich ist die Konversation weitergegangen.

Hier war etwas sauber im Argen. Der Hannes hat fragend den Sanktus angesehen und der sein Gegenüber. Leider haben beide diese kurze Konversation zu diesem Zeitpunkt noch nicht einordnen können …

Die Daniela hat richtig Auftrieb gekriegt, weil Story im Anmarsch, aber der Thumann hat nichts mehr sagen wollen, ist aufgestanden und hat den Tisch verlassen. Wahrscheinlich ins Bett, weil, angestochen war er auch schon etwas, Stichwort Bettschwere erreicht.

»Und?«, hat die Daniela in die Runde gefragt, »ihr habts doch mit dem Sipp einen tollen Chef. Da wird die Wiesn doch einigermaßen erträglich sein für euch, oder? Oder das Hotel. Ich mein, weil ihr jetzt grad schauts wie drei Tage Regenwetter.«

Die ganze Runde hat jetzt schweigend die Daniela angesehen. Irgendwie war der Tisch gerade wie in Trance. Niemand hat etwas gesagt.

»Liebes Fräulein«, hat sich die Tante, die sich vom Verwandtentisch vorher dazugesellt hatte, an die Daniela gewandt, »bevor Sie etwas missverstehen oder als Reporterin missverstehen wollen, in solchen Betrieben muss absolute Zucht und Ordnung herrschen. Da kann der Chef nicht der beste Freund sein, denn sonst tanzt ihm das Personal auf der Nase herum. Verstehen Sie mich nicht falsch. Ich denke, dass der Konrad, und Sie kennen ja sein positives Wesen, bestimmt einer der nettesten Chefs auf der Wiesn und auch sonst ist. Das beweist alleine die geringe Fluktuation in seinen Betrieben. Sehen Sie, wer würde zur Eröffnung seines neuen Hotels die Belegschaft seiner anderen Betriebe einladen? Und würden die dann auch freiwillig kommen, wenn sie ihren Chef nicht bewundern würden? So! Oder? Noch eine Runde Enzian, bitte!«

Ihren Chef bewundern, hat sich der Sanktus gedacht. Äußerst vermessen, und wenn er sich die Daniela angeschaut hat, hat sich die das Gleiche gefragt. Sie ist näher zum Sanktus herangerutscht und hat ihm zugeflüstert:

»Das ist doch hier ein einziges Schmierentheater, oder? So viel heile Welt kann's doch gar ned geben.«

In dem Moment ist ein Riesenlacher vom Honoratiorentisch herübergekommen. Auch dort alle ein Herz und eine Seele. Eine Fetzengaudi. Nur die Annette hat wieder nervös auf ihre Uhr gesehen, ist dem Sanktus aufgefallen. Irgendetwas mit »wo« und »Jessica« hat der Sanktus sie ihren Mann fragen hören können.

»Da stimmt was nicht. Geb ich dir recht«, hat der Sanktus zurückgeflüstert. »Aber findst morgen schon alles raus. Du interviewst doch den Haslinger wegen deiner Reportage über das Hotel und sein Leben, oder?«

Die Daniela hat gegrinst und genickt. Praktisch jetzt Sanktus-Meillinger-Verschwörung.

Nun ist noch etwas weitergebechert worden, doch niemand am Tisch hat noch irgendein Wort über den Haslinger verloren. Der Sanktus hat zwar des Öfteren versucht, die Wellnessoase und die attraktiven Masseurinnen ins Gespräch zu bringen, aber auch hier keine Reaktion geschweige denn Information. Die Daniela war die Einzige, die an dem Thema interessiert war.

Der Pater Josephus hat sich dann noch kurz zu ihnen an den Tisch gesetzt und Pfarrerwitze erzählt. Er hat ein Bayerisch gesprochen, das eigenartig gefärbt war. Ein bisserl Richtung Donauschwaben, hat der Sanktus gedacht. Der Geistliche war anscheinend schwer in Ordnung und auch etwas weltlich angehaucht.

Der Haslinger ist inzwischen am Geldgebertisch gesessen und hat sich angeregt mit der dunkelhaarigen Anja unterhalten. Beide hatten anscheinend viel Spaß bei ihrem Gespräch. Eine Sipp-Hand ist auf ihrem Oberschenkel geruht. Schon eher freundschaftlich, aber trotzdem irgendwie anzüglich, ist dem Sanktus aufgefallen. Aber auch der Sipp hatte ja bereits einiges gebechert gehabt. Die Daniela hat dann noch ein Foto der beiden gemacht und sich auch an den Tisch dazugesellt. Der Sanktus und der Hannes haben die Segel gestrichen und sind ins Bett. Es ist genug gewesen.

MÜNCHEN 1992

Die drei Mädchen hatten die strapaziöse Flucht zu Pater Josip nach Zadar geschafft. Ivana hatte das Kommando übernommen und ihre Schwestern zum Durchhalten gezwungen. Sie hatte die Vorstellung von einem Leben in Reichtum und vor allem in Frieden mehrmals täglich heraufbeschworen und so die Mädchen zum Weitermarschieren angetrieben. Auch der Weg über die grüne Grenze nach Kroatien war durch viel Glück ohne Probleme verlaufen. Am Ende ihrer Reise hatte Anela starkes Fieber, doch sie schafften es mit Hilfe von gutmütigen kroatischen Bürgern, nach Zadar zu kommen.

Bei Pater Josip angekommen, kurierte die jüngste der Schwestern ihre Krankheit aus, und die weitere Flucht nach Deutschland konnte beginnen. Durch die Beziehungen der katholischen Kirche war es anscheinend ein Leichtes für den Pater, die drei Mädchen nach München zu bringen, wo sie, ausgestattet mit neuen Identitäten, bei einem Freund, der sie aufnehmen wollte, eintrafen. Keines der Mädchen machte sich Gedanken, wofür die neuen Identitäten eigentlich dienten, und waren nur glücklich, alles überstanden zu haben.

Die drei Schwestern erhielten in ihrem neuen Münchner Zuhause gemeinsam ein helles geräumiges Altbauzimmer und konnten in duftender, blütenweißer Bettwäsche erst einmal ausschlafen und die Strapazen der letzten Wochen hinter sich lassen und verarbeiten.

Das bittere Erwachen folgte jedoch auf dem Fuße, als Anela nach einer Untersuchung beim Arzt von der Frau ihres Retters nicht mehr zurückgebracht wurde.

»Anela ist bei einer neuen Familie. Ihr geht es gut«, keifte die Frau. »Macht euch nicht ins Hemd. Und für euch heißt es ab morgen arbeiten. Fügt euch, dann habt ihr eine Chance, eure Schwester wiederzusehen.«

Die Mädchen, die in der Schule Deutsch gelernt hatten, verstanden die Frau einigermaßen, und so gehorchten sie, da sie ohne Pässe – die hatte Pater Josip ihrem angeblichen Beschützer ausgehändigt – keine Chance hatten, von hier zu verschwinden.

Sie ahnten jedoch noch nicht, welche Art von Arbeit auf sie zukommen würde.

SAMSTAG – DER BESETZT DOCH LIEGEN AM POOL!

Der Sanktus ist am Morgen um sechs Uhr aufgewacht und hat sofort aufs Klo müssen. War eigentlich klar nach den Bieren, die er am Vorabend in sich hineingeschüttet hatte. Gerade als er an der Tür seines Hotelzimmers vorbeigeschlurft ist, hat er die Tür des gegenüberliegenden Zimmers ins Schloss fallen hören. Dort hat die Familie Doktor Engler residiert, hatte der Sanktus gestern festgestellt, und schon hat er von draußen ein vergnügtes Summen gehört. Der Drengler in persona. Logisch! Kein Problem, weil, der Steuerberater-Doktor ist ja schließlich zwei Stunden vor dem Sanktus und dem Hannes ins Bett gegangen und hatte definitiv weniger Alkohol konsumiert. Aber was tut der Kerl in aller Herrgottsfrüh schon draußen? Morgengymnastik, Laufband oder Crosstrainer? Sicherlich nicht. Nicht der Drengler.

Der Sanktus hat also ganz leise die Tür aufgemacht und in den Gang hinausgespäht, praktisch Drengler-Observation. Ergebnis: Sein Nachbar war in kurzen Hosen, Schlappen und mit einer Badetasche bepackt unterwegs. Den Gondoliere-Hut hat er Gott sei Dank nicht aufgehabt.

Der besetzt doch Liegen am Pool, sofortiger Sanktus-Gedanke. Eine typisch deutsche Untugend. Aber das würde er ihm versalzen. Na wart, du Trottel!

Er hat sich schnell eine Trainingshose übergezogen und ist dem Drengler leise über den Gang gefolgt. Nach kurzer Zeit hat er ihn schon eingeholt gehabt und ist ihm in einigem Abstand nachgeschlichen. Tatsächlich ist der Steuerberater durch das Treppenhaus hinunter zum Ausgang in Richtung Pool. Der Sanktus ist im Inneren des Hauses geblieben und hat »sein Objekt« durch die gläserne Schiebetür im Außenbereich beobachtet. Schön brav und akkurat hat der Drengler die Handtücher auf drei Liegen platziert. Ein wunderbarer, ruhiger, nicht ganz einsehbarer Platz am Rand, etwas unter einem Gebäudevorsprung, direkt am Pool. Auch zwei Sonnenschirme hat er sicherheitshalber noch ausgerichtet, so dass der hochwohlgeborene Ranzen nach dem Frühstück nicht in der Wärme braten muss. Jetzt wenn er wenigstens den Arsch in der Hose hätte, eine Runde zu schwimmen, dann wäre es ja noch okay, Sanktus-Gedanke, aber natürlich weit gefehlt. Der Drengler hat nur die Arme in die Seiten gestemmt, tief durchgeatmet, seinen Ranzen in die Prärie gestreckt, sich wieder umgedreht und den Rückweg angetreten. Der Sanktus jetzt schnell hinter eine Palme, denn der Drengler ist haarscharf an ihm vorbei zurück zur Treppe spaziert.

Gleich nachdem er außer Sichtweite war, ist der Sanktus hinaus und hat die Liegen lokalisiert. Plan jetzt, die Hotelhandtücher in die Box für die Gebrauchten werfen und die Drengler-eigenen im Pool versenken. So hat's ausgesehen. Gedacht, getan, hat der Sanktus die ersten Handtücher in den Händen gehabt. Aber als er sich nach der Handtuch-Sammelbox umgesehen hat, ist ihm aufgefallen, dass der Boden zwischen den Liegen und dem Pool völlig nass war. Was hatte der Drengler da wieder verursacht? Hatte er drinnen gar nichts davon mitbekommen. Der Sanktus ist also zum Poolrand vorgegangen und hat in das Wasser hineingeschaut. Was er da gesehen hat, da war er sich jedoch sicher, hatte der Drengler nicht verbrochen. Vor ihm ist der Haslinger Sipp mit dem Rücken nach oben tot im Becken geschwommen. Um seinen Kopf herum war das Wasser etwas rot gefärbt.

Der Sanktus, jetzt ja eigentlich Leichenexperte, weil schon vier Mordfälle gelöst und Tote mehr als genug, ist in dieser Situation aber doch nervös geworden. Ihm sind die Masseurin, der Annetten-Streit mit dem Thupsi und die gestrige Abendveranstaltung durch den Kopf gegangen. War der Orient-Express doch nicht so weit hergeholt gewesen? Irgendwas war hier faul. So faul, dass der Sipp tot im Pool liegt. Aber was jetzt tun? Polizei! Die Polizei hat hermüssen. Aber wie anrufen, wenn du Depp dein Handy im Hotelzimmer liegen hast? Also Rückzug in den ersten Stock, und das mit Drehzahl.

Der Sanktus ist nun rein in das Zimmer, Berserker Scheißdreck dagegen, aber find jetzt mal dein Handy, wenn du so nervös bist, dass du meinst, dir zerreißt's den Schädel, und vor allem, wenn du am Vorabend unkontrolliert, aufgrund des etwas erhöhten Alkoholkonsums, alles verstreut hast.

Erste Aktion in der Früh normalerweise: Wo sind mein Schlüssel, mein Handy und mein Geldbeutel? Oder? Aber heute ja keine Zeit, weil akute Drengler-Beschattung angesagt. Dann doch noch Glück, weil, das Telefon ist brav auf dem Nachtkasterl gelegen.

Die Kathi ist natürlich aufgewacht und hat den Sanktus verschlafen angeblinzelt.

»W' is'n los?«, hat sie ihn unverständlich murmelnd gefragt.

»Der Sipp liegt tot im Pool. Schlaf ruhig weiter. Ich brauch nur mein Handy. Bis später, Bussis.«

Und Abgang Sanktus. Die Kathi, jetzt senkrecht im Bett, hat ihrem Sanktus verunsichert nachgeschaut.

Der Sanktus ist nun wieder in Richtung Pool und hat die Nummer vom Bichlmaier ins Handy getippt, weil erste Anlaufstelle, wenn Mord im Gespräch. Jetzt kurzes Innehalten. Der Bichlmaier war ja mit einem Burnout anscheinend außer Gefecht. Also die Bine. Die Schrannerin hat herhalten müssen. Die hat ewig nicht abgenommen und sich, als sie dann irgendwann dran war, auch sehr bedankt, dass sie der Sanktus am Samstag in der Früh um kurz vor halb sieben aus dem Bett klingelt. Der Sanktus hat gemeint, er hätte im Hintergrund noch eine männliche Stimme hören können. Also strategischer Rückzug. Daher 110 wählen, sprich Tipp von der Bine ausführen.

Nach einem kurzen Telefonat war klar, zwei Beamte schauen vorbei, und die Kripo Erding ist zuständig. Bitte einstweilen nichts anrühren und den Tatort sichern, Aussage der Telefondame.

Der Sanktus hat sich nun langsam beruhigt und die Herzschlagfrequenz ist zurückgegangen. Tatort sichern ist ja recht und schön, aber der Sanktus hat zuerst die Annette informieren wollen. Alles andere wäre schließlich unfair.

Er ist nun kreuz und quer durch das gesamte Hotel, aber nirgends eine Spur von der Haslinger. Eigentlich logisch, da erst halb sieben, aber hilft halt nix. An der Rezeption hat er dann gebeten, die Dame des Hauses anzurufen, aber sie ist nicht an ihr Mobiltelefon gegangen. Der Sanktus jetzt schon nervöser, weil hoffentlich kein Doppelmord. Das wäre schon zu viel für seinen samstäglichen Morgenmagen gewesen. Ja, so was! Zefix. Da war er wieder in etwas hineingeschlittert.

Die nette Rezeptionistin war zuerst einmal verwundert, was der Sanktus in aller Herrgottsfrühe bei ihrer Chefin hat wollen, hat ihm aber – nachdem er mit einem lauten »Sagen Sie mir jetzt endlich, wo ich die Annette find, oder nicht, Zefix« fast das ganze Hotel zusammengeplärrt hat – erklärt, wie er über die Einfahrt und den Parkplatz zur Wohnung der Haslingers kommen würde. Anscheinend hatte sich das Ehepaar ein Domizil hier im Gebäude reserviert, falls längere Abende anstanden und die Heimfahrt erschwert wäre.

Der Tatort war nun schon eine gute halbe Stunde unbewacht!

Die Haslinger hat dem Sanktus im Bademantel aufgemacht. Ungeschminkt hat man ihr ihr Alter dann schon angesehen, aber trotzdem hat sie mit ihren nassen Haaren und ihren Reindl-Melanie-Augen eine gewisse Anziehung auf den Sanktus ausgeübt. Der Sanktus wie immer gleich Blick nach unten und Zehen-Inspektion. Mittelmäßiges Ergebnis, weil Überbeine und Anziehung gleich wieder etwas geringer.

»Guten Morgen, Herr Sanktus«, hat ihn die Annette mit ihrer etwas rauchigen Stimme begrüßt.

»Guten Morgen, Frau Haslinger«, hat der Sanktus erwidert. »Könnten Sie bitte kurz mit mir mitkommen. Ich hab da was im Pool gefunden.«

»Im Pool? In welchem denn?«

»Außenpool«, karge Sanktus-Antwort.

»Außenpool. Aha. Und was haben Sie da Wichtiges gefunden, dass Sie gleich am Samstag in aller Herrgottsfrüh bei mir aufschlagen?«

»Einen Toten. Die Polizei hab ich schon verständigt. Ich glaube, es ist Ihr Mann.«

Die Haslinger hat innegehalten, ihn sprachlos angeschaut, den Kopf geschüttelt, sich kurz etwas zum Anziehen übergeworfen und ist, nur mit einem kurzen Sommerkleid bekleidet, dem Sanktus mit Karacho zum Pool gefolgt. Während des Umziehens hat er den Hannes kurz über Handy verständigt, was geschehen war, und hat ihn gebeten, ihn am Schwimmbecken zu treffen. Unterwegs haben sie in der Einfahrt zufällig Pater Josephus aufgegabelt, der ihnen auf Bitten der Annette gefolgt ist.

Der Sanktus hat den Hannes schon durch die Glastür am Pool stehen sehen können. Wie war der so schnell dorthin gekommen? Der hat gar nicht einmal so ein betroffenes Gesicht gemacht, wie der Sanktus erwartet hatte, weil doch bestimmt erste Leiche, oder? Eher so einen suchenden Blick hat er in seinem Autoverkäufer-Gesicht gehabt. Den Kopf hat er auch immer wieder ein bisserl geschüttelt. Kein gutes Zeichen. Das ist dem Sanktus klar gewesen. Da hat etwas nicht gestimmt.

Die Annette ist mit einem Affenzahn durch die elektrische Schiebetür und zum Poolrand vor. Sie hat in das Wasser gesehen und auch sie hat wieder den Kopf geschüttelt. Jetzt muss der Zusammenbruch samt Weinkrampf kommen, Meinung vom Sanktus, aber weit gefehlt. Die Haslinger hat sich umgedreht, irgendwie unverständlicherweise aufgeatmet und ihn postwendend vorwurfsvoll angesehen. Ein Blick zum Hannes und dort leider gleicher Gesichtsausdruck.

Der Sanktus also langsames Vortasten und ebenfalls Blick ins Wasser und sofort Blitzeinschlag.

Weit und breit kein Haslinger Sipp geschweige denn seine Leiche im Wasser. Nur nasse Fliesen.

»So, wo ist bitte der Tote?«, hat der Sanktus eine forsche Stimme aus dem Off hören können und sich umgedreht.

Vor ihm zwei Polizeibeamte in Grün samt Rezeptionistin in der gleichen Farbe, die sie zum Schwimmbecken geführt hatte. Hubert und Staller Scheißdreck dagegen.

Inzwischen hatten sich schon einige Gäste, die zum morgendlichen Schwimmen gekommen waren, am Pool eingefunden. Unter ihnen die Anja in einem weißen Bikini, der ihre dunkle Haut wunderbar betont hat. Der Anblick, einen kurzen Moment gedanklich weg von der verschwundenen Leiche, eine angenehme Abwechslung. Auch die Daniela war anscheinend eine Frühschwimmerin, weil auch sie, im schwarzen Bikini und mit Handtuch, am Pool angekommen ist.

»Also, wer hat jetzt hier eine Leiche gefunden?«, hat der erste Polizist, ein etwas beleibter mit gezwirbeltem Schnauzbart, gefragt. Der zweite Staatsbedienstete, ein hagerer, grauhaariger, dürrer, ist am Pool auf und ab stolziert und hat Fotos gemacht.

»Ich!«, hat der Sanktus zögerlich hervorgebracht und den Finger wie ein Erstklässler im Unterricht nach oben gehoben.

»Aha, Name?«, hat der zweite Polizist vom Pool her gerufen.

»Sanktus. Äh, Sanktjohanser, Alfred.«

»Und mein Name ist Jean-Pierre Meierhofer, also Hannes«, hat der Hannes zu Protokoll gegeben. »Der Herr Sanktjohanser ist mein Schwager in spe.«

»Aha«, hat der Schnauzbärtige abwesend gemurmelt und ist einen Schritt auf den Sanktus zugegangen.

»Und wo iss' jetzad, die Leich, ha?«, die Polizistenfrage.

Wirre Gedanken nun im Sanktus-Schädel. War er etwa schon dement? König-Ludwig-Syndrom? Wahnvorstellungen und so weiter und so weiter? Er hatte doch vor einer guten halben Stunde glasklar den Haslinger Sipp direkt vor sich im Poolwasser treiben sehen. Der kann doch nicht einfach so verschwunden sein.

Der Sanktus jetzt Blick in die Runde. Die Anja und die Daniela haben ihn mitleidig betrachtet. So: Ach, der arme Mann, völlig verwirrt. Und das schon in diesem Alter. Kannst du dir schon vorstellen, wie sie geschaut haben, oder?

»Keine Ahnung«, hat der Sanktus geantwortet. »Vorher war sie noch da. Dann hab ich Sie gerufen, bin anschließend zur Frau Haslinger, und wie wir wieder zurückgekommen sind, war die Leiche weg.«

»Und wer die Leiche war, haben Sie ned erkannt?«, hat der dürre Polizist, der sich inzwischen auf einen Liegestuhl gelegt hatte, gerufen.

»Sepp, was machst denn da?«, hat der Schnauzer gefragt.

»Ich verleib mir den Tatort ein. In allen Details, verstehst«, hat der andere gemeint und hat mit einem Scanner-blick die Poollandschaft und die Anwesenden »gescreent«.

»Gut, äh. Also«, hat der erste Polizist weitergemacht. »Können Sie sagen, um wen es sich bei dem Toten gehandelt hat?«

»Freilich. Um den Herrn Haslinger«, hat der Sanktus konstatiert.

Die Daniela und die Anja haben vor Schreck die Hand vor den Mund gehalten, weil Entsetzen, aber die Annette hat nur wieder den Kopf geschüttelt, auf den Sanktus gezeigt und so, als würde sie ausdrücken wollen, der Mann ist ja nicht ganz dicht, gelacht.

Die Haslinger Annette ist natürlich sofort befragt worden, weil ja angeblich Witwe. Sie hat etwas gezittert, und der Pater hat ihre Hände zwischen den seinen gehabt, weil normales Händchenhalten für einen Geistlichen wahrscheinlich selbst in dieser Situation nicht erlaubt.

»Es kann nicht sein, dass mein Mann der Tote im Pool ist«, hat die Annette zögerlich geflüstert.

»Eh klar!«, hat der Schnauzer-Polizist gemeint. »Weil, wir haben ja da drin gar keinen.«

»Frau Haslinger, wo ist denn dann Ihr Mann?«, hat der Dürre, der den Liegestuhl inzwischen wieder verlassen hatte, gefragt. »Können Sie ihn vielleicht kurz herholen?«

»Nein«, hat die Annette gewispert. »Er ist heute schon um fünf in der Früh nach Frankfurt zu einem Geschäftspartner gefahren.«

Jetzt hat den Sanktus der Bus gestreift. Ja, was war denn hier los? Zuerst liegt der Sipp um sechs Uhr tot im Pool, und dabei soll er da schon seit einer Stunde im Auto gesessen sein. Sehr verdächtig!

Also nur drei Möglichkeiten: Die Annette lügt, oder der Sipp hat sie belogen und jemand hat ihn aus dem Weg geräumt, oder der Sanktus schon gaga wie der König Ludwig. Gott bewahre!

Das Ende vom Lied war, wie du dir vorstellen kannst, keine Leiche, also keine Ermittlungen, und ein Protokoll, das der Sanktus dann auf der Polizeiwache hat später unterschreiben sollen.

FREILICH WAR ER'S!

Der Hannes und der Sanktus haben die ganze frühmorgendliche Aktion ausführlich beim Frühstück dargelegt. Ihre Damen eher verschnupft, weil Angst, dass der schöne Urlaub dahin ist, der alte Sanktjohanser interessiert, die Kinder eher nicht, aber der Drengler völlig aus dem Häuschen.

»Also ihr beiden«, hat er gezischt, »warum habt ihr mich denn nicht verständigt. Besonders du, Sanktus. Ich hätte den Tatort sichern können. Jetzt hast du keine Leiche, und der ganze Schuppen hier denkt, du bist meschugge. Na, da hättest de mal mitdenken sollen, nö.«

Die Ulli hat die Augen verdreht.

»Dabei haben wir schon mehrere Fälle gelöst, wir beide, nö. Da hättest du mich als erfahrenen Ermittler ja dann doch wohl …«

Aber weiter ist er nicht gekommen, denn die Ulli hat ihn unterbrochen.

»Jens, du warst doch kurz vor Sanktus am Pool. Da hättest du doch die Leiche sehen müssen, nicht?«

»Genau! Warum warst du eigentlich am Pool? Wollt'ma Liegen reservieren, Jens? Oder hast du den Sipp auf dem Gewissen?«, hat der Hannes gestichelt.

Jetzt Drengler-Pause, weil Zwickmühle. Sanktus großes Grinsen. Entweder zugeben müssen, dass der Ermittlerblick versagt hatte, oder dem Sanktus totale Verwirrung bescheinigen, weil keine Leiche da? Saudumme Angelegenheit. Der Drengler war diplomatisch und hat nichts gesagt und sein weichgekochtes Ei gelöffelt. Doch die Ruhe hat nur kurz gedauert.

»Habe ich euch schon erzählt, dass ich in Japan gerne Miso-Suppe zum Frühstück hatte …?«

Inzwischen hatten am Tisch gegenüber die Altenbergers, der Thumann und die Wiesnchefin Grünmandl Platz genommen. Der Sanktus hat ihre beobachtenden Blicke schon mitbekommen, auch wenn sie sich noch so bemüht haben, nicht zu seinem Tisch herüberzuschauen. Jetzt ganz leises Getuschel und immer wieder Lugen in Richtung der Sanktjohansers. Wie am Sonntag in der Kirche während der Predigt. *Da, schau dir die Hintermoserin an. So aufgebrezelt geht man doch in keine heilige Messe. Wie es ihr den Busen rausdrückt. Also wirklich. Und so geht sie zur Kommunion, das Luder. Schämen tät ich mich. Wahrscheinlich geht sie ja nebennaus, weil, den Mann hab ich ja auch schon lang nicht mehr gsehen. Also ich will ja nichts sagen, aber so eine verruchte Person. Gelobt sei Jesus Christus. In Ewigkeit Amen.*

Die Neuigkeit des vermissten Toten war also schon durch, sprich bekannt. Der Sanktus ist sich vorgekommen wie ein verurteilter Straftäter, so ist er von allen Seiten begutachtet worden.

Jetzt ist die Tante vom Sipp am Tisch vorbeigekommen, und die Grünmandl hat sie sofort am Ärmel zu sich gezogen und aufgeklärt. Die auch gleich Blick zum Sanktus und ab zum Verwandtentisch. Dort Kopfschütteln und auch verstohlene Visualattacken. Dem Sanktus ist schon wieder Rauch zum Genick hinaus, aber die Kathi hat ihm die Hand gestreichelt und ihn beruhigen können.

Plötzlich ist die Annette im gefüllten Frühstücksraum erschienen und hat um Ruhe gebeten.

»Guten Morgen zusammen. An Ihren Blicken sehe ich, es hat sich bereits herumgesprochen, dass wir heute Morgen die Polizei im Haus hatten. Ich möchte vorausschicken, dass es keinen Grund zur Beunruhigung gibt. Unser lieber Gast, Herr Sanktjohanser, hat heute beim Frühschwimmen, wie soll ich sagen, einen vermeintlichen Leichnam entdeckt und die Polizei verständigt. Dieser Leichnam hat anscheinend meinem Mann geähnelt. Ich möchte Herrn Sanktjohanser nichts absprechen und denke, dass ihm wohl jemand einen Streich spielen wollte, da er ja als Hobbydetektiv bekannt ist. Falls sich derjenige unter uns befindet, möchte ich ihn bitten, die Sache sofort aufzuklären, um weiteren Schaden abzuwenden. Ich möchte dem

Sanktus auch nichts vorwerfen«, bei dem Wort »Sanktus« hat sie dem Gemeinten einen warmen, verständnisvollen Blick zugeworfen, »es sei aber versichert, dass sich mein Mann bester Gesundheit erfreut. Er musste unvorhergesehen nach Frankfurt fahren und wird dort im Laufe des Tages ankommen. Ich habe bereits mit ihm gesprochen. Der Polizei habe ich seine Handynummer und das Hotel durchgegeben. Sie wird überprüfen, ob sich mein Mann tatsächlich dort befindet. Also, kein Grund zur Besorgnis. Genießen Sie den Tag, genießen Sie den Aufenthalt hier. Wie immer haben wir ein reichliches Angebot an Sport. Auch unser Atelier ist am Nachmittag geöffnet. Wir bieten auch eine Wanderung durch die Hopfengärten der Umgebung an. Ab 10 Uhr wird unser Sanktus den Einweihungssud in der Brauerei brauen. Meinem Mann tut es außergewöhnlich leid, dass er diesem Event nicht beiwohnen kann, lieber Sanktus. Aber bitte kommen Sie alle auf einen Schoppen vorbei. Es lohnt sich. Danke für die Aufmerksamkeit.«

»Wenn Sipp Haslinger wirklich tot ist, mein lieber Sanktus«, hat der Drengler gefaselt, »dann braust du de facto einen obergärigen Totensud für ihn. Das wäre sozusagen ein Weißbier-Requiem. Hoffentlich ist es nicht dein finales Gebräu, denn bei Mozart war es ja bekanntlich die letzte Komposition 1791 …«

Der Sanktus hat dem Drengler nicht zuhören können, denn jetzt total perplex. Die Annette hatte schon mit dem Sipp gesprochen? Da weißt du nicht mehr, bist du Manderl oder Weiberl? Wirklich nicht mehr. Er hat den toten Haslinger noch direkt vor seinen Augen gehabt. Es war definitiv der Wirt und kein anderer. Aber wenn *er* doch irgendwie nicht mehr richtig im Kopf war? Ein Gehirntumor zum Beispiel. Da hat's dem Sanktus gleich im Schädel gestochen. Oder Schizophrenie? Also ein Sanktus und ein Alfred oder so. Weiß man's? Sicher bestimmt nicht. Oder die Dame vor ihm war so was von abgebrüht, da sagst du Sie. Eher Zweites, hat er sich gedacht. Aber dann lügt sie wie gedruckt, und warum trauert sie ihrem Ehemann überhaupt nicht nach? Und wo war der Sipp? War seine Leiche noch im Hotel? Wo war sein Wagen, mit dem er nach Frankfurt unterwegs sein soll? Wie hatte sie ihren Mann weggeschafft und wer hatte ihr dabei geholfen?

Da war allerhand rauszufinden für den Sanktus.

»Hannes?«, hat der Sanktus seinen Schwager in spe gefragt. »Ich glaub, wir machen heut Nachmittag eine Aktion.«

Gott sei Dank hat der Hannes nichts vorgehabt, sprich, der Gesichtsausdruck seiner Anna hat darauf schließen lassen, dass sie es eh schon aufgegeben hatte, ihren Lebensgefährten am heutigen Tag für irgendeinen Ausflug begeistern zu können.

Die Damen haben daraufhin verkündet, dass sie heute mit den Kindern zum Hundertwasserturm nach Abensberg fahren wollten. Der Drengler hat sofort versucht kundzutun, dass auch er bei den Männern bleiben möchte, da hat ihn die Ulli vehement abgewürgt und ihm versichert, dass er definitiv mitzukommen habe, weil sie ja zusammen als Familie unterwegs wären. Der Drengler hat lautstark die Luft aus den Lungen gelassen und war sichtlich angefressen.

»Ich bleib bei den beiden Herren«, hat der alte Sanktjohanser verkündet. »Weil, ich kenn den Turm schließlich schon. Und zweimal brauchts diese bunten Eindrücke wirklich ned.«

Kaum herausposaunt, ist er aufgestanden und hat zum Sanktus und Hannes gemeint, man sehe sich ja eh gleich in einer halben Stunde beim Einmaischen. Im Vorbeigehen hat er dem Drengler Beileid bezeugend auf die Schulter geklopft und »Respekt, Jens!« gesagt. Dabei hat er verschmitzt gegrinst.

Kurze Zeit später war der Sanktus bereits im Braukeller des Hotels am Malzschroten. Neben den Sudpfannen waren drei kleine Stehtische für etwaige Gäste aufgebaut. Kommt mir heute eh keiner bei diesem Traumwetter, hat sich der Sanktus gedacht und das Maischprogramm gestartet. Zweieinhalb Stunden würde die Maische nun von 50 auf 78 Grad Celsius unter Einhaltung verschiedener Temperaturrasten gerührt werden, bis die Stärke des Malzes zum süßen Malzzucker umgewandelt sein würde.

Der Sanktus hat den bläulich beleuchteten Getränkekühlschrank an der Wand begutachtet und schulterzuckend ein Weißbier herausgenommen.

»Eahm schaug o!«, hat er den Hannes mit seinem Vater vom Eingang herkommend hören können. »Nur ein Schwein trinkt allein, Herr Sanktjohanser. Tu gleich noch zwei raus!«

Das hat sich der Sanktus natürlich nicht vorwerfen lassen, hat für die beiden ebenfalls zwei kühle Biere entnommen und ihnen gleich darauf die wunderbar eingeschenkten Weißbiergläser gereicht.

»Geht doch nix über einen Frühschoppen«, hat der Vater nach dem ersten langen Zug aus seiner Halbe gemeint und hat aufgestoßen, dass es ihm die Tränen in die Augen gedrückt hat.

»Und so schön ruhig ohne den Drengler«, hat der Hannes vervollständigt, und die drei haben beim Gedanken an den armen Kerl mit den ganzen Weibern im Schlepptau lachen müssen.

Natürlich ist die Rede sofort auf den Toten gekommen und wie nun zu verfahren sei. Der Sanktus hat noch einmal vehement bestätigt, dass im Pool der Sipp, und kein anderer als der Sipp, geschwommen war. Höchstens, er spinne inzwischen. Irgendwer muss also die Leiche, während er zur Annette gehastet war, entsorgt haben.

»Vielleicht ist sie ja noch irgendwo im Hotel. Versteckt im Eifer des Gefechts. Da sollten wir schleunigst zum suchen anfangen«, hat der Sanktus angewiesen.

»Bevor sie ihn irgendwohin transportieren?«, hat der Hannes gefragt.

»Genau«, der Vater, »und wir müssen schauen, ob dem Sipp sein Auto noch hier ist. Na kann er nämlich gar ned in Frankfurt sein, oder?«

»Das würde heißen, dass die Annette lügt«, hat der Hannes kombiniert.

»Exakt«, ist's vom Sanktus gekommen. »Weil, sie hat ihn ja sicherlich um fünf in der Früh wegfahren sehen und bereits mit ihm gesprochen, dieses meineidige Weib, dieses meineidige. Wir müssten auf jeden Fall das Hotel in Frankfurt rauskriegen und dort anrufen. Dann würd ma's wissen, ob er wirklich da droben ist.«

»Aber wie willst denn das rauskriegen?«, hat der Hannes gefragt.

»Vielleicht sollten wir's über die Schranner Bine probieren«, hat der Sanktus gesagt. »Halt! Schau. 62 Grad sind's schon. Erste Rast. Jetzt hamma eine halbe Stunde Zeit. Da könnten wir uns ja kurz einmal umschauen und das Auto checken.«

Aber so weit ist es nicht gekommen, weil der Thumann inzwischen in den Braukeller hereingeschlichen war. Der Hannes und der alte Sanktjohanser haben dem Sanktus durch Gesten zu verstehen gegeben, dass sie sich um das Auto kümmern würden.

»Guten Morgen«, hat der Thumann das Gespräch eröffnet. »Und wia schaut's aus? Siad's scho?«

»Naa, moascht no«, hat der Sanktus erwidert.

»Hä?«, seitens Thumann.

»Es siedet noch ned, es maischt noch. 62-Grad-Rast haben wir«, hat ihn der Sanktus aufgeklärt.

»Ah so! 'tschuldigung. Ich versteh nix von der Bierherstellung. Nur vom Ausschank«, hat der Wiesnwirt verlegen lächelnd gemeint.

»Vom Betrügerischen, gell?«

»Wie meinen S' des jetzt, Sanktus?«

»Ausschank, mein ich.«

»Ausschank? Betrügerisch. Geh, jetzt machen S' a mal an Punkt.«

Wieder Verlegenheit.

»Muss ja was verdient sein, gell?«

»Ist lang nicht mehr so wie früher«, hat der Thumann gemeint und mit der Hand abgewinkt.

»Ned?«

»Nein. Viel weniger.«

»Verdienst?«

»Ja. Es wird alles teurer. Die Kontrollen nehmen zu.«

»Drum müssts besser einschenken?«

»Ja, freilich«, hat der Thumann bestätigt. »Äh, nein. Also Zefix. Sie machen mich ganz deppert.«

»Ah, geh!«

»Wiesenwirt ist ein Geschäft wie jedes andere auch. Wir servieren Top-Qualität zu erschwinglichen Preisen. Was glauben S', was das Aufbauen von so einem Zelt kostet? Das ist kein Pappenstiel.«

»Da tuts ihr Wiesenwirt' mir ja fast leid«, hat der Sanktus gefrotzelt. »Na machts ihr des ja praktisch nur zum guten Zweck?«

»Herrschaft, natürlich ned. Reden S' doch ned so saublöd daher«, hat sich der Thumann echauffiert.

Der Sanktus, jetzt voll in seinem Metier, war recht zufrieden mit sich.

»Aber reden wir über was anderes«, hat der Thumann weitergemacht. »Haben Sie wirklich den Haslinger da heute in dem Schwimmbad treiben sehen?«

»Warum fragen S' mich das?«, hat der Sanktus wissen wollen.

»Nur a so. Weils mich grad interessiert«, die Antwort. Wieder verlegenes Lächeln und jetzt Schweißperlen auf der Stirn.

»Nur a so. Aha!«

»Und?«

»Freilich war er's. Hundertprozentig! Bin ja ned plemplem.«

Dem Thumann ist anscheinend ein Stein vom Herzen gefallen, so hat sich seine Mimik aufgehellt. Seinen Schweiß hat er sich mit einem rot-weiß karierten Taschentuch weggewischt.

»Sind S' jetzt froh?«, hat ihn der Sanktus gefragt.

»Wie? Was?«, hat der Wiesnwirt gestottert.

»So wie ich's gsagt hab, mein ich's. Also?«, hat der Sanktus mit drohendem Unterton gefragt.

»Merkt man's gar a so?«

»Scho!«

Der Thumann hat sich auf die stählerne Stufe, die zum Bedienpult zwischen den Sudgefäßen geführt hat, gesetzt und hat wie ein Häuflein Elend ausgesehen.

»Hell oder Weißes?«, hat der Sanktus gefragt.

»Hell!«, hat der Thumann gejapst, und der Sanktus hat ihm eine Halbe eingeschenkt.

Nun sind die beiden nebeneinander auf der Treppe gesessen und haben getrunken.

»Die wollen mein Bierzelt«, hat er die Katze aus dem Sack gelassen. »Vor allem sie, diese Harpyie! Dieses Satansweib. Er wär ja gegangen, aber sie! Eine Ausgeburt des Teufels. Die beiden haben seit bald fünfzehn Jahren ihre geschissene Wurstbraterei. Ist ihr natürlich zu mickrig. Da kann sie ned die große Madame geben. Sie! Er, glaub ich, wär ganz zufrieden gewesen. Aber sie nicht. Sie nicht! Seit einigen Jahren versucht sie mich immer wieder bei meiner Brauerei zu diskreditieren. Die Brauerei hat ja das Vorschlagsrecht für ihren Wirt über den Referenten beim Wiesnausschuss. Natürlich hat sie auch schon versucht, den Referenten auf ihre Seite zu ziehen. Dieses Jahr war's knapp. Meine Frau ist letztes Jahr kurz vor dem Oktoberfest gestorben, und mich hat's ganz schön gewürfelt. Wir haben uns unsere Aufgaben fast zwanzig Jahre geteilt. Da war jeder Handgriff eingeübt und klar definiert. Das ist geflutscht, verstehen S'? Und auf einmal steh ich allein da. Können S' Eahna des vorstellen? Da klappt natürlich ned alles. Personal, Küche und so weiter. Unsere Tochter hat versucht auszuhelfen, so gut wie es gegangen ist. Ständig haben wir die Gewerbeaufsicht und die Lebensmittelkontrolle im Zelt gehabt. Der Verein gegen betrügerisches Ausschenken war Stammgast in unserem Zelt. Alles von dieser Xanthippe angestachelt. Ein alter Schankkellner hat sogar vor der Presse bestätigt, dass ich ihn zum schlechten Ausschank anhalten würde. Weiß nicht, was sie ihm gezahlt hat.«

Der Sanktus hat sich an die Geschichten, die im letzten Jahr durch die Presse gegangen waren, erinnern können und verständig mit dem Kopf genickt.

»Nur meine lange Verbundenheit mit der Brauerei hat mich gerettet. Anscheinend ist dieses Weib dort auch sehr unbeliebt, und die Haslingers erfüllen den Anforderungskatalog für ein großes Bierzelt Gott sei Dank nicht annähernd.«

Der Thumann hat jetzt sein Glas zum Prost gehoben und gegrinst.

»Drum versteh ich seine Ankündigung von gestern eigentlich nicht. Aber trotzdem. Jetzt dürfte erst mal Ruhe sein, wo er tot ist. Allein packt sie das nie!«, hat er seinen Monolog geschlossen und einen tiefen Zug genommen.

Dem Sanktus war jetzt so einiges klar.

»Aber ich hab gemeint, die Haslingers sind das Wiesn-Vorzeigepaar, und die Altenbergers hingegen wären die Gscherten«, hat der Sanktus gefragt.

»Der Hartl und die Marion?«, hat der Thumann aufgeschrien. »Gschert? Die beiden kenn ich schon seit meiner Kindheit in Milbertshofen. Wirklich ned. Die beiden sind ganz normale Leute wie du und ich. Brav, katholisch, bayerisch. Wer hat denn diesen Schmarren erzählt?«

»Der Sipp.«

»Merkst was?«, hat der Thumann gefragt, sich erhoben und sein Bier ausgetrunken. »Guad war's. Danke dir, Sanktus. Und Gott geb Glück und Segen drein. Brau noch schön. Pfiat di!«

Der Sanktus hat dem Wiesnwirt nachgeschaut.

»Jetzt is's ma wohler«, hat dieser beim Gehen gemurmelt und herzhaft aufgestoßen.

Der Sanktus hat sich nur kurz seinem Tagwerk zuwenden können, da ist schon die Haslinger-Tante in den Braukeller gerauscht. Praktisch fliegender Wechsel mit dem Wirt. Der Sud ist gerade bei der 68-Grad-Rast gestanden.

»Was bilden Sie Eahna überhaupt ein?«, ist die Tante auf den Sanktus losgegangen. »Wie können Sie so was überhaupt behaupten? Ha?«

Die gescherte Tonlage, in der sie dieses »Ha« rausgewürgt hat, hat dem Sanktus offenbart, dass er es hier nicht mit dem nobligen Bogenhausen, wie es die Tante gerne zelebriert hätte, zu tun gehabt hat, sondern eher hinterstes Giesing, bestenfalls Gegend um den Auer Mühlbach.

»›Grüß Gott‹ sagt man, wenn man wo reinkommt«, hat der Sanktus den Anflug des Drachens gestoppt.

»›Der Vetter Lüg‹ sagt man, wenn man so einen, wie Sie einer san, vor sich hat. Einfach so behaupten, dass der Konrad tot ist. Was soll denn das?«

»Weil's wahr ist. Oder ned?«

Jetzt hat der Kopf der Tante ein tieferes Rot angenommen und der Sanktus hat Angst gekriegt, dass es ihr ihren Kohlrabi zerreißt, so gepumpt hat die Dame.

»Weil's ned wahr ist. Weil er in Frankfurt ist. So schaut's aus. Was wollen S' denn damit bezwecken? Wollen Sie unseren guten Ruf ruinieren? Wer soll denn was gegen den Sipp haben? Ja, der Thumann höchstens. Den hab ich grad auch da herumschleichen sehen. Aber sonst niemand. So schaut's aus!«, hat sie geplärrt.

»Warum der Thumann?«

»Der … der … der … Ach, was weiß ich. Die haben irgendwas gehabt, die beiden. Beim Thumann müssen wir vorsichtig sein, hat er immer gesagt, der Sipp!«

»Sehr überzeugend, Frau Haslinger. Sehr überzeugend. Ich glaub's Ihnen ja schon.«

Die Tante hat sich langsam beruhigt.

»Tun S' a mal was für Ihr Geld und geben S' mir ein Pils«, hat sie mit trockenem Hals gekrächzt.

Der Sanktus hat gelächelt und ihr eine grüne Drittelliterflasche gereicht, die sie mit fast nur einem Schluck geleert hat.

»Wissen Sie, in welchem Hotel der Herr Haslinger in Frankfurt abgestiegen ist?«, hat der Sanktus die Dame gefragt.

»Im Motel ›One‹. Da hat er immer gewohnt, wenn er droben war. Warum?«

»Da ruf ich nachher an. Dann wissen wir's. Aber unter uns. Ganz ehrlich. Der Tote im Pool *war* Ihr Neffe. Da beißt die Maus keinen Faden ab«, hat der Sanktus beteuert.

»Pils!«, war das Einzige, was die Tante rausgebracht hat.

Der Sanktus hat ihr eine weitere Flasche gereicht.

»Aber warum?«

»Weiß ich nicht. Möcht ich aber rausfinden«, seitens Sanktus.

Das Rührwerk der Maischepfanne ist nun schneller gelaufen, und man hat den Heizdampf in die Heizzonen zischen hören können. Die 68-Grad-Rast war beendet.

Die Tante ist nun wie ein Häuferl Elend auf der Treppe der Sudgruppe, wie vorher der Thumann, gesessen. Warum die die Tische und die Bistrostühle hingestellt haben, hat sich der Sanktus gefragt. Braucht anscheinend kein Mensch.

»Ich kann's ned glauben. Und ich will's auch ned glauben. Aber nehmen wir einmal an, Sie haben recht«, hat die Tante sinniert, »dann ist Gefahr im Verzug.«

»Warum Gefahr?«

»Geh, stellen S' Eahna doch ned blöder, als Sie sind. Dann schafft sie an!«

»Sie?«

»Ja! Sie!«

»Die Annette?«

»Ja, die Annette. Dieses verruchte Weib. Die hab ich noch nie mögen. Die hat einen dermaßen schlechten Einfluss auf den Konrad gehabt. Schon seit sich die beiden kennengelernt haben. Das ist unglaublich. Der war diesem Weib verfallen. Ja, verfallen. Glauben S' es mir.«

»Glaub ich, Frau ...«

»Theres. Sagen S' einfach Theres.«

»Danke. Ich bin der Sanktus, Theres. Ich glaub's dir wirklich. Aber was jetzt?«

»Nachdem du jetzt ned wie ein kompletter Volltrottel rüberkommst, muss ich wohl oder übel die Alternative, dass der Konrad tot ist, in Betracht ziehen.«

»Scho, gell?«

»Ich muss unseren Anwalt anrufen! Prost«, hat die Theres gesagt, die Flasche zum Anstoßen hochgehoben, sie auf einen Zug ausgetrunken und ist aus dem Braukeller, genauso, wie sie hereingeschossen gekommen war, hinausgeschossen.

Der Sanktus hat erst einmal durchgeschnauft und hat sich ein weiteres Weißbier eingeschenkt.

Mit dem Bier in der Hand hat er sich, wie sollt's anders sein, auf die gleiche Treppe gesetzt und überlegt. Beliebt war sie wohl wirklich nicht, die Annette. Ob sie etwas mit dem Sipp-Verschwinden oder gar Ableben zu tun hatte? Gute Frage, nächste Frage. Wenn ja, hatte sie den Toten verschwinden lassen? Wohl kaum, wenn du dem Sipp sein Gewicht bedenkst. Und was wäre das Motiv? Geld hatte sie genug. Der Sipp war ihr hörig. Also? Oder war der Sipp doch fremdgegangen? Da ist dem Sanktus die schwarzhaarige Masseurin eingefallen. War da was im Busch? Und hatten seine beiden Mitstreiter schon etwas herausgefunden? Der Sanktus hat sofort eine WhatsApp-Nachricht an den Hannes getippt. Hat natürlich ein bisserl gedauert bei ihm, weil Handy-Depp und Wurstlfinger. Tippen, fluchen, löschen, fluchen, tippen, fluchen, aber irgendwann ist die Zeile gestanden, und der Sanktus hat auf das »Senden«-Symbol gedrückt. Zurückgekommen ist nichts, weil, wie du dir denken kannst, ist im Keller die Netzqualität eher mau, was auch der Herr Sanktjohanser jetzt hat feststellen müssen. Also wieder fluchen.

Und kaum war der Gedanke an die hübsche Masseurin verflogen, hat der Sanktus im Vorraum eine Tür zuschlagen hören, und die zum Braukeller hat sich langsam und leise geöffnet. Und glaubst du's? Schon ist die Masseurin hereingeschlichen.

»Hallo«, hat sie leise gesagt und das »H« hat sich eher wie ein »CH« angehört.

»Servus«, vom Sanktus.

»Hast du kurz Zeit?«

Der Sanktus hat sich zu seinem Maischgefäß umgedreht und genickt.

»72-Grad-Rast. Noch zehn Minuten. Komm rein!«

»Ist er wirklich tot?«, Frage von der Masseurin.

Nicken seitens Sanktus.

Masseurin jetzt Tränen in den Augen. Sie hat sich langsam dem Sanktus genähert und hat sich zu ihm auf die Treppe gesetzt. Nun Schluchzen.

»Hast du mit ihm ein Verhältnis gehabt?«

»Ja«, und Weinen.

»O mei. So schön war der doch jetzt ja aa ned, oder?«, hat der Sanktus in seinen nicht vorhandenen Bart gemurmelt.

Jetzt haben beide geschwiegen und der Sanktus hat in den Boden gestarrt.

»Der war doch eh viel zu alt für dich. Du bist doch jung und hübsch. Da findst doch locker einen Neuen und vor allem Besseren.«

Jetzt verweinter tiefer Blick in Sanktus' Augen.

»Bist schwanger?«

Schluchzen und Nicken.

»Sicher?«

Nun ist die Masseurin aufgeschreckt und hat den Sanktus mit einem vernichtenden Blick angesehen.

»Was glaubst du, was ich bin für eine?«

»War ja nur a Frage!«

Wieder Schluchzen.

Na, die hat ihn wohl nicht umgebracht, Gedanke vom Sanktus. Oder kann man so gut schauspielern?

»Der Sipp wollte verlassen die Annette wegen mir. Schon lange. Aber hat nie gefunden den richtigen Zeitpunkt. Gestern habe ich ihm gestellt Ultimatum. Und jetzt ist er tot!«

Dass es so etwas immer wieder gibt? Das war dem Sanktus nicht klar. Diese Verblendung. Ewige Liebe und der Mann lässt sich von seiner Alten scheiden? Ja, genau. So wird's sein. Nie und nimmer, und diese jungen Dinger fallen immer wieder drauf rein.

»Glaub mir …«

»Diana!«

»Glaub mir, Diana, er hätte die Annette nie verlassen.«
Schluchzen jetzt dramatisch.

»Sprich mit meinem Bekannten, dem Jens. Er kann dir sagen, wie du deine Ansprüche bei der Annette geltend machen kannst.«

Nicken.

»Und Diana …«

Verweinter Blick.

»Pass bei der Annette auf. Sie ist mir nicht ganz geheuer.«

»Garage, sofort«, ist auf dem Display des Handys gestanden.

Sanktus wieder Tippen.

»Wo? Welche?«

»Unter dem Speisesaal«, die Antwort.

»Muss abmaischen. Bin gleich da.«

Die Maische ist bei 78 Grad Celsius gestanden, und der Sanktus hat das Gebräu jetzt in den Läuterbottich gepumpt. Dort war erst einmal eine zwanzigminütige Läuterrast angesagt. Und wenn's eine halbe Stunde werden würde, wär's auch egal. Bloß noch kurz die Maischpfanne ausspritzen und auf zur Ermittlung.

MEIN NAME IST JEAN-CLAUDE HIRNBEISS

Der Sanktus hat sich möglichst unauffällig wirkend vom Keller ins Parterre und an der Rezeption hinaus ins Freie geschlichen. Das Wetter war traumhaft und eigentlich war es eine Schande, diesen Tag im Keller zu verbringen. Aber was hilft's?

Draußen ist er gleich rechts abgebogen und an der Wohnung der Haslingers, jetzt halt nur noch an der Wohnung von der Annette, wenn der Sipp wirklich tot war, vorbeigeschlichen. Gleich nach dem Bau ist eine Abfahrt nach unten zu einem Garagentor, das offen war, gegangen. Der Sanktus kurz noch Blick nach links und rechts, ob jemand kommt, aber bei diesen Temperaturen war eh jeder am See oder Pool.

Beim Runterschauen hat er schon den Hannes und seinen Vater entdeckt, die ihm gewinkt haben, sich zu beeilen. Der Sanktus also Vollgas die Abfahrt runter.

Die beiden Meisterdetektive haben anscheinend irgendetwas entdeckt gehabt, aber mitteilen hat es keiner von ihnen können, denn sie haben zwar geflüstert, aber es ist so durcheinandergegangen, dass der Sanktus gar nichts verstanden hat. Nur ein Zischen wie der Harry Potter, wenn er Parsel, also mit den Schlangen redet. Hat ihn sehr an seine Brauerkollegen erinnert, wenn sie ihm früher die neuesten Ermittlungsergebnisse erzählen wollten. Gleiches Durcheinander, hier halt nur ein paar Dezibel weniger.

Der Sanktus hat die Augen verdreht und ein Schrei ist ihm im Hals stecken geblieben, aber gerade noch Besinnung, weil Lärm hier halt doch suboptimal. Also Augenverdrehen und beschwichtigende Gesten. Hat komischerweise besser als Plärren funktioniert. Again what learned.

»Wir haben was herausgefunden«, hat der Hannes geflüstert. »Also eigentlich dein Papa. Da sind deine Kriminalergene anscheinend her.«

Von der Garage hat man hinten über eine weitere Auffahrt wieder hinauf zum Pool-Areal gelangen können. Jetzt war dem Sanktus auch klar, warum hier Pool-Utensilien und ein Rasenmäher-Bulldog gestanden sind. Die Garage hat an der Seite eine Tür gehabt, die zu dieser Auffahrt gegangen ist, und dort ist der Hannes jetzt hin.

Der Boden in der ganzen Garage war mit Erde, Straßenschmutz und Grasrückständen verschmiert. Er hat auf den Fliesenboden vor der Tür gezeigt, und der Sanktus hat eine Spur erkennen können. Hier war etwas Schweres durch die Tür hereingeschleift worden. Der Sanktus jetzt ganz in seinem Metier. Die Spuren haben bis zu einem orangefarbigen Biertisch geführt. Dort hat die Spur aufgehört, und am Boden waren im Schmutz Fußspuren zu erkennen.

»Die haben die nasse Leiche vom Pool die Auffahrt runtergezogen, von der Tür da hereingeschleift und auf den Biertisch gehievt.«

»Warum auf den Biertisch?«, Frage vom Sanktus.

»Keine Ahnung«, hat der Vater gemeint. »Und schau unter den Tisch!«

Dort ist ein Handtuch gelegen.

»Da haben sie sogar zusammengewischt«, hat der Vater stolz verkündet und dem Sanktus das feuchte Tuch hingehalten. »Riech!«

Der Sanktus hat das Tuch genommen und gerochen. Eindeutig der Geruch von Chlor.

Der alte Sanktjohanser hat über das ganze Gesicht gegrinst.

Zurück im Braukeller, haben sich die drei Ermittler auf dieses erste Ergebnis sofort ein Weißbier gegönnt. Der Sanktus hat die Läuterruhe des Suds beendet und den Abläuterprozess, bei dem der feste Biertreber von der flüssigen, malzaromatischen Vorderwürze getrennt wird, eingeleitet. Dieser Vorgang würde zwei Stunden dauern, und eine permanente Aufsicht war nicht vonnöten.

Er hat seine Mitdetektive erst einmal über die Besuche, die ihm am Vormittag abgestattet worden waren, aufgeklärt. Mucksmäuserlstill war es bei den Neuigkeiten, die er zu berichten gehabt hat. Bierzelt abspenstig machen, Angestellte schwängern und die unbeliebte Annette. Das Puzzle hat sich schön langsam zu einem Bild zusammengesetzt.

»So«, hat der Sanktus eingeworfen. »Und jetzt ruf ich in dem Hotel, das mir die Theres gesagt hat, an. Dann haben wir die Bestätigung. Weil, da müsst er ja jetzt schon angekommen sein.«

Der Sanktus hat auf einem Telefon des Hotels, das hier installiert war, die Nummer gewählt, die er vorher neumodisch per Handy draußen, wo ein Netz war, schon gegoogelt hatte.

»Ja. Grüß Gott, guten Tag. Mein Name ist Jean-Claude Hirnbeiß. Ich bin ein Kollege von Herrn Haslinger. Ich wollte nur kurz fragen, ob der Konrad schon bei Ihnen angekommen ist?«

Der Sanktus hat einen verständigen Telefonblick aufgehabt, den die beiden anderen zum Schießen gefunden haben. Hirnbeiß? Wie war er denn wieder auf so einen Namen gekommen?

»Aha«, hat der Sanktus gemurmelt, und seine Miene hat sich verdüstert. »Konrad Haslinger? … Vielen Dank. Wiederhören!«

Jetzt hat er keinen verständigen, sondern einen recht verwirrten Blick aufgehabt.

»Der Sipp hat gerade eingecheckt …«

NICHT VERZAGEN, HIMSL FRAGEN

Der Hannes und der Vater haben sich nach dieser Schlappe zu einem Mittagsschlaf am sonnigen Pool verdrückt, und der Sanktus hat sich weiter um den Läuterprozess gekümmert. Das Malz war anscheinend von guter Qualität, da die Würze ohne Probleme vom Läuterbottich in die Pfanne gelaufen ist. Wenigstens einmal Glück gehabt an diesem Tag. Der süße, malzige Geruch hat ihn wieder etwas mit dem Tag versöhnt, und ein kleiner Schluck der duftenden heißen Flüssigkeit hat ihm versichert, dass dieser Sud ein sehr ordentliches Bier werden hat können.

Aber wie hätte es auch anders sein sollen, die Besuche sind weitergegangen. Dieses Mal war es die Haslinger Annette höchstpersönlich selbst.

»Sanktus. Um sechzehn Uhr komm ich mit dem Bürgermeister und dem ortsansässigen Pfarrer vorbei. Natürlich werden auch weitere Gäste zur Einweihung der Brauerei und zu einem kleinen Umtrunk erscheinen. Das ist sicherlich okay für Sie?«

»Klar!«, hat der Sanktus erwidert. »Um vier bin ich planmäßig mit dem Kochen fertig und fange dann bald das Kühlen an. Da können die hochwohlgeborenen Herrschaften das Hefegeben anschauen. Das passt grad gut.«

Die Annette hat ein leises »Hmh« herausgebracht, sich umgedreht und war schon wieder weg. Affektierte Schnepfe. So eine Goaß, hat sich der Sanktus gedacht, den Kopf geschüttelt und sich eine neue Halbe aufgemacht. Schön langsam würde er bremsen müssen, sonst endet der Abend nicht gut, praktisch Gschieß mit der Kathi vorprogrammiert.

Der Sanktus hat gerade einschenken wollen, da ist die Daniela in die Brauwerkstatt hereingeschneit, und du wirst es nicht glauben, sie hat den Graffiti alias Quirin Himsl, der wie eine Mischung aus Mehmet Kurtulus und Erol Sander ausgesehen hat, im Schlepptau gehabt. Wie immer war er in schwarzer Jeans und schwarzem T-Shirt, das sich hauteng an seinen muskulösen Oberkörper geschmiegt hat, gekleidet. Der Sanktus hat seinen Augen nicht getraut.

»Was tust denn du da, du oider Saubazi!«, hat ihn der Sanktus begrüßt.

»Meine Holde besuchen, woaßt eh«, hat der Graffiti gemeint und den Arm um die Daniela gelegt.

»Aha«, der Sanktus. »Nix mehr …?«

»Lena? Darfst es ruhig sagen. Wir haben ja ein recht lockeres Verhältnis gehabt, aber wir haben uns im gegenseitigen Einvernehmen – sagt man das so? – getrennt«, hat der Graffiti zu Protokoll gegeben.

»Ich hab dem Quirin von dem Vorfall heut in der Früh erzählt«, hat die Daniela erklärt, »und er hat gemeint, ich und auch du, wir könnten ein bisserl Unterstützung brauchen.«

»Aber wir haben ja keine Leich, und der Sipp hat anscheinend tatsächlich in Frankfurt eingecheckt«, hat der Sanktus verzweifelt gestammelt.

»Papperlapapp!«, hat der Graffiti abgewiegelt. »Wenn du ihn schwimmen gesehen hast, war der da. Kann er doch ned in Frankfurt sein, oder?«

»Meinst?«, hat der Sanktus gesagt. »Ich denk schon, ich bin a bisserl deppert.«

»Negativ, Herr Sanktjohanser. Glaub ich ned. Was ist der Stand? Erzähl! Rapport! Auf geht's!«

Der Sanktus hat nun seine ganze Geschichte, einschließlich Garage und Telefonat, erzählt. Der Graffiti war ganz Ohr und hat jede Silbe angestrengt verfolgt, Aufsaugen praktisch Synonym.

»Also, ich denk nicht, dass der Sipp in Frankfurt ist. Da haben die was gedreht. Das stinkt zum Himmel. Und wo ist eigentlich die Tabernakelwanze?«

Jetzt fragende Blicke seitens Sanktus und Daniela. »Ja, diesen Pfaffen mein ich. Merkt ma's, dass ich die ned mag, oder? Hast du den heut schon gsehen?«

»Nein, no ned. Meinst, dass der …?«

»Weiß ma's? Behalten wir uns mal im Hinterkopf. Aber ich mein, wir sollten dem Büro und der Wohnung von unseren Hoteliers einen Besuch abstatten, oder?«

»Und wie kommen wir da rein?«, haben die Daniela und der Sanktus unisono hinausgeplärrt.

»Nicht verzagen, Himsl fragen«, hat der Graffiti lachend getönt. »Kannst du die Dame irgendwie ablenken, Dani?«

»Um vier«, Antwort vom Sanktus. »Da ist sie mit den Großkopferten bei mir.«

»Na, passt eh. Die Dani bleibt bei dir, macht einen Bericht von diesem unglaublichen Event und kann mich gleich warnen, falls was ist. Gmahte Wiesn, oder? Was meints?«

Jetzt hat der Sanktus gegrinst wie ein Honigkuchenpferd.

»Aber wie erklärts ihr der Annette, dass der Graffiti da ist?«

»Mein Fotograf. Die Frau Haslinger hat noch einen Fototermin bei uns. Für einen fiktiven Kalender mit bayerischen Wirtinnen.«

»So wie bei den sexy Bäuerinnen. Sauguade Sach! Da kann ihr der Graffiti seinen Schmäh andrehen. Das wird ihr gefallen. Sauber!«, hat der Sanktus gemeint.

»Ich geb alles«, hat der Graffiti schmunzelnd konstatiert.

EINE LISTE MIT FRAUENNAMEN

Um vier Uhr hat ein Getrampel aus dem Treppenhaus die Bagage lautstark angekündigt. Der Sanktus ist Gott sei Dank mit seinem Sud voll im Plan gewesen, sprich gerade in der Kochung, so dass die ersten Biertouristen einen Blick auf den brodelnden Sud werfen haben können.

Die erste Besucherin, anscheinend etwas etepetete, hat gleich nach dem Eintreten die Augen verdreht und sich mit den Worten »Schatzi, hier stinkt es. Hier kann ich nicht sein!« umgedreht und das Weite gesucht. Der Sanktus heilfroh, da eine Person weniger. Grinsen, Anfänger. Gleich darauf haben sich noch Gäste, die der Sanktus nicht gekannt hat, um die Würzepfanne geschart und durch das Mannloch die wallende Bierwürze betrachtet. Alle haben sich brav mit den Händen an der Kupferpfanne abgestützt, so dass auf der glänzenden Oberfläche schöne Fett-Tapperer zu sehen waren. Aber dem Sanktus war das wurscht, weil, er hat das Gefäß ja schließlich nicht putzen müssen.

Jetzt ist die Haslinger hereingeschneit. Im Schlepptau hat sie einen dicken Herrn mit Hornbrille und dunklem Outfit gehabt. Der Bibel in der Hand nach zu urteilen, der angekündigte ansässige Pfarrer. In der anderen Hand hat der Geistliche eine litergroße Wasserflasche gehabt. Jetzt muss der unbedingt Weihwasser in den Sud schütten, hat der Sanktus gedacht. Immer das Gleiche. Bin gespannt auf die Begründung. Und warum ist der Josephus nicht da? Der wäre dem Sanktus lieber gewesen, weil er den schon gekannt hat.

Ziemlich zum Schluss ist die Barbara Carrera, also die Anja Hoffmann, samt ihrem Gatten hereingekommen. Heute im Tennisdress, das heißt, sie im weißen, kurzen Rock, aus dem ihre meterlangen, braungebrannten Beine herausgekommen sind. Sie ist an der Haslinger Annette vorbeigeschwebt, und jetzt hättest du den Blick der Hotelchefin sehen sollen. Gift und Galle gar nichts dagegen. Verträgt sie die Konkurrenz nicht, die Annette, hat sich der Sanktus gewundert. Die Anja hat ihr nur freundlich ins Gesicht gelächelt, doch in ihren Augen hat es der Sanktus auch kurz blitzen sehen. Weiber! Echt! Die soll einer verstehen.

Nun kurzer Blick in die Runde, und alle Verdächtigen des Vorabends wieder anwesend. Alle außer dem Drengler und den Damen, weil ja schließlich unterwegs. Sogar seine zwei Co-Detektive waren wieder hier, da sie am Pool anscheinend etwas von der Einweihung mitbekommen hatten. Der Sanktus würde ihnen jedoch noch nichts vom zufälligen Graffiti-Auftauchen berichten, weil, wer einen Mittagsschlaf braucht und den Sanktus allein lässt, der muss auch nicht alles wissen. Da war er nachtragend, der Herr Sanktus, gell!

Die Annette hat nun eine kurze Ansprache gehalten, und dann hat sofort der Pfarrer übernommen. Irgendwie hat der alte Sanktjohanser so wichtig vor den Sudpfannen umeinandergekasperlt, dass der Seelenhüter angenommen hat, *er* sei der Braumeister. Ihm ist also sofort die Flasche mit Weihwasser in die Hand gedrückt worden, was dem Sanktä den Schweiß auf die Stirn getrieben hat, weil jetzt im Fokus der Veranstaltung und keine Ahnung von: Wie hältst du jetzt den Sud an und bringst das geschissene Wasser in die Pfanne rein. Sanktus grinsen bis zu den Ohrwascheln.

»… segne ich die Brauerei im Namen des Vaters, des Sohnes und des Heiligen Geistes. Der Herr schütze sie vor Stromausfall, alkoholfreiem Bier und preußischen Braumeistern. Amen!«

So schlecht ist der ja gar nicht, hat der Sanktus gegrinst.

»Unser lieber Braumeister Sanktjohanser«, hat der Pfarrer weitergemacht, »wird jetzt die Sudpfanne öffnen, so dass ich einen Schluck Weihwasser in den Einweihungssud hineingeben kann, denn unsere liebe Annette hat mir eröffnet, dass das erste Bier bei einem Hoffest als Freibier ausgeschenkt wird. Beim letzten Hoffest, beim Moar Franz sell, sind zwei Jungfrauen schwanger geworden, was es dieses Mal mit Gottes Hilfe zu vermeiden gilt. Oiso, Herr Bräumeister. Auf geht's!«

Der alte Sanktjohanser ist jetzt zum Bedien-Touch hin und hat die Grafiksymbole begutachtet. Aber es wäre ja nicht der Vater vom Sanktus gewesen, also das gleiche Schlitzohr, wenn er sich nicht gleich zurechtgefunden hätte. Schließlich hat er inzwischen in der Bierwerkel den einen oder anderen Sud gemacht, wenn der Sanktus bei den Kindern daheimbleiben hat müssen. Also mit einem Klick die Dampfzonen zu, kurz auswallen lassen und langsam die vier großen schwarzen Schrauben des Mannlochs geöffnet. Leichte Schwaden sind aus dem Gefäß entstiegen und du hast den feinen Geruch von Hopfen riechen können. Der Pfarrer hat das Weihwasser hineingeschüttet, und der Sanktä hat, sichtbar erleichtert, das Gefäß geschlossen und den Dampf wieder eingeschaltet.

»Den Hopfen darfst jetzt auch du geben und die Hefe auch«, hat der Sanktus, nachdem er seinen Vater zu sich herangezogen hatte, gesagt und gegrinst. »Aber des kriagst du scho hi. Bist ja schließlich mein Papa!«

»Des mach'ma lieber miteinander. Ned, dass ich alles versau«, hat der Sanktä erwidert. »Und danke, Bub!«

Die Gesellschaft hatte sich relativ schnell an den Stehtischen festgesaugt, und der Sanktus und sein Vater haben alle Fragen bereitwillig beantwortet. Natürlich immer mit einem Auge auf die Annette, weil, unter keinen Umständen gehen lassen, da ja sonst der Graffiti akut in Gefahr.

»Frau Haslinger«, hat der Sanktus das Gespräch eröffnet, »passt das alles so? Wenn ich noch was erklären soll, gell, brauchen Sie's nur sagen.«

»Nein, nein, Sanktus. Alles wunderbar. Ich denke, die Herrschaften werden eh bald genug haben, und Sie können Ihren wohlverdienten Feierabend genießen«, hat die Annette geantwortet.

»Schön, wenn alle so beisammen sind«, hat der Sanktus gesülzt. »Schade, dass Ihre Kinder nicht da sind. Bei so einem Event. Hätte ich auch gerne kennengelernt.«

Der Blick von der Annette jetzt eher kariert, und der Sanktus hat gemeint, da geht ein kurzer Schock durch sie. Aber sie hat sich gleich wieder gefangen.

»Tom ist auf Dienstreise. Ich weiß gerade gar nicht, wo er genau ist. Jessi wollte eigentlich kommen«, hat die Annette gestottert.

»Eigentlich?«, vom Sanktus.

»Herr Doktor!«, hat die Annette auf einmal geschrien, sich ad hoc umgedreht und ist zu einem sichtlich verblüfften Herrn gehastet, um diesem ein Gespräch aufzudrängen.

Da ist doch irgendwas nicht ganz hasenrein, hat sich der Sanktus gedacht, als der Graffiti gerade um die Ecke gebogen gekommen ist. Der nach oben gerichtete Daumen hat dem Sanktus signalisiert: alles paletti. Auch die Daniela hatte die Gestik bereits verstanden und mit einem breiten Grinsen weiter die illustre Gesellschaft fotografiert.

»Wir treffen uns in einer Stund' in der Hopfensauna. Hast mich?«, hat ihm der Graffiti zugeflüstert.

»Sagst du dem Hannes Bescheid, bitte. Ich räum hier zsamm, na schaff ich's knapp. Ist ja gleich da drüben.«

Der Graffiti hat der Daniela auch noch Bescheid gegeben und war gleich wieder weg.

Der Sanktus hatte schon zu putzen angefangen, als noch Besucher anwesend waren. Die Annette hat ein bisserl die Nase gerümpft, hat aber nichts gesagt. Wahrscheinlich war sie froh, dass der Sanktus nicht weiter wegen der Abwesenheit ihrer Tochter nachgebohrt hat.

Mit fünf Minuten Verspätung ist er dann im Wellnessbereich eingetrudelt. Der Graffiti, der Hannes und die Daniela sind bereits in der Hopfensauna gesessen und haben mit geschlossenen Augen die Wärme und den beruhigenden Duft der Pflanzendolden genossen. Der Sanktus ist mit einem »Grüß Gott beinand« auch hinein, und der Graffiti hat geschmunzelt. Er hat definitiv die beste Figur der Männer gehabt. Mit seinem Waschbrettbauch haben der Hannes und der Sanktus leider überhaupt nicht mithalten können. Der Sanktus hat natürlich auch einen Blick über die Daniela schweifen lassen. Eins A Figur und braungebrannt. Auch die Zeheninspektion positiv.

»Jetzt hock dich her!«, hat der Graffiti den Sanktus lachend aufgefordert. »Schöne Zehan hat's. Gell, des gfallt dir!«

Der Sanktus gleich roter Kopf, und die Daniela hat auch noch einen Fuß in die Höhe gestreckt und ihre Zehen kreisen lassen.

»Schon, gell«, hat sie bestätigt.

Der Hannes hat gegrinst.

»Ja! Scho recht«, hat der Sanktus versucht, das Gespräch auf ein anderes Thema zu lenken. »Red'ma von was Wichtigerem. Hast was rausgfunden?«

»Also ich war zuerst in der Wohnung. Da war nichts Auffälliges, aber im Büro hab ich was entdeckt.«

Jetzt hat der Graffiti ein Smartphone unter seinem Handtuch hervorgezogen und ein Bild aufgerufen.

»Auf dem Schreibtisch ist ein Zettel gelegen. Den muss die Annette da liegen gelassen haben. Also eine Frau war's auf jeden Fall, weil die Handschrift ist definitiv Fall weiblich.«

»Und was steht drauf?«, hat die Daniela den Graffiti gedrängt.

»Eine Liste mit Frauennamen. Ausländische, wie's ausschaut.«

Der Sanktus hat sich das Foto angeschaut. Auf dem fotografierten Zettel sind sieben Namen gestanden.

Ivana Babic ??	Foto?er/sie?
Marija Babic †	Zelt?
Anela Babic ??	Seitensprung?
Ruza Kovac!!!	Lesbe?
Milena Kowalska †	Rache? Huber/O.?
Paulina Szydlo ?	
Jana Dudek	

»Was soll das?«, hat der Sanktus gemeint. »Ivana, Marija, Anela Babic? Schwestern? Aber warum Foto, Zelt und Seitensprung?«

»Und die Ruza Kovac ist eine Lesbe?«, hat der Hannes gefragt.

»Das sind vier kroatische Namen«, hat der Graffiti gemeint. »Die drei darunter sind polnisch.«

»Sehr komisch«, hat der Sanktus gesagt. »Es schaut so aus, als seien Marija Babic und Milena Kowalska tot. Oder was haben die Kreuze zu bedeuten? Oder die Kovac verübt dann Rache am Huber oder der oder dem O.? Oder, was meints?«

»Daniela? Was meinst du?«, hat der Graffiti seine Freundin gefragt.

»Hä?«, ist's von der jungen Frau gekommen.

»Was ist los?«, hat der Hannes gefragt. »Ist dir schlecht?«

»Nein, nein«, hat die Daniela geflüstert. »Ich hab überlegt. Ich denk, dass das zwei Spalten sind. Sieben Namen und fünf Motive. Vielleicht hat sie überlegt, wer ihren Sipp umgebracht hat. Und vor allem, warum. Sie tappt aber, scheint's, im Dunkeln.«

»Apropos Motiv! Schauts her, was ich noch gefunden hab! Ist daneben auf dem Tisch gelegen«, hat der Graffiti wie im Siegesrausch geprustet und auf seinem Handy herumgewischt. »Da seids baff, oder?«

Die drei haben sich alle gleichzeitig das Handy gekrallt, aber der Sanktus hat gewonnen.

»Ist das nicht der Mann von der Anja Hoffmann?«

»Zeig her!«, hat die Daniela fast aggressiv geschrien und dem Sanktus das Handy aus der Hand gerissen.

»Was ist denn das?«, hat sie gerufen.

»Der oide Hoffmann mit a Nuttn oder wie siehst du des?«, hat der Graffiti posaunt. »Ein Schwerenöter praktisch.«

»Und die Haslingers haben das Foto gehabt«, hat der Hannes sinniert.

»1-a-Motiv, würd ich sagen«, hat der Sanktus konstatiert.

Die Daniela hat nichts mehr gesagt und ist in Gedanken versunken, mit den Armen die Knie umschlungen in der wohligen Wärme der Sauna gesessen, aber es hat ausgesehen, als ob sie das alles nicht mehr bemerken würde.

»Jetzt kommt ihre feministische Ader durch«, hat der Graffiti gescherzt, der Daniela ein Bussi gegeben und das Foto noch einmal ausgiebig betrachtet.

Den Sanktus und den Hannes hätte jetzt das Bierbad mit anschließender Massage noch gewaltig gedrückt, aber leider ist es zeitlich schon in Richtung Abendessen gegangen und die beiden haben es sich nicht mit ihren Damen verscherzen wollen. Bestimmt waren die schon von ihrem Ausflug zurück und haben drauf gebrannt, ihren Männern die Erlebnisse des Tages nahezubringen. Na bravo! Dafür hat der Sanktus jetzt keinen Nerv gehabt, denn die kroatischen und polnischen Namen sind ihm im Kopf herumgeschwirrt. Waren die Babics Schwestern und was hatte es mit ihnen auf sich gehabt? Ruza Kovac? Ein geheimnisvoller Name. Er hat einmal eine hübsche kroatische Putzfrau namens Ruza gekannt. So hat er sich nun die Dame vorgestellt, die gerade den Sipp am Pool umbringt. Ein Schaudern ist ihm den Rücken runtergelaufen.

Der Sanktus hat von der Kathi eine WhatsApp-Nachricht erhalten, dass sie erst gegen 19.00 Uhr im Hotel zurück sein würden, und so haben der Hannes und er geschniegelt und gebügelt in der Lobby auf den Rest ihrer Familien gewartet. Wie gestern hat es vor dem Essen einen kleinen Sektempfang gegeben. Anscheinend hat das zum Standard des Haslingerschen Hotels gehört. War dem Sanktus gerade recht, da ihm das kühle »hupferte Wasser« nach dem hitzigen Arbeitstag und den heutigen Erlebnissen wie Öl runtergelaufen ist. Erst jetzt hat er bemerkt, welchen Durst er gehabt hat, und hat sich gleich richtig auf ein frisches Radler später zum Abendessen gefreut.

Gerade als sich die beiden mit ihren Sektgläsern zuprosten haben wollen, sind auch schon ihre Ausflügler durch die große Glastür gekommen. Der kleine Schorschi ist »Papa, Papa, da waren lauter Zwergerl« schreiend auf den Sanktus zugerast und ihm in die Arme gesprungen. Die Kathi hat den Sanktus umarmt und ihm ein Begrüßungsbussi gegeben. Die Ulli ist mit süß-saurer Miene direkt in Richtung Sekt, und der Drengler hat die Martina und die Betty vollgeblubbert. Gott sei Dank haben die beiden Kopfhörer aufgehabt, die mit ihren Smartphones verbunden waren, so dass sie nichts vom Drengler-Schmarren mitbekommen haben. Dem Drengler war das anscheinend egal, weil er hat sich dadurch nicht stören lassen.

»… nö? Aber ihr sprecht ja den ganzen Tag nur von dieser Sendung mit dieser Rita Kimmkorn. Nee, Dingsbums, sag! Koschinski.«

Der ältere Herr, ein seriös aussehender Gast mit Nickelbrille, nimmt sein Glas Sekt vom Tablett der jungen netten Bedienung und legt ihr den Arm um die Schultern. Väterlich erklärt er ihr, wie sonnig ihr Gemüt ist, wie jugendlich frisch sie aussieht und wie hübsch er sie findet. Langsam senkt sich seine Hand vom Rücken hinunter zum Hintern der Bedienung und streichelt die drallen Pobacken. Mit einer schnellen Bewegung steckt er einen Geldschein in den weiten Ausschnitt ihres Dirndls. Leise flüstert er ihr seine Zimmernummer ins Ohr und verabschiedet sich mit einem freundlichen Blick, nicht ohne ihr noch einmal über den Rücken zu streicheln.

In dem Moment, als der Sanktus anfangen wollte, von den Ereignissen des heutigen Tages zu erzählen, hast du einen Schrei vom oberen Stockwerk her gehört, und die Hoffmann Anja ist wie der Blitz die große Treppe zur Lobby heruntergekommen. Leider eher wie ein holpriger Blitz, weil, komm du einmal die Treppe elegant herunter, wenn du kugelst, sprich, die ganze Szene wie ein Filmstunt, weil doch Schmackes hinter diesem Sturz und die roten Pumps, die sich im Fall von den Anja-Füßen gelöst hatten, sind mit Karacho parallel zu ihr heruntergeflogen. Unten ist die Anja relativ krumm bis verbogen liegen geblieben und hat keinen Mucks mehr getan.

Die ganze Szene erst einmal still, weil Spektakel und Entsetzen groß. Der Hoffmann, der bereits vor seiner Frau in der Lobby unten war, hat auf einmal geschrien: »Einen Notarzt! Ruft bitte jemand einen Notarzt!« Der Graffiti ist wie eine gesengte Sau die Treppe rauf, weil anscheinend der Gedanke vorhanden, dass die Anja bestimmt nicht von selbst so waghalsig runtergekommen ist, und der alte Sanktjohanser sofort zur Verunglückten, weil früher einmal Ausbildung als Rot-Kreuz-Rettungssanitäter. Um die Frau herum hat sich eine Corona geschart, die der Sanktus und der Hannes immer wieder zu bewegen versucht haben, zum Essen zu gehen und den Weg für die Sanitäter frei zu machen. Wie du dir denken kannst, hat das natürlich nur lückenhaft geklappt. Die Kathi und die Ulli selbstverständlich mit den Kindern beispielhaft voran in Richtung Speisesaal.

Jetzt auf einmal wieder lauter Aufschrei und die Daniela, die gerade erschienen war, ist neben dem Graffiti, der inzwischen wieder die Treppe runtergekommen war, gestanden. Sie wollte zu der Verletzten, aber er hat sie zurückgehalten. Käsbleich war sie, und gezittert hat sie wie ein nackter Schullehrer, wenn's ihn friert.

»Anja, äh, Frau Hoffmann! Was ist passiert?«, hat sie gefragt.

»Treppe runtergefallen«, Aussage seitens Hannes.

»Oh jemine«, vom Drengler.

»Sie hatte etwas im Zimmer vergessen«, hat der Hoffmann geflüstert.

»Droben war niemand«, hat der Graffiti gemeint.

»Was nix heißen muss«, Antwort vom Sanktus.

Bestätigendes Nicken vom Hannes.

»Papa, wie schaut's aus?«, hat der Sanktus seinen Vater gefragt.

»Immer noch bewusstlos, aber atmet ruhig.«

Dann ist auch schon der Krankenwagen gekommen, die Sanitäter haben die Anja auf eine Trage verfrachtet, und bei der Anwesenheit des Notarztes hat die bis dato Bewusstlose die Augen geöffnet. Der Hoffmann hat vor Freude geweint, und der Rest war froh, dass es anscheinend schon wieder bergauf gehen würde.

Beim Abendessen natürlich nur ein Thema: der Sturz der Hoffmann Anja und eine mögliche Verbindung zum Mordfall Haslinger Sipp, denn an einen lebenden Hotelier hat nach der Liste der Gattin inzwischen niemand mehr geglaubt, auch wenn er anscheinend heute in Frankfurt eingecheckt habe.

»Na, das kann ja wohl jeder gemacht haben!«, hat der Drengler posaunt und an seinem Super-Duper-Spezial-Chardonnay genippt.

»Du musst doch normalerweise deinen Ausweis im Hotel vorzeigen, Jens«, hat ihn die Ulli korrigiert.

»Da hast du wohl recht, Ulrike. Aber das kann man gekonnt umgehen. Habe ich euch schon erzählt, als ich damals in Dubai meinen Pass verloren hatte?«

Aber weiter ist der Drengler nicht gekommen, weil ihm ein laut gebrülltes »Jaaaa« der Anwesenden am Tisch das Wort abgeschnitten hat. Die Nebentische haben sich umgedreht, und die Grünmandl, die sich gerade vertraut wirkend mit dem gerade hereinkommenden Graffiti unterhalten hat, hat abwertend den Kopf geschüttelt. Tischverteilung, bis auf Daniela und Graffiti am Sanktus-Tisch, übrigens wieder genauso wie am gestrigen Abend, die Stimmung war jedoch etwas gedrückter, weil nun schon zwei anrüchige Vorkommnisse. So schön es hier war, der Sanktus war froh, morgen heimzukommen. Die Gärung würde der Barkeeper, ein studierter, chancenloser Lebensmitteltechnolge und Hobbybrauer, verfolgen. Beide würden in Kontakt bleiben, und der Sanktus würde vor der Kaltlagerungsphase zur Verkostung noch einmal hier im Hotel erscheinen.

»Also ein gefälschter Pass?«, hat der Drengler gefragt. »Aber warum?«

»Genau!«, hat die Daniela bestärkt und der Graffiti hat genickt. »Warum kehren die den Mord am Sipp unter den Tisch? Das ist doch unlogisch.«

»Keine Ahnung«, hat der Sanktus gemurmelt. »Aber morgen fahren wir eh wieder, und bis dahin klären wir diesen Fall wahrscheinlich nicht auf. Also, lass' ma uns gernhaben und genießen das Essen. Was meints ihr?«

»Hast recht, kleiner Bruder!«, hat die Anna gemeint. »Prost! Den Rest erfahren wir schon aus der Zeitung.«

»Und ich schau, dass ich was rauskrieg, wie es der Frau Hoffmann geht«, hat die Daniela gesagt.

Zustimmung und Anstoßen von allen Seiten.

»Habe ich euch schon erzählt wie ich den giftigen Kugel-fisch in Japan vorgesetzt bekam ...«, hat der Drengler das Wort endgültig wieder übernommen.

MÜNCHEN 1992

Ivana und Marija hörten erst einmal nichts mehr von ihrer kleinen Schwester. Auch auf vehementes Nachfragen erhielten sie von ihrer neuen Chefin keinerlei Antwort, wo sich Anela befand.

Den beiden jungen Kroatinnen war sehr schnell klar geworden, dass die Geschäfte ihrer beiden Retter eher halbseidenen Charakter hatten. Das Wirtsehepaar betrieb ein alteingesessenes Traditionswirtshaus im Stadtkern Münchens, dem ein Hotelbetrieb angegliedert war. Der Schein wirkte nach außen hin tadellos und ehrenhaft. Das Lokal war gut besucht und das Hotel meistens ausgebucht. Hier verkehrte die bayerische, aber auch deutsche Prominenz, vor allem zur Oktoberfestzeit, da das Etablissement für seine After-Wiesn-Partys für gesetzte Persönlichkeiten bekannt war.

Die beiden Mädchen hatten sich inzwischen von reinen Putzkräften zu Hilfsbedienungen emporgearbeitet, bildeten jedoch immer noch die unterste Ebene der Wirtshaus- und Hotelhierarchie. Ihre Vorarbeiterin war eine arrogante Polin, die alle Hilfskräfte unter sich hatte. Zwei weitere Polinnen waren ihre Vertrauten und mit äußerster Vorsicht zu genießen, da sie ihrer Chefin blind ergeben waren. Kurz nachdem Ivana und Marija in München angekommen waren, war noch eine weitere kroatischstämmige Bosnierin über Pater Josip angekommen. Ihr Name war Ruza, und die Mädchen hatten sie sofort ins Herz geschlossen. Ruza und zwei Afrikanerinnen waren zum Putzen eingeteilt.

An einem Tag während des Oktoberfests kam der Chef zu Ruza und den beiden Mädchen. Er faselte etwas, dass ihr großer Tag gekommen sei, denn ein wichtiger Politiker der Landesregierung würde sich nach der Wiesn im Lokal beziehungsweise im Serail einfinden. Die Mädchen hatten von diesem Teil des Etablissements, das sich hinter einer Edelstahltür mit Bullauge befand, bereits gehört, waren aber noch nicht dort gewesen, da er bisher den drei Polinnen vorbehalten war.

»Der Minister steht auf rassige Dunkelhaarige, nicht auf solche blonden Polackenweiber«, verkündete er. »Heut machts ihr Gaudi in der Lederhosen!«

Dabei hat er schmutzig gelacht und seine Frau hat den drei jungen Bosnierinnen weit ausgeschnittene Minidirndl für den abendlichen Einsatz gebracht.

»Und ihr machts alles, was der will! Habts mi? Sonst schäbert's, und ich fahr euch eigenhändig wieder heim nach Bosnien. Die Serben freuen sich, wenn s' euch in den Dirndln sehen. Da ist der Minister bestimmt besser zum haben.«

Nun war Ivana und Marija eindeutig klar, um was es ging und in welche Situation sie Pater Josip gebracht hatte.

MONTAG – MICH LASST DES NED AUS, KATHI

Der Sonntag im Holledauer Bier- und Wellnesshotel war unspektakulär, muss man konstatieren. Die Sanktjohansers, Drenglers, der Hannes und die Anna hatten ausgeschlafen und relativ spät gefrühstückt. Die Stimmung im Speisesaal war eher gedrückt, weil keine Aussicht auf Ermittlungsergebnisse, sprich Antworten auf die Vorkommnisse der letzten beiden Tage. Auch an den Nachbartischen war es ziemlich ruhig. Nichtsdestotrotz hatten die drei Familien noch die Poollandschaft des Hotels bis in den späten Nachmittag genutzt, weil die Stimmung bei den Kindern invers, also komplett positiv, und kein Einsehen, warum man an so einem Tag in die Stadt heimfahren soll, wenn man hier beim schönsten Wetter baden kann.

Am Montagabend sind der Sanktus und die Kathi bei lauer Temperatur auf dem Balkon ihrer Altbauwohnung gesessen und haben sich mit einer Flasche Wein beschäftigt. Der Schorschi war bereits im Bett, und die Martina hat im Wohnzimmer ferngesehen. Anscheinend wieder einmal eine Sendung mit Rita Koslowski. Heute war es eine Grillsendung, in der Prominente ihr Können, das meistens mehr als mangelhaft war, unter Beweis stellen mussten. Parallel hat das Mädchen mit der Betty-Lou telefoniert, die anscheinend die gleiche Sendung simultan inhaliert hat. Live Chat sozusagen.

Auf dem Balkon war daher Ruhe. Die Kathi hatte sich gerade ihre Zehennägel lackiert. Weinrot, praktisch Lieblingsfarbe vom Sanktus. Anschließend hat sie ihre Füße dem Sanktus in den Schoß gelegt und der hat ihr die Fußsohlen massiert, natürlich ohne in den Lack zu tappen, weil der ja noch nicht ganz trocken war. Die Kathi hat diese Behandlung genossen und entspannt mit geschlossenen Augen geseufzt.

»Mich lasst des ned aus, Kathi«, hat der Sanktus sinniert. »Des mit dem Sipp. Und vor allem die Sach mit der Anja. Das hängt doch irgendwie zusammen.«

»Warum? Wie meinst das?«

»Mit so einem Karacho, wie die die Treppen runtergekommen ist. Das ist doch ned normal, oder?«

»Schon komisch. Aber es hilft nix, Sanktus. Die Sache bearbeitet die Kripo Erding, und da haben sie Gott sei Dank keinen Bichä und keine Schranner Bine, die den

Herrn Sanktjohanser ständig als Hilfspolizisten missbrauchen.«

Dann hat die Kathi wieder die Augen geschlossen, und der Sanktus hat weiter ihre Füße massiert, bis das Telefon geklingelt hat. Er hat sich gewundert, dass das überhaupt möglich ist, weil ja Martina-Betty-Liveticker, aber anscheinend hatten die Damen kurz aufgelegt. Wahrscheinlich Werbung und Pipipause. Er wollte gerade aufstehen und das Telefon holen, da ist die Martina schon auf den Balkon herausgekommen und hat ihm den Apparat gereicht.

»Die Schranner Bine«, hat sie gemurmelt, sich postwendend umgedreht und ist zurück zum Fernseher.

»Wenn man vom Teufel redet«, hat die Kathi genörgelt. »Das kann ja jetzt wohl ned wahr sein.«

»Servus, Sanktus«, hat die Bine gegrüßt. »'tschuldige, dass ich dich störe, aber kurz eine Frage. Du hast mich doch am Samstag wegen dieser vermeintlichen Leiche angerufen, gell?«

»Ja, warum?«, ist's vom Sanktus gekommen.

»Das war doch wegen dem Haslinger Konrad, oder?«

»Ja, wegen dem toten Haslinger. Das lass ich mir ned nehmen. Da bin ich tausend Prozent sicher!«

»Na ja. Diese Leiche hat noch niemand gefunden, aber ich hätt eine andere im Angebot. Hast du schon von unserer Brandleiche am Feringasee gehört?«

»Ja«, hat der Sanktus geantwortet. »Des war die, wo's den Bichä umgehauen hat, oder? Wie geht's denn dem eigentlich?«

»Später, Sanktus. Jetzt pass auf! Die Brandleiche haben wir als Jessica Haslinger identifizieren können. Was sagst jetzt?«

Der Sanktus hat jetzt erst einmal gar nichts mehr gesagt,

weil es in seinem Kopf rumort hat. Großes Überdenken des Falles.

»Bin baff. Und jetzt bin ich mir mit dem Sipp noch sicherer.«

»Und am Feringasee ist nicht die Kripo Erding zuständig, gell«, hat die Bine bestätigt. »Vielleicht hast ja mal in den nächsten Tagen Zeit und kommst bei mir vorbei. Dann können wir auch über den Kommissar Bichlmaier reden. Der ist schon auf dem Weg der Besserung. Magengeschwür! Kein Burnout!«

»Na, Gott sei Dank! Hätt mich auch gewundert. Bevor der Bichä burnt, brennt's nämlich erst einmal ringsherum«, hat der Sanktus stolz proklamiert.

»Was war?«, hat die Kathi wissen wollen, nachdem der Sanktus aufgelegt hatte.

»Die Brandleiche am See ist die Haslinger Jessica!«

»Drum war die Annette die ganze Zeit so nervös. Ihre Tochter ist zur Einweihung nicht erschienen. Und sie hat nicht gewusst, warum.«

»Und dann schwimmt der Mann tot im Pool, und sie bleibt kalt wie Eis. Sakrament. Da schüttelt's mich gleich.«

»Mich auch«, hat die Kathi gemeint. »Was sind denn das für Leute? Zum Fürchten.«

»Aber der Fall Sipp Haslinger ist somit wieder aufgerollt!«, hat der Sanktus mit erhobenem Zeigefinger ausgerufen, aber gleich wieder die Hand zum Massieren an die Füße zurückbefördert.

»Na bravo!«, einziger Kathi-Kommentar, weil, mehr wäre auch nicht gegangen, da es an der Tür geklingelt hat.

Der Sanktus mit gerunzelter Stirn in Richtung Sprechanlage, weil, wer kann das denn um diese Zeit noch sein?

»Mia san's!«, typische Ansage durch den Äther.

Warum meinen die Leute immer, man würde sie, wie durch ein Wunder, geistig vor Augen haben. Servus, ich bin's – typische Telefonbegrüßung, die keinem was hilft, wenn du die Stimme nicht kennst.

»Wer is mia?«, also Gegenfrage vom Sanktus.

»Die Daniela und der Graffiti«, haben zwei Stimmen in den Apparat hineingeplärrt. Natürlich durcheinander, so dass du es fast nicht verstehen hast können.

Die kommen wegen dem Fall Haslinger, hat sich der Sanktus gedacht und geschmunzelt.

Kurz darauf sind alle zusammen auf dem Balkon am Tisch gesessen und haben Wein getrunken. Die Daniela hat ein knappes Top und Shorts angehabt, der Graffiti war in kurzer Lederhose und natürlich enganliegendem T-Shirt unterwegs. Der Sanktus hat seinen eigenen Bauch abgetastet und wieder einmal gemerkt, dass ein paar Pfund runter haben müssen. Bisserl Neid sogar. In weiser Voraussicht haben die Daniela und der Graffiti eine Flasche guten Roten dabeigehabt, den es an diesem Abend auch bestimmt noch brauchen würde. Der Grund des Besuchs ganz logisch, weil Pressemeldung der Brandleichen-Identifikation, und die Daniela ja bei der Zeitung, sprich »Münchner Morgenpost«.

Die Männer haben erst einmal eingeschenkt, und die beiden Damen sind nebeneinandergesessen und haben die Farbtöne ihrer Zehennägel verglichen, indem sie ihre Füße aneinandergehalten haben. Beide wunderbare weinrote Nägel. Der Sanktus hat ständig hinschauen müssen, weißt ja eh.

»Des hängt doch zsamm!«, hat der Graffiti glücklicherweise eingeworfen, und die Mädels haben den Vergleich abgebrochen.

Der Sanktus bei dieser Einschätzung natürlich Feuer und Flamme, weil Rechtfertigung seiner Mordtheorie.

»Zuerst bringt jemand die Jessica um, und zwei Tage darauf geht's dem Vater an den Kragen. Das kann doch kein Zufall sein.«

»Also hegt jemand einen Groll gegen die ganze Familie, oder?«, hat die Kathi gefragt.

»Dass jemand die Haslingers auslöschen will, oder wie?«, hat der Sanktus gemeint.

»Kommt mir komisch vor«, hat die Daniela gesagt. »Fakt ist, dass die Jessica in die Fußstapfen ihres Vaters treten wollte. Der Sipp, hab ich herausgefunden, hat sich zurückziehen und an die Jessica übergeben wollen. Sie hat die Geschäfte bereits mit ihrem Vater geleitet. Noch ein bisschen im Hintergrund, aber doch als Doppelspitze. Vielleicht sind die beiden jemandem auf die Füße gestiegen, der sich rächt oder bedroht fühlt.«

»Drum beide«, hat der Sanktus eingeworfen, also eher so vor sich hin gesagt. »Klingt plausibel. Aber wer könnte denn so einen Groll auf die Haslingers haben?«

»Die vom Zettel?«, hat der Graffiti gefragt. »Babic, Kovac, Dudek, der Huber, die Lesbe und der Seitensprung! Oder der beziehungsweise die geheimnisvolle O.?«

Die Daniela hat dem Graffiti einen Stoß in die Rippen versetzt und gelacht.

»Übrigens, die Jessica *war* lesbisch«, hat sie gemeint.

»Dass die Jessica vielleicht eine andere Lesbe erpresst hat?«, hat der Sanktus eingeworfen.

»Und die hat sie umgebracht. Wär a Möglichkeit!«, hat der Graffiti bestätigt.

»Okay! Aber die Grünmandl und ihre Cilli sind doch auch vom andern Ufer, oder?«, hat die Kathi gefragt.

»Stimmt«, Ruf von der Daniela. »Motiv Lesbe vom Zettel. Der Sipp hat doch schon so eine blöde Andeutung während seiner Rede gemacht. Die Grünmandl war sehr verschnupft. Vielleicht hat er sie ja irgendwie erpresst. Ihre Beziehung ist ja nicht offiziell. Schickt sich nicht für eine Wiesnchefin im traditionell konservativen Bayern, oder?«

»Kann ich mir ned vorstellen«, hat der Graffiti, für den Sanktus ein bisserl voreilig und zu laut, ausgerufen.

Der Sanktus hat jetzt den Graffiti komisch und der Graffiti den Sanktus verwirrt angeschaut. Dann Blickduell gleich wieder vorbei.

»Könnte passen«, hat der Sanktus langsam gemurmelt und den Graffiti im Blick gehabt, jedoch keine Regung. »Die Jessica hat das rausgefunden oder die beiden irgendwo, wo Lesben hingehen, getroffen, und zack! Jetzt hat sie die Grünmandl am Arsch!«

»Und die Haslingers wollen ein Oktoberfestzelt!«, hat der Graffiti eingeworfen.

»Wo wir beim Motiv Zelt wären. Nämlich das vom Thupsi, also Thumann. Der Sipp hat mit allen Mitteln versucht, ihm das Zelt abspenstig zu machen. Das wollte er der Jessica, so wie's ausschaut, noch verschaffen, bevor er sich zurückzieht.«

»Aber du hast doch gesagt, der Thumann hat dir bestätigt, dass der Sipp das nie geschafft hätte«, hat die Kathi gezweifelt.

»Der kann mir viel bestätigen. Aber ob's die Wahrheit ist?«, Antwort vom Sanktus. »Der Thumann und die Grünmandl haben auf jeden Fall ein 1-a-Motiv.«

Das war einmal sicher. Großes Nicken allerseits. Graffiti-Mimik eher: Könnt unter Umständen sein.

»Was ist eigentlich mit dieser Olivia, die am Wochenende da war?«, hat die Daniela in den Raum gestellt.

»Die Vorbesitzerin von der Wurstbraterei?«, Frage vom Sanktus.

»Genau. Also die Tochter des Vorbesitzers«, hat die Daniela bestätigt. »Die hat auch nicht so richtig glücklich ausgeschaut.«

»Wie der Wast, der Schankkellner. Der hat auch so ein paar Kommentare rausgelassen«, hat der Sanktus abgerundet.

»Gar nicht mal so harmonisch«, hat der Graffiti bestätigt. »Saubere Gesellschaft. Aber bei der Tochter und dem Schankkellner müssen wir auf jeden Fall vorbeischauen. Da könnt ein Motiv sein. Olivia fängt übrigens mit O an.«

»Scheiß die Wand an«, vom Sanktus.

Jetzt großes bestätigendes Nicken in der Runde.

»Oder die Masseurin!«, hat der Sanktus gemeint.

»Was für eine Masseurin, Herr Sanktjohanser?«, hat die Kathi mit strafendem Blick ausgerufen, woraufhin der Sanktus die Geschichte der Diana erzählt hat.

»Aber die bringt doch nicht die Hand um, die sie füttert. Auch wenn er die Annette nicht verlassen hätte, ein paar Alimente hätte sie bestimmt aus ihm herausquetschen können«, hat die Daniela gemeint.

»Im Affekt?«, ist's von der Kathi gekommen.

»Vielleicht?«, der Graffiti.

»Dann haben wir noch Foto und Seitensprung«, hat der Sanktus in den Raum geworfen.

»Kann der Seitensprung mit der Masseurin sein, aber so einer wie der Sipp wildert doch ständig in anderen Revieren«, hat die Kathi sinniert.

»Dann müssen wir herausfinden, in welchen Revieren«, hat der Sanktus gesagt.

»Und vor allem, wer der Jagdpächter mit dem Schießgewehr ist«, hat der Graffiti vervollständigt und geschmunzelt.

»Mach ich!«, hat die Daniela gerufen. »Das ist meine Kernkompetenz.«

»Und das Foto?«, Einwurf von der Kathi.

»Wird die Annette haben. Da hamma wohl Pech«, Statement vom Sanktus.

»Oder der Hoffmann mit der Nuttn«, hat der Graffiti gemeint.

»Genau! Auch ein Motiv. Seriöser Banker wird erpresst, damit er noch mehr Geld rausrückt, und wehrt sich«, hat der Sanktus geschlussfolgert.

»Und deswegen bringt er die halbe Familie um?«, hat die Kathi gefragt. »Die Annette hätte ihn doch sofort hopsnehmen können, oder? Zu riskant für den Hoffmann.«

Betretenes Schweigen und Zustimmung seitens der Männer.

»Dann bleiben immer noch die Namen«, hat der Graffiti gemeint. »Babic und Kovac dürfte kroatisch oder bosnisch sein, Kowalska, Szydlo und Dudek eher polnisch.«

»Meinst, dass uns da die Schranner Bine helfen könnt? Wenn die ein bisserl in der Vergangenheit vom Sipp kramen würde? Vielleicht gab es ja Anzeigen gegen ihn von den Damen. Oder gibt's die Damen überhaupt?«, hat der Sanktus gemeint. »Ich ruf die Bine morgen in aller Ruhe an.«

»Ich forsch auch nach«, hat die Daniela eingeworfen.

»Haben wir sonst noch was?«, hat die Kathi gefragt.

»Meints, dass's vorbei ist?«, hat der Sanktus gefragt.

Jetzt fragende Gesichter.

»Das Morden, mein ich. Ob noch einer nachkommt?«

»Dass einer doch die ganze Familie auf der Abschussliste hat?«, hat der Graffiti nachdenklich gefragt.

»Also bei der Annette würd's mich ned wundern«, hat die Kathi konstatiert. »So ein abgebrühtes Weib. Wenn einer was gegen die Familie hat, dann wohl auch gegen sie. Für mich ist sie die Strippenzieherin im Hintergrund. Sie hat die Hosen an. Den Sipp hat sich die doch nur gehalten. Der hat getan, was sie wollte, und hat das Geld gehabt. Das hab ich im Gefühl!«

Die Daniela hat jetzt anscheinend schwer nachgedacht, so still war sie.

»Ich würde ein Auge auf sie haben«, hat die Kathi weitergemacht. »Also, wenn ich die Polizei wär. Vielleicht kann die Bine da ja was machen. Wenn jemand wirklich was gegen die Haslingers hat, ist die Annette auch in Gefahr.«

Alle haben geschaut und zugestimmt. Die Kathi war jetzt richtig in Fahrt.

»Ich kann mir regelrecht vorstellen, wie die Haslingers auf ihrem Karriereweg Existenzen und Menschen kaputt gemacht haben. Und der treibende Faktor war sicherlich dieses Weib. Wenn da wirklich einer Rache im Sinn hat, würd's mich nicht wundern, wenn da noch was kommt.«

»Respekt, Frau Sanktjohanser«, hat der Sanktus geschlossen. »Die katholische Inquisition ist heut ein Dilettantenverein gegen dich.«

Wenn der Sanktus gewusst hätte, wie recht die Kathi mit ihrer Theorie hatte und was noch alles kommen würde, hätte er nicht so leichtfertig dahergeredet.

MITTWOCH – NAMASTE!

Am gestrigen Dienstag hat der Sanktus Dienst in der Haidhauser Bierwerkel gehabt, denn Montag und Dienstag ja immer Sudtag, und das war *seine* Kernkompetenz. Der Hanspeter hat weiterhin in der Stern-Brauerei gearbeitet, also untertags keine Zeit, der Sanktus aber als Hausmann praktisch gmahte Wiesn. Die Ermittlungen haben also kurz ruhen müssen.

Das Detektiv-Team vom Montagabend hatte sich daher auf den heutigen Mittwoch zusammenbestellt. Tagesziel: Befragung der Olivia, und wenn's geht, noch kurze Zwiesprache mit dem Schankkellner Wast. Ausführende: der Sanktus und die Daniela, weil, der Graffiti und die Kathi haben arbeiten müssen.

Gestern hatten der Sanktus und die Daniela noch eine kurze Lagesondierung per Telefon eingeschoben, und das Ergebnis war der Bhupinder. Beide hatten sich noch genau an die Kleidung der Olivia, also an das indische Gewand, erinnert, und somit hat es ja sein können, dass der Bhupinder unter Umständen einen besseren Zugang zu dieser Dame würde finden können.

Der Sanktus hatte den indischen Koch sofort angerufen, und der hatte zugesagt, da es ihn schon immer einmal gereizt hatte, mit dem Sanktus richtig zu ermitteln, und er nun seine große Stunde hat kommen sehen. Natürlich hat er es sich nicht nehmen lassen, die beiden zu chauffieren, obwohl der Sanktus keinen Versuch unterlassen hatte, ihn von seinem Plan abzubringen, weil, Fahrten mit dem Bhupinder, weißt du ja eh, vogelwild bis selbstmörderisch. Der Sanktus hat insgeheim drauf spekuliert, dass der Graffiti seiner Daniela einen flotten Wagen aus seinem ominösen »Himsl Import Export« Geschäft zur Verfügung stellen würde, aber anscheinend Pech gehabt, denn die Daniela ebenfalls blank, also automaßig zumindest.

Also haben sich die drei am Vormittag zur gemeinsamen Abfahrt in der »Neuen Kirche« getroffen.

»Bubi, wie schaust denn du aus?«, hat der Sanktus einen Entsetzensschrei herausgelassen, als er in den Gastraum des Lokals eingetreten war und den Bhupinder gesehen hat.

Der Inder war heute komplett in traditionelle Tracht gekleidet, sogar einen Turban hat er aufgehabt, und die Mitte seiner Stirn hat ein dicker roter Punkt geziert.

»Haben s' dir den Punkt mit dem U-Hakerl naufgs-chossen?«, ist es aus dem Sanktus lachend herausgeplatzt.

Die Daniela, die inzwischen auch in der Tür erschienen war, hat die Hand vor die Augen gehalten und sich fremdgeschämt.

»Oh, Sanktus«, hat der Bhupinder geantwortet, »erstens hab ick dir scho so oft gesackt, sacks du ned immer Bubi su mir und aa ned Hansä, gell. Und sweitens is des a Bindi. War ick heut scho in Berg am Laim im Tempel und hab für gutes Gelingen gebetet. Da hab ick die Bindi gekrieckt. Und wenn ma sum Ermitteln muss, muss ma guad angesogen sei, oder?«

»Yes, yes«, hat der Sanktus mit verstellter Stimme, die dem Bhupinder hat ähneln sollen, gesagt und versucht, mit dem Kopf ein indisches »Ja« zu wackeln.

Der Bhupinder hat die Augen verdreht und ist zur Daniela gegangen, hat seine Hände gefaltet und sie mit einem »Namaste!« begrüßt. Die Daniela natürlich ein

Lächeln im Gesicht, weil so ein netter und höflicher Inder, und nun der Sanktus Augenverdrehen.

»Ja, Hansä. Is recht, aber jetzt pack ma's. Bin ja gespannt, was die Rubenbauer sagt, wenn du bei ihr so aufgetakelt erscheinst. Die wird meinen, heut ist Fasching. Mei, echt!«, hat der Sanktus gegrantelt, weil er sich nicht sicher war, wie die Rubenbauer auf diese offensichtliche Anbiederung reagieren würde.

»Is immer sehr negativ, unser Sanktus. Kein gutes Karma. Immer so, aber kannst du ned ändern. Gell, Sanktus, tust du heut wieder schön granteln«, hat der Bhupinder lachend durch die Wirtschaft gerufen, wobei er das R des Wortes »granteln« eher Englisch ausgesprochen hat.

Die Daniela hat schmunzeln müssen.

»Was sich liebt, neckt sich«, hat sie gesagt. »Ihr zwei machts das immer so, oder?«

»Klar. Eigentlich simmer ein Liebespaar. Weiß nur keiner«, hat der Sanktus gewitzelt.

»Oh yes, honey. Ick freu mi schon auf die heiße Nackt nack dem Ermitteln«, hat der Bhupinder gerufen und anzüglich mit seiner Hand gewinkt.

»Depp«, seitens Sanktus. »Kömma's jetzt packen?«

»Of course. Der Blitz von Bangalore will be ready for take-off in a minute«, hat der Bhupinder gerufen. »Die Ashwini holt ihn grad von der Tietarasch!«

»Von der was?«, hat der Sanktus gefragt.

»Von de Tietaraa-asch!«, hat der Inder noch deutlicher gesprochen.

»Tiefgarage!«, hat die Daniela übersetzt.

»Na sag i do-ock!«, hat der Bhupinder fast gejodelt, und das Triumvirat hat das charakteristische Knallen des Hindustan Model 69 bereits hören können.

»Darfst du mit dem Karren überhaupt in die Innenstadt-Umweltzone reinfahren?«, hat der Sanktus gefragt.

»Weiß ick ned. But I don't care«, hat der Bhupinder abgewinkt, und schon ist die Ashwini in dieser kleinen gelben indischen Kiste, die über und über mit Gottheiten und indischen Schriftzeichen bemalt war, die Kirchenstraße entlanggekommen. Selbst die roten Quasten sind immer noch von den Stoßstangen gebaumelt. Der Hindustan Model 69, musst du wissen, ist das Auto, das du in jedem gottverdammten indischen Fernsehfilm sehen kannst, das aber heutzutage nirgendwo mehr in Indien umeinanderfährt. Wahrscheinlich hat der Bhupinder eines der letzten Exemplare besessen. Natürlich hat indische Musik aus dem Karren herausgeplärrt. Heute haben sie einen Sänger gefoltert, so hat der geweint.

Der Tag würde warm werden und die Ashwini war mit einem smaragdgrünen bauchfreien Sari bekleidet. Der Sanktus war wie immer von der natürlichen Schönheit der jungen Inderin gebannt. Sie ist ausgestiegen, auf ihn zugekommen und hat ihm ein Bussi draufgedrückt. Der Sanktus hat verstohlen auf ihre Füße runterschauen müssen und natürlich Sandalen. So schöne Zehen hast du selten sehen können. Die Ashwini hat die französische Pediküre bevorzugt, also glänzend lackiert mit weißem Strich an der Nagelspitze.

»Griaßdi, Sanktus. Lang nimmer gsehn. Wia geht's dir oiwei«, hat sie in lupenreinem Bayerisch gefragt. »Nimmst meinen Onkel heut zum Ermitteln mit? Na, i bin ja schon gspannt, was da rauskommt.«

Der Sanktus hat sich aus ihrer Umarmung gelöst, kurz noch einmal auf die Zehen gespitzt und gelacht.

»Ja, heut brauch'ma an Spezialagenten für ein alternatives Hippie-Weib. Da mein ich, ist er grad richtig, dein Onkel.«

»Jaja. Is scho guad. Lose geht! Jump on Gents«, hat der Bhupinder gerufen und sich hinter das Lenkrad, das sich natürlich auf der rechten Seite des Wagens befunden hat, geworfen. Der Sanktus hinten rein, weil, die gravierende Impression der Fahrt mit dem Inder vom vorderen Sitz, also der Pole Position, hat der Sanktus der Daniela nicht vorenthalten wollen.

Schau dir die Bagage an, denkt die alte Frau, als sie an den vier Personen vorbeigeht. Schon lange ist ihr der Gestank, der aus dem früheren bayerischen Lokal herausströmt, ein Dorn im Auge. Diese schwarzen Krattler. Man kann in der Früh ja nicht einmal mehr das Fenster zum Hinterhof aufmachen, so schlimm ist die Geruchsbelästigung. Da waren ihr ja die Türken mit ihrem Knoblauch noch lieber als dieses Gwschwerl mit ihren süßlichen Gewürzen. Und diese Gewänder! So den freien Bauch zur Schau tragen! Abstoßend. Brauchen sich nicht wundern, wenn sie vergewaltigt werden, die jungen Dinger. Recht geschieht's ihnen! So schaut's aus. Vielleicht verschwinden sie ja dann wieder in ihre Heimat. Aber die sind ja nur auf ihren Vorteil aus. Ausgschamts Gschwerl, ausgschamts.

Die Daniela hat sich also auf den linken Vordersitz gesetzt und hat sich schon mit den Händen am mit Ramakrishna-Bildern beklebten Armaturenbrett abstützen müssen, weil der Bhupinder mit Vollgas und lautem Schäbern gestartet ist. An der nächsten Kreuzung ist er mit Karacho abgebogen, und der Sanktus hat gemeint, sie fahren direkt in den Haidhauser Friedhof hinein und nicht nur in die Flurstraße daneben. Nun mit Tempo 80 in Richtung Einstein-straße und dann auf gefühlten zwei Reifen rechts hinein. Der Sanktus hat nach links, zur Einfahrt der Bierwerkel, geschaut, an der sie vorbeigerauscht sind, und hat sich überlegt, ob er seinen Craftbierladen jemals wiedersehen würde. Der Bhupinder ist dann bei für einen Inder wahr-scheinlich knapp Rot über die Grillparzerstraße geschos-sen und hat dem Fußgänger, der die Straße bereits über-queren wollte und ihm den Stinkefinger gezeigt hat, nett zugewinkt und gelächelt. Dabei hat er wie immer auf das Lenkrad getrommelt und mit dem leidenden indischen Sän-ger um die Wette gejault.

»Oh, Sanktus«, hat der Bhupinder gerufen. »Hab i jetzt entdeck die German music. Und weil i woaß, dass du ned mackst die Indian Sound, hab i was vorbereitet fur di. Jetzt pass a mal Obacht!«

Dem Sanktus ist nichts Gutes geschwant und der Bhu-pinder hat sich weit zur Daniela herübergelehnt, weil, im Handschuhfach war anscheinend der CD-Player. Der Inder hat die CD umständlich herausgenommen und der Hin-dustan ist immer weiter nach links abgedriftet. Der BMW, der auf der zweiten Spur neben dem indischen Wagen gefahren ist, hat vor lauter Angst warnende Hupgeräu-sche von sich gegeben, und der Fahrer hat dem Bhupin-der einen Vogel gezeigt. Der hat Gas gegeben und sich vor dem BMW eingereiht und das bayerische Nobelfahr-zeug erst einmal so richtig ausgebremst. Wieder Hupen zur Folge. Der Inder hat noch einmal im Handschuhfach gekramt, und der Sanktus hat der Daniela angedeutet, sie möge doch bitte das Lenkrad etwas festhalten, weil er den Crash schon vor Augen gehabt hat. Nachdem der BMW den Hindustan wieder überholt gehabt hat, hat der Bhupinder die neue CD endlich im Player gehabt und hat, als er dann wieder auf die Straße gesehen hat, eine Vollbremsung hingelegt. Etwa fünf Zentimeter haben gefehlt und der Hindustan wäre auf einen Bus der MVG aufgefahren. Der Sanktus und die Daniela am Plärren vor Angst.

»Jetzt passts auf«, hat der Inder gerufen, und auf einmal hat die Helene Fischer »Atemlos durch die Nacht« aus den Lautsprechern gebrüllt.

Der Bhupinder wieder am Trommeln und mitsingen.

»A them loose durck die Nackt«, hat er gejodelt. »Bisser laywer Tag erwackt … Cool, oder? Was sacks du, Sanktus? I like that girl. Blond und hatta guade Figur.«

Ja, eine gute Figur hat sie gehabt, die Helene, und der Sanktus hätte gelogen, wenn er verneint hätte, dass sie ihm gefallen hat. Die Daniela hat mit den Armen gerudert und mit dem Bhupinder mitgesungen. Dass ihr nicht schlecht war, hat der Sanktus nicht glauben können.

Kaum war die Ampel auf Grün, ist der Hindustan wieder losgeschossen und zum Vogelweideplatz und zur A 94 vorgerückt, also direkt in Richtung Vaterstetten, wo die Rubenbauer Olivia gewohnt hat. Das hatte der Sanktus am gestrigen Tag von der Schranner Bine erfahren. Der Sanktus hat sich jetzt schräg in die hintere Bank hineingefläzt und seine heiße Stirn am kalten Fenster gekühlt. Gott sei Dank würden sie bald auf der geraden Autobahn sein. Sonst hätte er ganz gewiss gekotzt. Die Daniela hingegen bumperlfit.

YOU LIKE THE CHAI?

Der Bhupinder ist langsam durch die Straßen Vater-
stettens gefahren, weil die drei auf der Suche nach der
Adresse und der Hindustan natürlich kein Navi. Die
Daniela hat ihr iPhone hochgehalten und den Bhupinder geleitet.

Als sie beim Haus der Rubenbauer angekommen waren,
war ihnen klar, dass sie eigentlich kein Navigationssys-
tem gebraucht hätten, denn jeder hier im Ort hätte ihnen
den Weg zum vogelwildesten Gebäude von allen sagen
können. Es war baulich gesehen ein typisches Reiheneckhaus, und die ganze Reihe war durch einen dunkelbraunen Holzzaun mit grauen Betonfundamenten zur Straße
hin begrenzt. Nur eben dieses Reiheneckhaus am hinteren Ende hat einen pastellfarbenen Zaun mit hellrosa
getünchtem Fundament besessen. Das ganze Bauwerk war
in einem knalligen Orange gestrichen und der Sanktus
sofort den Film mit der Petra Schmidt Schaller im Kopf.
»Ein Sommer in Orange«. Um Gottes willen. Was würde
den Sanktus denn jetzt erwarten? Die Form des Hauses
war normal, weil, das hat die Olivia nicht ändern können,
aber wo bei den anderen Häusern das Vordach freihän-
gend war, war es bei diesem Haus mit zwei orientalischen
Säulen gestützt.

»Oh. A very nice home. Sehr schön«, hat der Bhupinder geschwärmt und hat den Wagen auf der linken Stra-
ßenseite, also in der in Deutschland verbotenen Richtung,
abgestellt. »Sacks du aa, gell Sanktus?«

»Wish you all a very happy Divali« ist neben der Tür in Braun auf der orangefarbenen Wand aufgemalt gewesen.

»Oh«, wieder vom Bhupinder. »Hier sie feiern unser Lichtfest. Ist am 7. November. Toll. Very nice.«

»Hmh«, alles vom Sanktus. »Da riecht's nach Räucherstäberl. Pfui Deifi. Scheiß Patschuli, echt!«

»Glaubs du, she's at home?«, hat der Bhupinder gefragt, wobei er »home« wieder wie ho-o-om ausgesprochen hat.

»Klar«, hat die Daniela bestätigt. »Meinst du, wir fahren umsonst bis Vaterstetten? Ich hab die Olivia schon vorher angerufen.«

Der Sanktus hat geklingelt und hat sich jetzt irgendein indisches Gewinsel als Ton erwartet, aber das Ding Dong völlig normal.

Kurz darauf hat die Olivia geöffnet. Sie war völlig in purpurfarbene Batik gekleidet. T-Shirt und so eine Pumphose mit dem Schritt zwischen den Knien, wie bei den Rappern früher. Hier halt asiatischer Stil.

»Oh. Hallo«, hat sie die Besucher begrüßt. »Sind Sie schon da?«

Nein, wir sind noch auf der Autobahn, hat sich der Sanktus gedacht und die Nase gerümpft, weil Patschuli jetzt krass dominierend.

»Ist gut gegangen, und unser Bhupinder ist gefahren wie der Teufel«, hat die Daniela geantwortet, weil der Sanktus immer noch stumm.

Die Olivia hat den Bhupinder angesehen und ihre Mimik hat sich aufgehellt.

»Namaste«, hat sie den Inder mit gefalteten Händen begrüßt.

»Griass di God«, hat der Bhupinder auf Bayerisch geantwortet und sich wie ein Schnitzel gefreut.

Die Olivia hat geschaut wie ein Schwalberl, wenn's blitzt, also verwirrt. Da hat der Bhupinder sofort die Hände zum indischen Gruß gefaltet.

»Dürf'ma reinkommen?«, hat die Daniela den Lead übernommen.

»Oh. Entschuldigen Sie. Ja. Selbstverständlich gerne. Hinten im Garten ist es sehr angenehm. Möchten Sie Chai?«

Die kleine Gruppe ist nun durch das Reihenhaus durch. Die Aufteilung war typisch. Rechts die Küche, links das Klo und die Treppe, dann hinten das Wohnzimmer. Die Einrichtung der Küche war altmodisch hellblau deutsch, was dem Sanktus den Gedanken aufgedrängt hat, dass die Olivia das Haus von ihrem Vater geerbt hatte. Das Wohnzimmer war jedoch Indien pur. Buddhas und Bilder von Tempeln, wo du hingeschaut hast. Kommoden und Regale haben asiatisch angemutet, und bunte Sitzkissen waren auf dem Wohnzimmerboden verteilt. Die Wand um die Durchreiche von der Küche zur Essecke war wie ein indischer Tempel bemalt. Das große Fenster und die Balkontür gegenüber waren von einem intensiv gelben Vorhang umrandet, und da sind sie jetzt durch.

Draußen im Garten hat der Sanktus geglaubt, sie sind jetzt wirklich in Indien, so war das winzige Areal bepflanzt. Die Palmen natürlich in Töpfen, ansonsten alles farbenfroh orientalischen Pflanzen nachempfunden, mehrere Buddhas sind umeinandergestanden und in der linken hinteren Ecke war ein kleiner Tempel aus Stein nachgebaut, der eigentlich auch ein Pflanztopf war. Als Weg zur Hintertür waren Steine im Gras versenkt.

»Guten Tag«, hat der Sanktus von hinten eine Stimme auf der Terrasse hören können.

Alle waren sie durch die Balkontür in den üppigen Garten getreten und hatten gestaunt. Keiner hatte auf die Sitzgarnitur hinter ihnen auf der Terrasse geachtet. Dort ist eine graumelierte, hagere Frau mittleren Alters gesessen, die die Besucher kritisch durch ihre randlose Brille beäugt hat.

Den Sanktus hat's geschüttelt, weil, erstens ist er nicht auf dürre Frauen gestanden, und auf die ausgedörrte Lederhaut, die sich ihm gerade offenbart hat, schon gleich gar nicht. Und zweitens hat diese Dame etwas dermaßen Unsympathisches an sich gehabt, so etwas Siebengescheites, also Lehrerhaftes, das war einfach ein rotes Tuch für ihn.

»Servus!«, der Sanktus und die Daniela im Chor.

»Grias di God«, der Bhupinder.

»Namaste«, die Dürre, und der Bhupinder natürlich dezente indische Begrüßung zurück.

»Mein Name ist Helga von Dorn«, hat sich die Dürre, die mit einem dunkelbraunen armfreien Hosenanzug, der ihre Mumienarme extrem zur Geltung gebracht hat, bekleidet war, vorgestellt. »Ich bin die Bekannte von Frau Rubenbauer.«

Die Bekannte, aha, Gedanke vom Sanktus. Lebensgefährtin wohl eher. Schon wieder. Hat sich irgendwie gehäuft in letzter Zeit, und der Sanktus gleich wieder den Zettel mit »Lesbe« von der Annette vor Augen.

»Ja«, hat die Daniela angefangen. »Guten Tag, Frau von Dorn. Sehr angenehm. Meilinger von der ›Münchner Morgenpost‹. Frau Rubenbauer, wie schon telefonisch besprochen, mache ich eine Reportage über die Wiesnwirte, da ja die über den Herrn Haslinger allein ausgefallen ist. Wie Sie wissen, hat er ja unverhofft wegmüssen und ist, scheints bisher, nicht mehr aufgetaucht.«

Der Sanktus hat jetzt die beiden Damen beobachtet. Bei

der von Dorn keine Regung im Gesicht, bei der Olivia sofortiges In-den-Boden-Schauen beim Namen Haslinger.

»Und was wollen Sie dann hier?«, hat die Dürre die Daniela unterbrochen. »Olivias Vater wurde um sein Festzelt gebracht, und Olivia war nie Wiesnwirtin. Gehen Sie doch zu den Großgastronomen, die den Bierpreis jedes Jahr erhöhen müssen, da sie sonst am Hungertuch nagen würden.«

Jetzt wird sie mir fast sympathisch, Meinung vom Sanktus.

»Helga«, hat die Olivia gehaucht. »Ich geh Chai holen. Reg dich nicht auf. Das alles berührt mich nicht mehr.«

»Ick helf Ihnen gerne tragen. It's a pleasure«, hat der Bhupinder gesagt und ist der Olivia nach innen gefolgt.

»Wissen Sie«, hat die Dürre angefangen. »Olivia ist eine zerbrechliche Person. Sie ist nicht für die raue Welt geschaffen. Ihr Vater hat das nie akzeptiert und hat sie jedes Jahr auf das Oktoberfest geschleift, wo sie in Dirndlmaskerade die Geschäftsführerin der Wurstbraterei spielen musste. Während des restlichen Jahres arbeitete sie in der Großmetzgerei. Olivia hat sogar eine Metzgerausbildung absolviert. Stellen Sie sich das mal vor! Sie konnte aber glücklicherweise in der Verwaltung arbeiten. Aber die sechzehn Tage Wiesn gaben ihr jedes Jahr erneut den Rest.«

»Dann war der Verlust der Wurstbraterei eigentlich nicht schlimm für die Frau Rubenbauer, oder?«, hat der Sanktus eingeworfen.

»Genau«, die Daniela.

»Der Verlust des Zelts nicht, aber der Verlust des Vaters. Auch wenn er ein Metzger-Tyrann war, er war ihr leiblicher Vater, ihr Halt und Bezugspunkt in den Wogen der Welt, die über ihr zusammenzuschlagen drohten.«

»Wie, Verlust des Vaters?«, hat die Daniela gefragt.

»Na, der alte Rubenbauer hat sich totgesoffen«, hat die von Dorn mit einem abwertenden Unterton in der Stimme erklärt.

Jetzt sind die Olivia und der Bhupinder mit einem Tablett, auf dem orientalisches Geschirr gethront hat, zurückgekommen. Der Sanktus hat sofort einen üppigen süßlich-würzigen Duft in der Nase gehabt. Das war schon einmal ein Satz mit x für ihn. Na bravo. Ein Chai-Liebhaber würde er auf alle Fälle einmal nicht werden.

»So, bitte, hier is the Chai. Meine Friend Olivia mackt den Chai ähnlich wie meine Mutter. Ist original recipe of Masala Chai. Ist das Black Tea mit Gewurse, also Kardamom, Simt, Ingwer, Pfefferkörner, Indische Lorbeerblätter, Nelken and Muscat«, hat der Inder geschwärmt, und der Olivia war die Freude über das Lob ins Gesicht geschrieben.

Sogar der braune Hosenanzug hat einmal gelacht.

Der Bhupinder hat jedem seinen Tee gereicht, praktisch hinzelebriert, und alle haben die Augen geschlossen und den würzigen Duft in sich aufgenommen. Alle bis auf den Sanktus. Der hat sofort die Gunst der Stunde, weil ja keiner was gesehen hat, genutzt und hat den Chai mit einem »Tschack« in die Wiese katapultiert. Dabei hat er ein »Hmh! Wunderbar!« von sich gegeben und hat sich dabei den Drengler vorgestellt, wie der bei so einer erlesenen Spezialität abgehen würde. *Oh! In meiner Zeit in Indien, nach dem Studium, habe ich das schon erzählt?* Da hat's den Sanktus gleich geschüttelt.

»Heiß, nö?«, hat die von Dorn gefragt.

»Ja. Aber ganz hervorragend«, der Sanktus.

»Oh, Sanktus. You like the Chai? Näckste Mal in der Neue Kirtsche kriecks du Tee instead of Weißenbier«, hat der Bhupinder gegrinst, und der Sanktus hat gewusst, dass diese Aktion jetzt suboptimal verlaufen war.

»Und ich sag's der Kathi, dass die mal so was heim tut«, hat die Daniela geflüstert und gegrinst.

Der Sanktus hat bei der Daniela in die Tasse geschaut und auch schon leer. Beidseitiges Grinsen. Die Daniela wohl auch kein Chai-Liebhaber.

»Frau Rubenbauer«, hat die Daniela angefangen. »Wir haben uns schon ein wenig mit Frau von Dorn unterhalten. Mich würde nun interessieren, warum Sie die Wurstbraterei aufgegeben beziehungsweise an den Herrn Haslinger verkauft haben.«

Die Olivia hat erst einmal gezögert, und die Daniela hat bemerkt, dass sie fast Tränen in den Augen gehabt hat.

»Erzähl ruhig die Wahrheit«, hat die von Dorn gestichelt. »Die Welt soll ruhig wissen, mit wem sie es bei den Haslingers zu tun hat.«

Die Olivia hat tief durchgeatmet. Immer und immer wieder. Anscheinend war diese Diskussion sehr schwer für sie.

»Ich bin so wütend auf diesen Mann«, hat die Olivia angefangen.

Der Bhupinder ist zu ihr hingegangen, hat ihre Hände in die seinen genommen.

»Buddha sagt: ›Für deine Wut wirst du nickt bestraft, deine Wut wird deine Strafe sein.‹ Olivia, tell us what happened. Vielleicht können wir helfen, deine Wut wegsumacken«, hat der Bhupinder mit sanfter Stimme gesprochen, indisch mit dem Kopf gewackelt und der Olivia tief in die Augen gesehen.

Die hat jetzt auch gewackelt, also ein Ja, ihre Tränen verdrückt und zu erzählen angefangen.

Zurück im Hindustan ist, der Situation angemessen, wieder indische Musik, jetzt gerade eine ruhige orientalische Ballade, gespielt worden. Atemlos waren sie zwar jetzt alle, aber die Helene Fischer von vorher wäre für diesen Anlass zu quirlig gewesen. Der Sanktus hat eine Wut in seinem Bauch gehabt, und gleichzeitig hat ihm die Olivia unendlich leidgetan.

Die Wurstbraterei auf dem Münchner Oktoberfest war seit über hundert Jahren im Besitz der Rubenbauers gewesen. Der alte Rubenbauer war Großmetzger und Wiesnwirt mit Herz und Seele. Als Ur-Münchner war für ihn immer klar gewesen, dass sein Nachkomme einmal das Zelt übernehmen würde. Über Jahre hinweg hatte er versucht, aus der zarten und labilen Olivia eine Nachkommin seiner Vorstellung zu formen. Olivias Mutter war bereits gestorben, und so war sie völlig auf ihren Vater fixiert. Während eines Oktoberfests vor vielen Jahren war Olivia aufgrund der ihr auferlegten Strapazen in der Wurstbraterei zusammengebrochen und hatte die erste Wiesnwoche im Krankenhaus verbringen müssen.

Das war der Einsatz für Sipp Haslinger gewesen, zu dieser Zeit lediglich Wirt des Weißbierkarussels, das er der alten Fini abgeluchst hatte. Scheinheilig hatte er den alten Rubenbauer sofort mit einer Aushilfe für seine Tochter unterstützt. Diese Aushilfe war niemand anderes gewesen als der Geschäftsführer seines Münchner Lokals. Natürlich hatte der den Auftrag gehabt, die Wurstbraterei der Rubenbauers genauestens unter die Lupe zu nehmen und alle Unregelmäßigkeiten aufzudecken. Sehr schnell war klar geworden, dass es der alte Rubenbauer mit den Angaben beim Finanzamt nicht gar so genau nimmt und hie und da ab und zu eine Lieferung bar und ohne Rechnung bezahlt. Ein gefundenes Fressen für den Haslinger. Jetzt, wenn du glaubst, der Haslinger war direkt zum Rubenbauer hin, um ihn zu erpressen, weit gefehlt. In der zweiten Wiesnwoche, als Olivia wieder in der Wurstbraterei zurück gewesen war, hatte er sie kontaktiert, um ihr seine Entdeckungen zu schildern. Natürlich ganz als liebes Mitglied der Oktoberfestfamilie und netter Onkel, rein um eine Lösung zu finden, Olivias Vater vor dem Fiskus zu retten. Der Preis dafür war, seinen Worten nach, nicht hoch. Lediglich ein sexuelles Stelldichein mit Olivia, das er nach deren Einwilligung sofort im Büro der Wurstbraterei eingelöst hatte. Blöd nur, dass der alte Rubenbauer hinzugekommen war und die Lage völlig missverstanden hatte. Er hatte beide aus dem Zelt hinausgeworfen und seiner Tochter verständlich gemacht, dass er sie nie wiedersehen wollte. Dem Sipp hatte er noch gekonnt eine rechte Gerade aufgestrichen und sich fälschlicherweise in Sicherheit gewogen.

Am letzten Wiesnfreitag war die Steuerfahndung mit Pauken und Trompeten in die Wurstbraterei eingefallen. Das Zelt war geschlossen worden, und der alte Rubenbauer hatte eine Anzeige wegen Steuerhinterziehung erhalten. Zu einer Verhandlung war es nie gekommen, da er wenige Wochen später im Rausch von einer Trambahn erfasst und getötet worden war. Die Olivia hat an den Sipp verkauft und ist einige Jahre nach Indien in ein Kloster gegangen, um wieder in ihre Mitte zu finden. Dort hatte sie Helga von Dorn kennengelernt.

»Dann frag ich mich aber, warum sie zu dieser Eröffnung gegangen ist«, hat die Daniela als Erste wieder zu sprechen angefangen.

»Warum hat sie der Sipp überhaupt eingeladen?«, hat der Sanktus gefragt.

»Sadismus. Der Mann ist ein totaler Sadist, wenn du mich fragst.«

»Aber für sie hätt es eigentlich nur Sinn gemacht, da hinzugehen, wenn sie vorgehabt hätte, den Sipp umzubringen. Warum sollt sie sich das sonst antun?«, hat der Sanktus in den Raum geworfen.

»Du meinst, mir hamma unsern Mörda scho gfunden?«, hat der Bhupinder gefragt.

»Keine Ahnung, Hansä. Kannt scho sein. Aber jetzt erst einmal auf zum Schankkellner.«

»Okay!«, hat der Bhupinder wie immer geschrien. »Halte fest. Lose geht!«

Und der Hindustan ist mit einem Krachen losgeschossen, der Delorian bei »Zurück in die Zukunft« definitiv Scheißdreck dagegen. Das war einmal ganz sicher.

IST DAS EUER AUSLANDSKORRESPONDENT?

Nach einer guten halben Stunde und einem flauen Sanktus-Magen ist das indische Auto in Neuperlach vor dem Hochhauskomplex, in dem der Schankkellner Sebastian Jordan gewohnt hat, vorgefahren. Der Sanktus hat überwältigt auf die sich übereinandertürmenden Stockwerke und Tausende von Fenstern geschaut. Wer zum Teufel hat in so einer Legebatterie leben können? Grausam. Hier hätte er nicht tot über dem Zaun hängen wollen. Sicherlich nicht. Das Haus hat ihn an den Fall des Altherrenmörders erinnert. So ein Hochhaus war ein Teil der blutigen Schnitzeljagd, die ihn, den Drengler, den Hanspeter und den Bichlmaier seinerzeit auf Trab gehalten hatte. Auch dorthin hatte sie der Bhupinder kutschiert. An diesem Tag vor fünf Jahren war der Sanktus zum ersten Mal mit den Fahrkünsten des Inders in Berührung gekommen.

Die Daniela ist mit dem Bhupinder zum Klingelbrett und gleich wieder Entsetzen. Wie hast du nur unter diesen tausend Namen und Wapperl jemals wen finden sollen?

Der junge Mann mit der Lederjacke und dem Kapuzenpulli geht an den dreien vorbei und mustert sie eindringlich. 'n Deutscher, 'n Reisfresser und 'ne Itaker oder Balkanfotze. Was wollen die wohl hier in der Gegend. Der Abschaum wurde von Tag zu Tag mehr. Lange würde das Volk das nicht mehr dulden. Obwohl, die Fotze hat ein nettes Fahrgestell. Er würde ihr gerne zeigen, wie man hierzulande fickt. Er ist einfach eine geile Sau.

»Oh, Sanktus. This guy called Jordan, like Michael Jordan«, hat der Bhupinder gefragt.

»Jordan mit J, ned Tschordn, Hansä«, hat der Sanktus gesagt.

»Oh, dann suck ma weiter, hier is nur Tschordn, like Michael Jordan«, hat der Bhupinder lauthals gerufen und gegrinst.

Die Daniela ist schon neben dem Inder gestanden und hat genickt.

»Sanktus! Bist du so blöd oder tust du nur so? Der Bhupinder hat ihn doch schon!«, hat sie gerufen.

»Na, soll er endlich mal deutlich reden, Zefix!«, hat der Sanktus geflucht und dem Bhupinder aus Gaudi einen angedeuteten Magenschwinger gegeben. »Jetzt echt, fei!«

Nach einer Gewalttour durch Gänge und Abzweigungen und nach mehreren Aufzugfahrten sind die drei vor der Tür des Schankkellners gestanden. Der Hausgang war altmodisch in Grün gestrichen, und es hat nach Knoblauch sowie aufgewärmtem Kraut gerochen, eigentlich eher gestunken.

Der Wast hat ihnen aufgemacht und sie hereingelassen. Auch hier hatte sich die Daniela vorher telefonisch angemeldet.

»Wer is na er?«, hat der Wast gefragt und auf den Bhupinder gezeigt. »Is des euer Auslandskorrespondent?«

»Grias di God!«, hat der Bhupinder gesagt, und das Gesicht des Schankkellners hat sich aufgehellt.

»Ja, Griaß di Gott. I bin der Wast.«

»I bin da Bhupinder, aber du darfst Hansä su mir sagen«, hat der Inder gesagt, mit einem Auge auf den Sanktus gelugt und gegrinst.

Der Sanktus am Grummeln.

»Jetzt geht's rein«, hat der Wast gedrängt. »Sonst kommt der ganze Gstank rein. Die oid Banzerin nebenan kocht wieder ein Zeug zsamm, und der Knoblauch kommt von da hinten. Das sind Ungarn. Nette Leut, aber wenn der Lajos sein Gulasch kocht, stinkt die ganze Bude.«

»Es rieckt aa a bisserl sweet, äh suß«, hat der Bhupinder gesagt.

»Des kommt vom Max, meinem Nachbarn. Der hat sich vor einer Woch' aufghängt und hängt seitdem da drüben, weil, den ham s' no ned gfunden«, hat der Wast geantwortet und ein tiefes, kehliges Lachen hervorgebracht.

Dem Bhupinder ist jetzt die Farbe aus dem Gesicht gewichen, sprich Tendieren vom Dunkel- ins Hellbraune.

»War nur ein Spaß, Hansä. Des ist mein Guglhupf, den ich heut gebacken hab. Magst a Stück?«

Jetzt sind die drei in die Wohnküche des Schankkellners hinein. Der Sanktus hat sich sofort trotz des ganzen Betonwahnsinns vor der Tür draußen wohlgefühlt. Die Küche war komplett in Holz gehalten und war das, was man als Bauernküche bezeichnet hätte. In der Ecke über dem quadratischen Holztisch ist ein Kruzifix mit Jesus und darunter das Schnaps-Schrankerl gehangen. Schon beim Hereinkommen war dem Sanktus ein uralter blauer, mit Blumen bemalter Bauernschrank aufgefallen. Alle Böden und Decken der Wohnung waren aus Holz. Eindeutig eine Oase heimatlicher Kultur im Hochhausdschungel.

»Wast«, hat der Sanktus gefragt, »spielst du Zither?«

»Naa, warum?«

»Nur so«, hat der Sanktus beschämt gestottert.

Hätte eigentlich gepasst wie die Faust aufs Auge.

»Und? Wie kann ich euch helfen?«, hat der Schankkellner jetzt gefragt. »Erzählts mir nix von einer Reportage, wie's des junge Mädl heut am Telefon gmacht hat. Sanktus, du hast den Sipp tot im Pool gefunden. Und dann war er weg. Komisch, ha? Darum geht's dir, oder?«

»Schon«, der Sanktus. »Aber ich bin mir sicher, dass ich nicht gesponnen hab.«

»Hast du auch nicht.«

Jetzt still. Blick vom Sanktus in die Wast-Augen und selber Blick zurück. Die Daniela und der Bhupinder wortlos und zum Bersten gespannt.

»Weil?«

»Weil ich ... Ah, red ma ned. Der Sipp ist tot, und des is guad so. Prost!«, hat der Wast bestätigt, das Schnaps-Schrankerl aufgemacht und jedem einen Obstler eingeschenkt.

Der Bhupinder, als Fahrer, hat abgelehnt.

»Warum sind Sie zu dieser Einweihungsfeier hin? Sie haben nicht den Eindruck gemacht, als wären Sie mit dem Haslinger bestens befreundet«, hat die Daniela gefragt.

»Mei, Mädel, kannst dir des ned denken?«, hat der Wast lächelnd gefragt.

»Nicht wirklich«, hat die Daniela gesagt.

»Ich bin seit 40 Jahren auf der Wiesn Schankkellner. Angefangen hab ich beim Vater vom alten Rubenbauer. Dann war ich beim alten Rubenbauer selber, dann beim Haslinger. Alle, die eingeladen waren, sind hingegangen.«

»Aber wie ist Ihr Verhältnis zum Haslinger?«, hat die Daniela gefragt.

»Sie lasst ned locker, gell«, hat sich der Wast an den Sanktus gewandt und noch drei Schnäpse eingeschenkt.

»Also, Wast. Warum bist wirklich hin? Man hört da ja so Gschichten, wegen deiner Tochter«, hat der Sanktus eingehakt.

»Hört man die? So?«, hat der Wast etwas lauter gerufen und den Schnaps in einem Zug getrunken.

Jetzt wieder Stille.

»Ersählen Sie die Story, wenn ick an Schnaps mit Ihnen trink?«, hat der Bhupinder gefragt.

Jetzt hat der Wast lachen müssen, hat sich erhoben, ein

weiteres Stamperl aus dem Schrank geholt und dem Bhupinder eingeschenkt.

»Prost, Hansä!«

»Prost, Wast!«, hat der Inder geantwortet.

»Ist ja auch kein Geheimnis. Also meine Tochter, die Melanie, hat als Bedienung in der Wurstbraterei gearbeitet. Das ist aber schon ein paar Jahre her. Ich hab sie reingebracht, weil sie sich das Studium ein bisserl aufbessern wollte. Die Melanie war ein Prachtmädel. Gut gebaut, dunkelhaarig und immer lustig. Leider genau der Typ, der dem Haslinger zusagt. Er hat sie umschwärmt, ihr den Hof gemacht, und das dumme Mädel ist drauf reingefallen. Sie war natürlich viel zu jung für ihn, aber das war diesem Satan wurscht. Ich hab die Melanie angefleht, die Finger von ihm zu lassen, aber wenn so ein Weib so richtig verbohrt ist, hast du als Vater keine Chance. Überhaupt keine.«

Dabei hat der Wast mit der Hand so eine Bewegung gemacht, als würde er etwas vom Tisch fegen. Dann hat er geseufzt.

»Ich hab den Haslinger zur Rede gestellt, ihn angefleht, die Melanie in Ruhe zu lassen, aber er hat ihr Verhältnis nicht zugegeben, obwohl ich es genau gewusst hab, dass die zwei was miteinander hatten. Einfach angegrinst hat er mich. Ausgelacht nicht, weil, dann hätt ich es ja gewusst. In der zweiten Wiesnwoche, am Donnerstag, hat sich die Melanie krankgemeldet, und der Haslinger war an diesem Tag auch nicht in der Wurstbraterei. Nicht erschienen. Als Wirt! Da frag ich mich doch. Seine Alte, die Annette, ist umeinander wie eine Furie, wie ein Schachterldeifi. Gesucht hat sie ihn, ihren Don Juan. Aber er war verschwunden. Mit der Melanie.«

»Wohin?«, ist es aus der Daniela herausgekommen, aber der Sanktus samt Bhupinder kein Wort zwecks Spannung.

»Jetzt pass auf! Gardasee! Jetzt kommst du«, hat der Wast geantwortet.

»Mit dem Haslinger?«, Frage von der Daniela.

»Kann ich ihm nicht beweisen. Ich hab auf jeden Fall einen Anruf gekriegt, dass man die Melanie am Ufer von Peschiera leblos im See treibend gefunden hat. Neben ihr ein toter Schwan.«

Jetzt sind dem Wast die Tränen gekommen, und er hat sie schnell wegwischen müssen.

»Und der Haslinger?«, hat der Sanktus gefragt.

»Ist am nächsten Tag so, als wenn nichts gewesen wäre, im Bierzelt aufgetaucht. Er wäre nie am Gardasee gewesen.«

»Ja, hat er sie umgebracht? Was hat die Polizei von Peschiera gemeint?«, hat der Sanktus vor lauter Erregung fast geschrien.

»Da ist nie was gekommen. Sie muss aus einem Boot gestürzt sein, da sie im Nacken ein Hämatom gehabt hat. Bewusstlos im See, sofortiges Ertrinken. Scusi, Signore Jordan. Leider Pech gehabt. Arrivederci.«

Die Verbitterung war drückend, die Wut lodernd und das Mitleid grenzenlos.

»Und was meinst, Wast?«, hat der Sanktus gefragt.

»Er hat sie umgebracht. Das ist so sicher wie das Amen in der Kirche. Kein Zweifel, Sanktus!«

MÜNCHEN 1993

Ivana, Marija und Ruza waren nun ständig im Serail, dem
Etablissement hinter der Edelstahltür mit dem Bullauge,
eingeteilt. Dieser diffus beleuchtete Raum, der mit bunten
Teppichen, orientalischen Kissen und angedeuteten Mau-
ern eines Sultanspalasts ausgestattet war, war nichts anderes als ein klassisches Bordell, in dem die Mädchen zur
Prostitution gezwungen wurden. Nicht jeden Abend, aber
in regelmäßigen Abständen. Hier wurden mit prominenten Personen Orgien aus Tausendundeiner Nacht gefeiert.
Auch das Motto »Gaudi in der Lederhosen« tat der arabischen Kulisse keinen Abbruch. Aus der Bar flossen Cham-
pagner und Bier in Strömen, und der Wirtsfamilie war der
Reibach ins Gesicht geschrieben. Ruza, die Quirligste der
drei, hatte sich inzwischen zu der Anführerin der Bosnierinnen und den neu hinzugekommenen Afrikanerinnen
entwickelt. Das war unter der Diktatur der Polinnen, die
auf die rassigen Kroatinnen und deren Verehrer neidisch
waren, auch durchaus nötig. Am beliebtesten bei den ver-
abscheuenswerten Gästen war Marija, die mit ihren schwarzen Haaren, ihrer blassen Haut, den vollen roten Lippen
und ihrer Wespentaille bestach. Sie wirkte im Gegenteil zu
den knackigen anderen zerbrechlich und filigran.

An Flucht war bei den Mädchen nicht zu denken, da der
Chef ihnen immer wieder klar machte, dass sie ohne ihre
Pässe keine Chance hatten und er beste Verbindungen hätte,
sie direkt zurück nach Bosnien bringen zu lassen. Außerdem sei das Glück ihrer kleinen Schwester Anela dann eher

ungewiss. Mit welchen Argumenten er Ruza in der Hand hatte, wollte die Bosnierin Ivana und Marija nicht sagen. Die Polinnen waren anscheinend freiwillig hier.

An diesem Tag war letzter Oktoberfestsonntag und die große Wiesn-Ausklang-Party würde am Abend im Lokal steigen. Stammgäste hatten sich schon zur anschließenden Orgie im Serail angekündigt. Marijas Verehrer, ein hochrangiger, für seine Perversität bekannter Mitarbeiter im Wirtschaftsministerium, hatte die junge Kroatin bereits reserviert.

DONNERSTAG – FREIBIER WIRKT BEKANNTLICH WUNDER

Heute war ausnahmsweise an einem Donnerstag Probierabend in der Bierwerkel, das heißt, du hast manche Aktions-Biere in kleinen Mengen testen können, ohne gleich eine ganze Flasche kaufen zu müssen. Das hat sich bei belgischen Sauerbieren, die in der Dreiviertelliterflasche ausgeschenkt worden sind, schon rentiert. Auch die neueste Kreation der Bierwerkel ist vom Fass preiswert an den Mann gebracht worden. Dieses Mal war ein heller Bock im Ausschank. Der »bockige Valentin«. Dieses Starkbier war goldgelb und durch die lange Lagerung fast blank. Der Hanspeter hatte den Sud mit 40 Bittereinheiten berechnet. So wie früher das friesische herbe Bier in der grünen Flasche. Hintenraus ist mit feinstem Hallertauer Callista und Hüll Melon kalt gehopft worden. Das hat dem Bockbier eine verwegen-aromatische Note gegeben.

Wie immer war alles mit Rang und Namen anwesend. Sanktus' Schwester, die Anna, war mit dem Hannes da. Die beiden sind an einem Stehtisch neben dem alten Sanktjohanser gestanden und haben sich vom Hanspeter irgendein irres Bier aus Schweden erklären lassen. Der Graffiti ist mit der Daniela da gewesen, beide mit einem Valentin in der Hand, und sogar der Bhupinder ist mit der Ramona erschienen. Hier hat der Sanktus den Verdacht gehabt, dass etwas zwischen den beiden läuft, aber beweisen hat er es nicht können, und die beiden haben auch einfach nichts rausgelassen. Komischerweise waren Sanktus' ehemalige Brauereikollegen und Hilfsermittler, also der Giovanni aus dem Lager-, der Schlauchgernot aus dem Gärkeller, der Malte Rosen aus dem Sudhaus und der Ehrensberger Helmut aus der Füllerei, nicht anwesend. Das Quartett hat normalerweise keinen Probierabend verpasst, da sie vom Sanktus öfters die eine oder andere Freihalbe gekriegt haben. Der Schlauchgernot hat zwar immer noch über den neumodischen Bierplempel geschimpft und wie man nur so den Gerstensaft vergewaltigen kann, aber geschmeckt hat es ihm dann doch.

Und wie der Sanktus so über den Verbleib der Brauer sinniert hat, sind die vier auch schon zur Tür hereingekommen. Aber frage nicht, wie sie ausgeschaut haben. Der Sanktus hat sie zusammen auf zirka acht Promille geschätzt, so haben die Burschen geschwankt. Gott sei Dank hatte die Bierwerkel auch einige Sitzplätze, weil, Stehtische für diesen Fall definitiv nicht ausreichend und zu gefährlich.

»Ja, wie schauts denn ihr aus?«, hat der Sanktus gefragt.

»Ja, nöch, wie sehen wir aus?«, Frage auf Hochdeutsch vom Piefke, also Malte Rosen. »Wie sieht man denn aus, wenn man auf 'ner Floßfahrt auf eurer wilden und reißenden Isar war? Nich gut, nöch!«

»Ja, wo warrrst denn du und der Schwob?«, hat der Schlauchgernot herausgeplärrt, und du hast gemerkt, dass ihm das Reden wirklich sehr schwergefallen ist. »War doch der Betriebsausflug vom Stern-Bräu. Zumin… zumind… also zumindescht der Hansbeber hätt ja kommen müssen. Genau! Jawoll, ja!«

»Isse völlig betrunkene, diese Manne«, hat der Giovanni gerufen. »Weißt du, Sanktus. Ware nur eine große Fass auf diese Floße.«

»Und er hat gemeint, er kriegt seinen Kragen nicht voll?«, hat der Sanktus gefragt.

»Genau, genau«, hat der Ehrenberger Helmut, das letzte Wort seines Satzes wiederholend, bestätigt.

»Sach ma, Sanktus Gambrinus«, hat der Malte angefangen. »Habe von deinem Kompagnon hier gehört, dass wieder Ermittlungen anstünden.«

Der Sanktus hat jetzt tief in den Boden geschaut.

»Wird unsere Hilfe benötigt oder können wir mit dem Trinkgelage weitermachen?«

»Weitermachen!«, hat der Sanktus ausgerufen und salutiert.

»Jawoll, Chef! Männers«, hat der Malte seine drei Begleiter angewiesen, »ran ans Fass und ab in die Sitzecke, weil, ich denke nicht, dass einer von uns heute noch stehen kann, nöch. Unser kriminol... lo... logisches Feingespür ist anscheinend nicht mehr vonnöten. Scheint, wir haben ausgedient, wa?«

Und bevor der Sanktus rufen hat können, dass das ein Bock im Fass ist und dass das auf den eh schon vorhandenen Rausch wohl nicht gut wäre, hat der Malte schon vier Krüge in der Hand gehabt und gezapft. Plötzlich hat den Sanktus wer am T-Shirt-Ärmel gezupft. Es war der Schlauchgernot.

»Sanktus«, hat er ihm ins Ohr gelallt, »eine Putzfrau von uns, die war so besoffen, die hat in die Hose gepieselt und die Brühe ...«

»Ja, Gernot. Furchtbar, gell. Aber sei mir ned bös, ich muss mich um die Gäste kümmern. Lass dir deine Halbe schmecken«, hat der Sanktus den Brauer abgewürgt.

»Warum derfen mia nimmer ermitteln, Sanktus? Hahamma des ned oiwei guad hikriagt, ha? Samma dir nimmer gut genug, oider Spezi? Ha?«, hat der Gernot in seinem Rausch gebrüllt.

»Naa, Schlauch. Passt schon. Ich meld mich bei euch, wenn ich Hilfe brauch.«

»Wirssu brauchen, Sanktus«, hat der Schlauch gefaselt und dem Sanktus mit dem Zeigefinger auf die Brust getupft. »Wirrsu!«

Dann ist er in die Sitzecke verschwunden.

Und wenn du meinst, jetzt wären alle da, hast du den Drengler vergessen, der nun zu allem Überfluss auch noch erschienen ist. Seine Frau, die Ulli, hat er im Schlepptau gehabt, also hat es Gott sei Dank nicht so schlimm mit ihm werden können.

»Huhuu, Sanktus!«, hat er wie immer gerufen. »Haste wat Jutes am Hahn?«

»Eh klar! Ein leichtes Sommerbier. Schenk dir eins ein«, hat der Sanktus gelogen, und war gespannt, was der Drengler über den Bock sagen würde.

»Ich hätte gerne so'n belgisches Kirschbier«, hat die Ulli gemeint, und der Hanspeter, der die beiden gerade begrüßt hat, hat sich gleich auf den Weg in den Kühlraum gemacht.

In der Bierwerkel war von jedem Bier eine Flasche in den dunklen Regalen vorhanden. Du hast dort einen Zettel ziehen können, und dir ist das Bier frisch aus dem Kühlraum gebracht worden. So ist die Qualität der Ware gesichert worden, weil keine Wärme und kein Licht.

Der Drengler ist mit seinem Drittelliterkrug Bock zurückgekommen und hat in den Schaum hineingerochen.

»Ah«, hat er geschwärmt, »Mandarina Bavaria, nö?«

»Callista und Hüll Melon«, hat der Sanktus schmunzelnd erklärt.

Der Drengler hat beschämt in den Boden geschaut und hat angezogen wie ein Ochs.

»Huiuiui, 'n Leichtes ist das wohl nicht, nö?«, hat er gefragt.

»Bock«, hat der Sanktus bestätigt.

»Da wird das heute Abend wohl nichts mehr im Bett, Jens«, hat die Ulli gemeint und geschmunzelt.

»Na warte nur, Weib. Dieses Getränk gibt Kraft und Lebenssaft. Wirst schon fühlen, heute Nacht. Reimt sich, nö. Puh! Sollte ich mal 'n Fässchen bei meinen Bundesbrüdern der Burschenschaft Swapingia vorbeibringen. Das gäb 'ne lustige Kneipe«, hat der Drengler geschwärmt.

Die Ulli nur am Augenverdrehen.

»Übrigens, Betty übernachtet heute bei euch. Die sehen

sich ›Germany's Next Topmodel‹ an. Normal ist da ja wenigstens im Sommer Pause, aber heute zeigen sie ein Special. Total hohl. Da finde ich ja diese Koslowski noch besser.«

»Welche Koslowski?«, hat der Sanktus gefragt, weil wirklich keinen Peil.

»Na, Rita Koslowski. Das ist die mit dieser Grill-Show, in der sie die Prominenten verarscht, und die merken das gar nicht. Und dann hat sie diese Spielshow. So ähnlich wie die Schöneberger, nur in einem anderen Programm. Die haben sich doch unsere Mädels am Wochenende in der Hallertau angesehen.«

Der Sanktus hat jetzt wissend genickt, aber er hat keine Ahnung gehabt, wovon die Ulli geredet hat. Den Namen Koslowski hat er schon einmal gehört, aber ein Gesicht hat er nicht dazu gehabt. Zur Schöneberger Barbara natürlich schon. Eh klar, weil ja Münchnerin.

Der Sanktus jetzt Blick zur Daniela, denn ein Gast ist noch erwartet worden. Und das war niemand anderes als die Grünmandl Anneliese. Die Daniela hatte sie kontaktiert, aber die Wiesnchefin wollte sie nicht bei sich daheim treffen, und so war die Bierwerkel als Treffpunkt bestimmt worden. Die Daniela hat auf ihre Uhr gezeigt und dem Sanktus 20.30 Uhr signalisiert. Er hatte draußen für ein ruhiges Gespräch einen Tisch reserviert. Seit diesem Jahr hast du nämlich auch im Hinterhof des Häuserblocks in der Einsteinstraße sitzen und trinken können. Nachdem der Häuserblock dem Hannes gehört hat, war es relativ einfach, das einzurichten. Die Anwohner haben jede Woche ein Freibier erhalten, und um 22.00 Uhr hat Ruhe sein müssen. Das hat bisher gut geklappt, denn Freibier wirkt ja bekanntlich Wunder.

EIGENTLICH TANTE ANNELIESE

Kurz vor halb neun ist dann auch die Grünmandl erschienen. Der Sanktus hätte sie fast nicht wiedererkannt, weil heute ganz ungewohnt ohne Dirndl. Die Wiesnchefin war mit einer engen schwarzen Hose, schwarzen Pumps und einer roten, jugendlich wirkenden Bluse bekleidet. Respekt, Gedanke vom Sanktus, weil für ihr Alter war sie 1A unterwegs. Jugendlich, sportlich, aber nicht so Möchtegern.

Die Daniela und der Graffiti, die sie gleich entdeckt haben, sind zu ihr und haben sie zum Tisch draußen begleitet. Der Sanktus ist mit einem Weißbier-Mojito gefolgt. Biercocktails waren gerade ein Steckenpferd von der Kathi und der Annouk, Hanspeters Frau, und der Sanktus hat die Damen machen lassen, denn ihre Kreationen sind sehr gut angekommen.

»Und? Was wollts wissen?«, hat die Grünmandl gefragt, nachdem sie einen vollen Schluck aus dem Weißbier-Mojito genommen hatte. »Mhm, der is guad. Respekt!«

»Kann man schon trinken, gell«, hat der Sanktus tiefgestapelt.

»Anneliese«, hat der Graffiti angefangen. »Wir wollten gern mit dir über den Haslinger Sipp reden.«

Der Sanktus und die Daniela jetzt baff und verwirrter Blick in Richtung Graffiti.

»Anneliese? Kennts ihr euch?«, jetzt beide gleichzeitig.

»Eigentlich Tante Anneliese«, hat die Grünmandl geantwortet. »Aber das sagt der Quirin schon seit zwanzig Jahren nicht mehr. Ich bin die Schwester von seiner Mama.«

»Na bravo«, der Sanktus. »Dann Prost!«

Jetzt hat er auch gewusst, warum der Graffiti beim Thema Grünmandl am Montag so kariert geschaut hat.

»Also mein Verhältnis zum Haslinger ist ganz einfach. Es ist inzwischen super, weil er seit dem Wochenende nicht mehr aufgetaucht ist.«

Jetzt haben die drei Interviewer lachen müssen.

»Der Haslinger hat rausgefunden, dass ich mit Männern nichts anfangen kann und mit der Cilli zusammen bin. Also eigentlich hat's die Jessica rausgefunden. Das ist nicht ausgeblieben. Wir haben bisher so einen Waffenstillstand gehabt, weil, der Sipp hat auch nicht wollen, dass bekannt wird, dass seine Tochter und Erbin des Haslingerschen Imperiums eine Lesbe ist. Drollig, ha?«

»Und weiter?«, hat der Graffiti gefragt.

»Kann ich noch so einen Cocktail haben? Der ist spitze«, hat die Grünmandl den Sanktus gefragt.

Der hat seinem Vater gewinkt und ihn gebeten auszuhelfen, weil, jetzt hat er auf keinen Fall wegkönnen. Der Mojito war postwendend da.

»Vor ein paar Monaten hat sich die Jessica geoutet, da man sie in eindeutiger Pose mit ihrer Freundin in der Bildzeitung betrachten hat können. Jetzt war unser Nichtangriffspakt natürlich hinfällig, und der Haslinger ist dazu übergegangen, mich erpressen zu wollen. Ein Wiesnzelt gegen die Cilli, war das Motto. Er wollte, dass ich ihm helfe, den Thupsi zu diffamieren, und für ihn ein gutes Wort einlege, dass er das Bärenbräuzelt kriegt.«

»Und?«, der Graffiti. »Des war dir doch wurscht, oder?«

»Mir schon. Aber der Cilli nicht.«

»Wieso?«, hat die Daniela gefragt.

»Die Cilli ist immer noch verheiratet. Mit einem ehemaligen Rechtsanwalt der High-Society. Er weiß, dass sie auf Frauen steht, und hat sich damit arrangiert. Sie wohnen immer noch zusammen, und wenn ein gesellschaftliches Ereignis ist, gehen sie miteinander hin. Er ist die Liebe ihres Lebens im platonischen Sinn, und sie möchte ihn nicht öffentlich brüskieren. Wie ihr seht, haben wir beide, sowohl die Cilli als auch ich, ein Motiv. So, und jetzt schaffst mir noch einen letzten Weißbier-Mojito an, und dann pack ich's. Wenn noch was ist, meldets euch.«

»So, wo steh'ma jetzt?«, hat der Graffiti gefragt.

»Alle haben ein Motiv, oder?«, ist's von der Daniela gekommen.

»Genau«, hat der Sanktus bestätigt. »Die Olivia, weil der Sipp ihren Vater auf dem Gewissen hat.«

»Das ist ›Rache O.‹ auf der Liste, oder?«, hat der Graffiti gefragt.

»Genau. Die Annette ist anscheinend die gleichen Personen, die wir gerade befragen, in Gedanken durchgegangen. Bleibt noch Huber.«

»Kriegen wir noch raus. Die Lesbe ist dann praktisch die Grünmandl. Motiv Erpressung vom Sipp?«, hat der Graffiti gefragt.

»Genau. Beziehungsweise die Cilli«, hat die Daniela bestätigt.

»Nächstes Motiv auch Rache, nämlich der Jordan Wast. Schließlich ist er sich sicher, dass der Sipp die Melanie umgebracht hat, sprich an ihrem Tod schuld war. Aber Jordan, nicht Huber«, hat der Sanktus gemeint.

»Und natürlich noch der Thumann. Der hat ein Motiv, weil er sich sein Zelt nicht vom Sipp nehmen lassen will«, hat die Daniela gesagt. »Sollen wir zu dem auch noch gehen?«

»Denk ich nicht«, hat der Sanktus geantwortet. »Ich hab ihn mir ja schon im Hotel zur Brust genommen.«

»Die Tante vom Sipp?«, hat die Daniela gefragt.

»Wenn, dann würde die die Annette umbringen, so wie sich die geäußert hat«, hat der Sanktus geantwortet.

»Diese Anja?«, hat der Graffiti gefragt. »Die die Treppen runtergeflogen ist. Kriegen wir die irgendwie?«

»Keine Ahnung«, hat die Daniela gemeint. »Wieso meinst du?«

»Wahrscheinlich hat da ja jemand nachgeholfen, oder? Wäre interessant, wer.«

»Der Geist vom Sipp?«, hat der Sanktus gefragt.

»Stimmt«, hat der Graffiti zugegeben. »Da war der ja schon tot. Also weg.«

»Genau«, vom Sanktus. »Aber was fehlt uns noch vom Zettel?«

»Seitensprung und Foto«, hat der Graffiti von seinem Handy abgelesen.

»Foto hätten wir den Hoffmann Amadeus mit der Nutte. Ob die Annette ein anderes gemeint hat, schwer zu sagen und rauszukriegen, oder?«, hat die Daniela gefragt.

»Schon. Seitensprung könnte die Melanie sein, aber die wird bei weitem nicht sein einziger Sündenfall gewesen sein.«

»Sicherlich nicht. Oder sie hat das mit der Masseurin, der Diana, mitgekriegt. Aber da haben wir eh schon festgestellt, dass wir nicht glauben, dass es die Diana war. Und die Namen Dudek, Kovac, Babic und so weiter?«, hat der Graffiti gefragt.

»Herrschaftszeiten. Da wollt ich die Schranner Bine fragen«, hat der Sanktus ausgerufen. »Zefix. Das hab ich vergessen. Mach ich gleich morgen.«

»Aber *eine* Idee hab ich noch«, hat der Graffiti mit glänzenden Augen gemeint. »Der Pater. Pater Josephus hat der geheißen, oder? Der könnt doch noch was wissen.«

»Pater Josephus«, hat die Daniela mit einem Glänzen in den Augen geflüstert. »Genau. Ich mach nächste Woche gleich einen Termin mit ihm.«

FREITAG – WIR SCHAUEN ALSO FERN UND DENKEN AN NICHTS BÖSES

»Guten Morgen, Sanktus«, hat die Daniela in den Telefonhörer geplärrt. »Bist du schon wach?«

»Nein, ich schlaf noch. Weck mich bitte ned auf.«

»Depp! Der Hartl und die Marion Altenberger, die Wiesnwirte, sind überfallen worden.«

»Wo?«

»Daheim. Gestern Abend. Ich muss gleich hin und versuchen, ein Interview zu kriegen. Magst du mitkommen?«

»Klar! Holst du mich ab?«

»In zwanzig Minuten vor deiner Tür. Der Quirin fährt. Brauchst den indischen Feuervogel nicht zu organisieren«, hat die Daniela gesagt und gelacht.

Der Sanktus ist pünktlich vor der Tür gestanden und hat auf einmal ein Röhren gehört. Jetzt Blicke der Leute an der Trambahnhaltestelle, und ein orangefarbener Ford Mustang ist mit einem Dröhnen um die Ecke geschossen. Hinter dem Lenkrad natürlich kein anderer als der Graffiti und nebendran winkend die Daniela.

Das Auto ist mit einem Quietschen am Straßenrand zum Stehen gekommen und die Daniela ist rausgesprungen.

»Magst du vorne sitzen, Sanktus?«, hat sie gefragt.

Der Sanktus kurzen Blick auf die enge Rückbank und sofort Kopfnicken. Zusammengepresst auf diesem winzigen Raum, würde ihm bestimmt sofort schlecht werden. Außerdem war die Daniela einen Kopf kleiner und würde da sicherlich besser reinpassen. Sie ist mit einem lauten Schnaufer auf die Hinterbank gekrabbelt, hat sich hineingebazt und der Sanktus hat auf dem Vordersitz Platz genommen. Kaum hatte er die Tür zugeschlagen, ist der Graffiti mit Karacho losgeschossen.

»Ist der mit 450 PS. Merkt man, gell?«, hat der Graffiti mehr zu sich als zum Sanktus gesagt und ist auf die Einsteinstraße hinausgeschossen.

»Langsam«, hast du die Daniela aus dem Fond stöhnen gehört. »Sonst verspeib ich dir den ganzen Karren. Zefix, da ist's ja beim Bhupinder angenehmer!«

Der Graffiti ist kurz vom Gas gegangen, aber das hat natürlich nicht lange angehalten, und bald ist er wieder mit Tempo 80 und im Überholmodus links und rechts in Richtung Trudering gerast, wo die Altenbergers ihr Haus hatten. Der Sanktus hat sich ganz fest mit der rechten Hand an der Autotür festgekrallt und mit beiden Beinen im Fußraum festgespreizt. Magen in Richtung Rebellion.

Der Hartl hat den dreien geöffnet. Gut hat er nicht ausgeschaut. Ein Auge war komplett zugeschwollen, an der Nase hast du verkrustetes Blut erkennen können und einen Arm hat er in Gips gehabt. Früher ist dem Sanktus das Wirtsehepaar immer wie Marianne und Michael vorgekommen. Davon heute beim Hartl keine Spur mehr. Eher Zwetschgenmandl.

»Frau Meillinger?«, hat er gefragt.

»Ja. Wir haben telefoniert. Das sind meine Begleiter, Herr Himsl, mein Fotograf, und Herr Sanktjohanser. Er unterstützt mich bei einer Reportage über die Münchner Brauereien. Wäre es in Ordnung, wenn er mit hineinkommen würde?«

»Wir kennen uns vom letzten Wochenende im Hallertauer Bierhotel«, hat der Sanktus gesagt und seine Hand vorgestreckt.

Der Hartl hat mit der linken Hand eingeschlagen und die drei hereingebeten.

In einem geräumigen Wohnzimmer ist die Marion auf einer beigen Couch gesessen. Auch ihr Gesicht war verschwollen und sie hatte ein Bein, das in einem Verband gesteckt hat, hochgelegt. Ihre sonst so perfekt geföhnten Haare sind fettig an ihrem Kopf geklebt. Die Jogginghose und das enge Shirt haben ihrer Figur alles andere als geschmeichelt.

»Mausi, das ist die Frau Meillinger von der ›Morgenpost‹«, hat der Hartl die Daniela vorgestellt.

Der Sanktus und der Graffiti haben sich auch noch vorgestellt, und alle haben Platz genommen.

»Vielen Dank, dass Sie dieses Interview möglich gemacht haben«, hat sich die Daniela bedankt. »Wir wollen Sie auch gar nicht lange stören.«

»Das ist lieb«, hat die Marion theatralisch geseufzt. »Aber uns ist eine lückenlose Aufklärung wichtig. Das muss sein. Da müssen wir durch.«

»Gut, Frau Altenberger. Können Sie mir bitte den Überfall am gestrigen Abend schildern? War es ein Täter oder waren es mehrere, und wie ist er beziehungsweise sind sie in Ihr Haus gelangt?«

Die Marion hat gerade eine Antwort geben wollen, da ist ihr der Hartl in die Parade gefahren.

»Es war *ein* Täter. Normale Größe. Eine Maske hat er aufgehabt und mit einem Schlagstock war er bewaffnet. Gesprochen hat er schlechtes Deutsch mit arabischem Akzent. Vielleicht war es einer von diesen Flüchtlingen, von denen ma jetzt so viel hört. Da ist doch ständig etwas in den Medien.«

»Ein Ausländer also«, hat die Daniela notiert.

»Und reingekommen ist er über die Glastür hier im Wohnzimmer, die in den Garten führt. Er muss über die Gartenhecke gekommen sein. Wir haben im Sommer immer die Tür auf, wegen der guten Luft, wissen S'«, hat die Marion fast lallend vervollständigt.

»Okay. Bitte erzählen Sie uns doch, wie sich die Geschichte abgespielt hat«, hat die Daniela gebeten.

»Ja, also es war so«, hat die Marion angefangen. »Wir sind gestern Abend hier auf der Couch gesessen und haben Fernsehen geschaut, gell, Hartl.«

»Ja, ja, genau. Den Spielfilm im Ersten, weil, diesen

Grill-Schmarren mit dieser Koslowski kannst du ja ned anschauen, gell, Marion?«

»Ja, ja. Wir schauen also fern und denken an nichts Böses, kommt dieser schwarze Schatten zur Terrassentür herein.«

»Groß war er«, hat der Hartl hinzugefügt.

Zuerst hat er doch noch eine normale Größe gehabt, hat sich der Sanktus gewundert. Ganz schön verwirrt, die beiden.

»Ja, richtig angsteinflößend. Breite Schultern«, die Marion.

»Und dann?«, hat die Daniela gefragt.

»Er hat so einen Schlagstock dabeigehabt. Zuerst hat er in den Glastisch hineingehauen«, hat die Marion zu Protokoll gegeben, und erst jetzt ist dem Sanktus aufgefallen, dass auf dem Tisch vor der Couch nichts draufgestanden war, weil nur Gestell und keine Platte.

»Und weiter?«, hat der Sanktus ungeduldig getrieben.

»Geld, Geld, Schmuck, hat er gerufen, die hinterfotzige Sau«, hat die Marion gemeint.

»Wir haben ihm dann eine Schatulle mit Modeschmuck und das Geld aus dem Geldbeutel gegeben«, hat der Hartl vervollständigt.

»Und warum sind Sie dann so lädiert?«, hat die Daniela gefragt.

»Ah so! Das haben wir vergessen zu erwähnen, gell, Mausi?«, hat der Hartl geantwortet. »Wir haben natürlich nicht gleich klein beigegeben und haben gemeint, ihn überwältigen zu können. Das ist leider schiefgegangen, gell, Mausi.«

»Ja, Bärli. Das ist sauber schiefgegangen.«

Die Daniela hat noch ein paar Fragen gestellt, und der Sanktus und der Graffiti sind schon in Richtung Ford

Mustang voraus. Natürlich nur offiziell, weil, sie sind ums Grundstück so weit herum, wie es gegangen ist. Von jeder zugänglichen Seite war das Grundstück von einer Thujenhecke umgeben, aber nirgends nur eine winzige Spur von einem Einbruch, sprich Durchdringen. Die Geschichte der Altenbergers war durchaus dubios.

»Und?«, hat der Graffiti die Daniela gefragt, die inzwischen zu ihnen gestoßen war.

»Alles erstunken und erlogen. Aber ist wurscht. Ich bring das morgen so. Schauen wir mal, was passiert. Was meint ihr?«

»Über die Hecke ist einmal niemand gekommen. Das ist so sicher wie das Amen in der Kirche«, hat der Sanktus konstatiert.

»Und gestern war auch keine Grillsendung mit Rita Koslowski«, hat die Daniela versichert.

»Ich denk, die haben denjenigen gekannt und ihn zur Tür reingelassen. Dann hat er die zwei gründlich vermöbelt«, hat der Graffiti gemeint. »Und wenn wir wissen, warum, haben wir den Einbrecher. Check mal bloß zur Gaudi mit unseren Motiven, Dani.«

»Foto er/sie, Seitensprung, Huber oder Huberin«, hat die Daniela geantwortet.

»Wär für mich nur Seitensprung. Dass der Sipp was mit der Marion gehabt hat?«, hat der Sanktus eingeworfen.

»Dann hätt aber der Hartl ein Motiv, den Sipp umzubringen. Würde auch passen«, hat die Daniela gemeint.

»Oder die Annette ein Motiv, den Sipp oder die Marion um die Ecke zu bringen«, hat der Sanktus gesagt.

»Ois a Schmarren, glaubts mir's«, hat der Graffiti die Diskussion gestoppt. »Irgendwer wollt die bewusst verprügeln. Finito!«

»Oder eine Information aus denen herauspressen, weil, so brav, wie der Thumann mir das verkaufen wollte, sind die beiden nicht. Gewiss nicht«, hat der Sanktus gesagt.

ICH MEIN, DAS IST EINE ALTE GSCHICHT'

»Bine«, hat der Sanktus zu der jungen Polizistin gemeint. »Du müsstest mir bitte noch etwas über sieben Namen herausfinden.«

Und dann hat der Sanktus der Bine einen Zettel mit den Namen, die die Haslinger Annette notiert hatte, durchs Telefon gegeben.

»Marija Babic und Milena Kowalska sind wahrscheinlich tot. Kannst du bitte prüfen, ob die Damen irgendwie im Zusammenhang mit der Annette und dem Sipp stehen?«

»Woher hast du die Namen?«, hat die Bine wissen wollen.

»Die waren alle auf einem Zettel bei der Haslinger Annette auf dem Tisch. Die hat irgendeine Art Brainstorming gemacht. Und wenn du mich fragst, ist sie die Möglichkeiten durchgegangen, wer ihren Mann um die Ecke gebracht haben könnte.«

»Meinst du, das hängt alles zusammen?«, hat die Bine gefragt.

»Denk ich schon, oder? Das sind mir zu viele Zufälle aufeinander«, hat der Sanktus bestätigt.

Dann hat er der Bine noch die Einzelheiten ihrer Ermittlungstour vom Mittwoch erzählt.

»Die haben alle, so wie sie da sind, ein Motiv. Die Olivia hat den Vater verloren, der Jordan die Tochter, die Grünmandl ist erpresst worden, dem Thupsi wollt der Haslinger das Zelt abspenstig machen und so weiter und so weiter. Könntest du denen allen nicht in Bezug auf die Brandleiche auf den Zahn fühlen? Schließlich könnte die ja mit dem Verschwinden vom Haslinger zu tun haben, und dann ist das dein Terrain und nicht das der Kripo Erding. Die Leiche war ja schließlich seine Tochter. Wenn die alle merken, dass sich die Polizei für sie interessiert, werden sie vielleicht nervös und begehen einen Fehler. Was meinst?«

Die Bine hat tief eingeschnauft und geseufzt.

»Weilst es du bist, Sanktus«, hat sie abschließend gemeint.

Der Sanktus ist jetzt zu Fuß zur Münchner Bierwerkel spaziert. Bei so vielen Motiven hat ihm der Kopf geraucht, und ein bisschen Füße vertreten und den Schädel leer bekommen hat nicht schaden können.

Da es erst kurz vor Mittag war und nichts pressiert hat, ist der Sanktus eine große Runde gegangen. Sein Weg hat ihn in die Lucile-Grahn-Straße am Haus seiner beinamputierten Freundin, der Lena, vorbeigeführt, und der Sanktus hat kurz entschlossen geläutet.

Die Lena hat der Sanktus schon seit dem Gymnasium gekannt. Bei den Altherrenmorden vor ein paar Jahren hatten sich die beiden nach langer Zeit wiedergetroffen. Die Lena hatte bei einem Unfall ihr rechtes Bein, also im Bayerischen den rechten Fuß, weil ja im Sprachgebrauch der Fuß bis zum Hintern, verloren. Dies hatte sie im damaligen Fall tatverdächtig gemacht, was sich dann Gott sei Dank im Verlauf der Ermittlungen nicht bestätigt hatte. Im Casus Hopfenkiller hatte die Lena ihn sogar tatkräftig unterstützt und die Ermittlung mit dem Sanktus zum Erfolg geführt. Zu dieser Zeit war sie mit dem Graffiti zusammen. Die beiden hatten sich im Guten getrennt und die Lena hatte anscheinend einen neuen Partner gefunden. Hatte der Sanktus zumindest gehört. Also extreme Neugierde! Wen? Daher Läuten.

Die Lena hat dem Sanktus gleich aufgemacht und er ist die Treppen hinauf. Seine Freundin ist wie meistens im sommerlichen Top und kurzer Hose auf einem Bein mit ihren Krücken in der Wohnungstür gestanden. Heute waren ihre Zehennägel Silber lackiert, hat der Sanktus festgestellt.

»He, Sanktus, was tust denn du hier?«, hat ihn die Lena gefragt.

»Auf einen Ratsch bei dir vorbeischauen. Wie geht's dir denn allerweil?«

»Gut. Und dir?«

»Steck schon wieder in Ermittlungen. Glaubt ma gar ned, ha?«, hat der Sanktus zugegeben, und die beiden haben sich auf dem Balkon an einen Tisch gesetzt.

»Erzähl, erzähl«, hat die Lena gefordert und der Sanktus

hat ihr die ganze Story vom vermissten Sipp, den Altenbergers und seiner Befragungstour berichtet.

Sie hat aufmerksam zugehört und immer wieder »Okay«, »Verstehe« oder »Aha« gesagt.

»Und was meinst?«, hat der Sanktus gefragt.

»Ich mein, das ist eine alte Gschicht, die sich irgendwie wieder hochgeschaukelt hat. Diese Namen. Kroatisch und Polnisch. Kroatisch vielleicht irgendetwas während des Balkankriegs. Polnisch? Weiß ned. Was nach der Öffnung des Ostblocks. Würd doch passen. Weißt du schon was über die Namen?«

»Nein. Die Schranner Bine schaut gerade nach, ob sie was rausfindet. Die macht des schon.«

»Und der Bichä?«

»Magengeschwür«, hat der Sanktus geantwortet. »Der ist zurzeit krankgeschrieben. Wenn du mich frägst, mag der nimmer. Eigentlich schade.«

»Ja, mei. Da steckst ned drin«, hat die Lena kommentiert.

»Und sonst so?«, hat der Sanktus gefragt.

»Wie meinst sonst?«

»Ja, so halt, mein ich.«

»So halt? In diesem Fall ja und gut«, hat die Lena gegrinst. Sanktus jetzt ratlosen Blick.

»Ja: Ich hab einen Neuen, und gut: Mir geht's damit sehr gut.«

»Passt«, hat der Sanktus gesagt. »Darf man fragen, wer der Glückliche ist?«

»Noch nicht, Sanktus. Aber bald ist's so weit.«

Der Sanktus hat die Lena jetzt zu gut gekannt, als dass er weitergefragt hätte. So haben die beiden noch ein Bier getrunken, weil, die Lena Gott sei Dank immer ein gekühltes daheim, und haben über die alten Zeiten, Lenas Bruder und über Gott und die Welt geredet. Das hat dem Sanktus richtig gutgetan.

Anschließend ist er weiter in die Bierwerkel, hat sich sein Brauergewand angezogen und einen Sud »Haidhauser Stenz«, also ein mit Tettnanger Aromahopfen verfeinertes Helles, eingemaischt. Gleich morgen in der Früh würde ein Sud »Münchner Weißheit« folgen. Den amerikanischen Amarillo-Hopfen hatte der Hanspeter inzwischen durch den Hallettauer Bavaria Mandarina ersetzt. Das war sein kleiner Protest gegen den amtierenden amerikanischen Präsidenten Donald Trump. Bei den Kunden ist das Bier glücklicherweise genauso gut angekommen.

Als der Sanktus um zirka fünf Uhr nachmittags am Ende des Läutervorgangs war, hat sein Smartphone geklingelt und die Schranner Bine im Display.

»Sanktus, horch zu«, hat sie in das Gerät geschnauft. »Ich habe die Namen geprüft. Nur eine Person war in München jemals gemeldet. Wir gehen davon aus, dass die anderen Mädels falsche Pässe erhalten haben, sprich illegal nach Deutschland gebracht worden sind.«

»Und wer ist die eine?«, hat der Sanktus fast in den Hörer gebrüllt.

»Jana Dudek. Sie hat in den neunziger Jahren bei Sipp Haslinger im Restaurant gearbeitet.«

»Bingo!«, hat der Sanktus geschrien.

»Ist ja gut. Der Zettel ist ja schließlich von der Annette. Ist gar nicht so komisch, dass das jemand aus deren Bekanntenkreis ist, oder?«, hat die Bine korrigiert.

»Stimmt«, hat der Sanktus zugeben müssen. »Aber ein Anhaltspunkt ist's trotzdem! Ist die noch in München?«

»Nein. Sie wohnt anscheinend inzwischen in Berlin. Sanktus, das war die gute Nachricht.«

»Und die schlechte?«

»Der Bichlmaier hört auf. Er kann nicht mehr. Schlägt ihm alles zu sehr auf den Magen. Außerdem ist ein Onkel von ihm gestorben und hat ihm einen Kiosk am Englischen Garten vermacht. Den übernimmt er, und jetzt können ihn alle am Arsch lecken, sagt er.«

»Scheiße, aber recht hat er, Zefix, der Bichä«, hat der Sanktus beendet. »Und wer kommt für ihn?«

»Wissen wir noch nicht. Ein junger Aufstrebender, haben sie gesagt. Aus Franken.«

»Na bravo. So lang's ned der Demuth ist«, war alles, was dem Sanktus eingefallen ist.

Jetzt hat er überlegen müssen, der Herr Hobbydetektiv.

»Servus, Bine.«

»Servus, Sanktus … Halt! Bleib dran. Ich krieg grad an Zettel. Die Jana Dudek ist im Berliner Charité Krankenhaus. Krebs im Endstadium. Da müssts euch schicken, mein ich.«

»Euch?«

»Ja, du und der Graffiti. Oder? Auf geht's! Drehzahl!«, hat die Bine lachend instruiert und aufgelegt.

Der Sanktus hat sofort eine Nummer gewählt und es hat geklingelt.

»Ja.«

»Graffiti, da ist der Sanktus.«

»Servus!«

»Was machst denn am Wochenend?«

»Hab nix vor.«

»Da fahrst du mit mir am Sonntag nach Berlin. Um sechs Uhr früh. Mit deinem orangenen Blitz bei mir vor der Haustür. Du fahrst, ich zahl die Übernachtung.«

»Mach ma. Servus!«, hat der Graffiti knapp bestätigt und aufgelegt.

SONNTAG – WAREN SCHÖNE ZEITEN

Punkt sechs in der Früh ist der Graffiti mit seinem Ford Mustang vor dem Mietshaus am Johannisplatz gestanden. Der Sanktus hatte einen schnellen Kaffee getrunken und der Kathi ein Abschieds-Busserl gegeben. Sie war zwar nicht besonders begeistert, dass der Sanktus kurzentschlossen nach Berlin fährt, aber hatte es inzwischen aufgegeben, sich über seine Ermittlungseskapaden aufzuregen. Sie hatte sich daher mit einem Grunzer wieder umgedreht und weitergeschlafen.

Der Sanktus hat seinen Rucksack, denn, wer für einen Tag mehr braucht, ist irr, auf die Mustang-Rückbank geworfen und sich in den Beifahrersitz gefläzt. Gefläzt jetzt wieder einmal übertrieben, weil es ihn eher reingepresst hat, so ist der Graffiti losgeprescht. Anscheinend hatte er Haidhausen schon als Autobahn definiert. Daher in null Komma nix auf der A9 nach Nürnberg und toujours linke Seite Überholspur. Dem Sanktus zwangsmäßig flau im Magen, aber er hat sich nix ankennen lassen. Wirklich ned.

»Warum Berlin?«, hat der Graffiti knapp hinter Nürnberg gefragt.

»Jana Dudek«, Antwort vom Sanktus.

»Eine vom Zettel«, wissendes Nicken seitens Graffiti. »Guad!«

»Hat beim Haslinger gearbeitet, wohnt jetzt in Berlin und liegt in der Charité mit Krebs im Endstadium.«

»Na pressiert's«, hat der Graffiti gesagt, runtergeschaltet und die Nadel seines Tachos hat weiter nach rechts gedreht.

»So aa wieder ned!«, hat der Sanktus seinen Freund besänftigt, aber der Graffiti hat nur gelächelt und Gas gegeben. »Von den anderen Namen hat die Bine nichts rausfinden können. Ich hoff, dass wir aus der Dudek was rauskriegen.«

»Ostblock-Schlampen. Mehr sog i ned!«, hat der Graffiti bestimmt von sich gegeben.

»Meinst?«

»Definitiv. Hab da so was gehört, dass es beim Haslinger seinen Partys sauber abgegangen sein muss. Gaudi in der Lederhosen. Schmuddelkäs mit Anfassen. Muss ein Separee gewesen sein.«

»Wann?«

»In den 90ern.«

»So! Wann hast du das gehört?«, Sanktus jetzt kurz vor dem Explodieren. Kennst ihn ja. »Und warum sagst du nix, du Zipfelklatscher?«

»Weil ich es erst gestern erfahren hab, du Nerverl. Und jetzt halt dich fest«, hat der Graffiti gesagt und hat den

Lkw, der vor ihnen ausgeschert war, mit Tempo zweihundert rechts überholt.

Der Sanktus weiß wie die Wand bis hellgrün und fast Bandscheibenvorfall vor lauter Hineinspreizen in den Karren.

»Warum bist du eigentlich nimmer mit der Lena z'samm?«, hat er nach einer Viertelstunde gefragt.

»Mei, weißt …«, kurze Antwort vom Graffiti.

»Wie, mei, weißt?«

»War a eigentlich schöne Zeit mit der Lena!«

»War's wegen ihrem Haxen?«

»Geh, woher. Ich hab ihr Stummerl sau-sexy gfunden. Das hat ihr gfallen.«

»Und jetzt? Gfallts dir nimmer?«

»Schon!«

»Also?«

»Sie wollt was Festes und ich ned. Ich bin ned so ein Dings, weißt!«

»Was?«

»Na weißt schon. Ich bring's ned über die Zunge. Da hab ich eine Aversion.«

»So eine Allergie, wie eine Polizeigrün-Allergie?«, hat der Sanktus gestichelt.

Grummeln seitens Graffiti.

»Kannst keinen Satz sagen, wo das Wort ›Ehe‹ drin vorkommt, gell, Graffiti?«

»Korrekt, Sanktus.«

Jetzt hat der Graffiti den Eindruck gemacht, als wäre ihm ein Riesenstein vom Herzen gefallen.

»Und sie wollt …?«

»Ja. Genau. Wollt sie!«

»Was?«

»Na, Manderl, Weiberl halt.«

»Heiraten, Graffiti?«

»Korrekt, Sanktus.«

Graffiti jetzt Schweiß auf der Stirn.

»Versteh. Okay.«

»Was verstehst du? Sag!«, hat der Graffiti fast gekrächzt.

»Sie hat einen Neuen«, hat der Sanktus trocken geantwortet.

Der Graffiti hat jetzt die Bremse reingehauen, da sagst du
totaler Volldepp, ist über zwei Spuren auf die rechte Stand-
spur gewechselt und hat den Mustang zum Stehen gebracht.

»Die hat *was*?«, hat er geplärrt.

»Einen Neuen. Warum reißt's dich so? Du hast doch
jetzt die Daniela.«

Der Graffiti hat jetzt wieder Gas gegeben und war gleich
wieder auf der linken Spur.

»Aha, versteh«, hat der Sanktus gestichelt.

»Was verstehst denn jetzt schon wieder?«

»Sie hat dich in die Wüste gschickt und ned du sie. Respekt, Lena. Respekt«, hat der Sanktus gelächelt. »Nix
gegenseitiges Einvernehmen.«

Der Graffiti hat stumm auf die Straße gestarrt. Die
Tachonadel war inzwischen bei 240 Stundenkilometern.
Dem Sanktus hat die Geschwindigkeit ausnahmsweise ein-
mal nichts ausgemacht, so hat er gegrinst.

Gegen Mittag hat sich der Graffiti überreden lassen, beim
»Goldenen M« eine kurze Pause einzulegen, aber dann ist
es gleich weitergegangen, so dass die beiden nach knapp
sechs Stunden durch den ehemaligen Checkpoint Bravo
in die Bundeshauptstadt geschossen sind. Den Sanktus
hat gewundert, dass der Graffiti nirgends auf der Strecke

geblitzt worden war, wenn er an den seinen Tacho gedacht hat.

»So, wo magst jetzt hin?«, hat er gefragt.

»Ku'damm!«, hat der Sanktus kurz geantwortet.

»Mhm«, der Graffiti, der ab dann wieder nichts mehr gesagt hat.

Noch am selben Nachmittag sind die beiden Amateurdetektive in die Eingangshalle der Charité-Klinik hinein und haben sich nach der Jana Dudek durchgefragt. Das Zimmer zu finden war kein Problem, denn die Dame am Empfang hatte ihnen bereitwillig Auskunft gegeben. Der Sanktus hatte noch einen Geistesblitz gehabt und einen Strauß Blumen gekauft. Gscheithaferl Dreck dagegen, und so sind er und der Graffiti als normale Besucher durchgegangen und haben das Zimmer auch Gott sei Dank bald gefunden.

Der Sanktus hat angeklopft und ist mit dem Graffiti leise eingetreten. Eigentlich hat es sich um ein Sechsbettzimmer gehandelt, aber glücklicherweise war nur ein Krankenbett belegt. Die beiden haben auf die Gestalt in den weißen Federn geschaut und sogleich wieder zu Boden geschaut. Schlecht hat sie ausgesehen, die Polin, und dass es mit der Befragung pressiert hat, hatte der Graffiti richtig eingeschätzt. Die Frau hatte durch die Chemotherapie alle Haare verloren, ihre Haut war gräulich und fettig, die Augen blutunterlaufen und die Wangen eingefallen. Ihr Arm ist an einer Infusion gehangen. Ein Anblick, den möchtest du nicht haben.

Als sie die Anwesenheit der beiden bemerkt hat, hat sie langsam ihre Augenlider gehoben und die farblosen, trockenen Lippen gespitzt.

»Wer sind Sie?«, hat sie mit polnischem Akzent gefragt.

»Wir sind aus München, Frau Dudek«, hat der Sanktus angefangen, und der Graffiti hat genickt.

»Oh«, ist es leise von der Polin gekommen.

»Wir sind eigens hierher nach Berlin gekommen, weil wir ein paar wichtige Fragen an Sie haben. Würden Sie uns helfen?«

»München?«, die Polin hat ein wenig gelächelt, und die beiden Besucher haben ihre dunkel verfärbten Zähne sehen können. Den Sanktus hat's geschüttelt.

»Ja«, hat der Graffiti weitergemacht. »Haben Sie einen Konrad Haslinger gekannt?«

Jetzt hat die Frau im Bett ein röchelndes Lachen hervorgebracht, das den Sanktus gleich an die Geisterbahn auf der Wiesn erinnert hat.

»Ob ich kenne Sipp?«, wieder gurgelndes Lachen.

Lungenkrebs, jetzt Diagnose vom Sanktus. Er hat den Teer vor seinen Augen brodeln sehen können wie beim Jim Knopf in der Drachenstadt.

Jetzt war die Frau wieder still, aber nach einem kurzen Moment hat sie erneut zu sprechen begonnen.

»Hab ich jahrelang bei Sipp gearbeitet. Aber was wollt ihr von mir?«, hat sie gefragt und die beiden mit ihren matten Augen, so gut wie es gegangen ist, ins Visier genommen.

»Der Sipp ist verschwunden. Wahrscheinlich umgebracht worden«, hat der Sanktus geantwortet.

»Und seine Tochter, die Jessica, ist auch ermordet worden«, hat der Graffiti eingeworfen.

Die Jana Dudek hat die Augen geschlossen und erst einmal nichts mehr gesagt. Allein an ihren Fingern, die sich unruhig bewegt haben, hast du feststellen können, dass sie noch wach war und anscheinend überlegt hat.

»Wir haben Ihren Namen mit einigen anderen auf einem Zettel gefunden«, hat der Graffiti gesagt.

»Welche Namen?«, hat die Polin gefragt und ihre Augen geöffnet.

»Ivana Babic, Marija Babic, Anela Babic«, hat der Sanktus gemeint. » Dann noch Milena Kowalska, Paulina Szydlo.«

»Milena ist tot. Schon vor zehn Jahren gestorben. Aber sagen Sie, Jessi wurde umgebracht?«, hat die Polin geflüstert, und der Sanktus hat gemeint, ein Lächeln umspielt ihren Mund.

»Und Marija Babic?«, hat der Sanktus gefragt. »Ist sie auch tot?«

»Ja«, hat die Polin geflüstert.

»Und die Paulina?«

»Lebt in den USA.«

»Frau Dudek, bitte sagen Sie uns, woher Sie die Frauen kannten«, hat der Graffiti wissen wollen.

Dann längere Stille und Überlegen.

»Habe ich diese Sachen bisher noch niemandem erzählt«, hat die Polin geflüstert. »Aber, da ich sterbe bald, es wird wohl egal sein. Wir Polinnen haben alle gearbeitet bei Haslinger Sipp. Milena, Paulina und ich. Normal im Restaurant. Aber wenn hoher Besuch da war oder Fest, dann im Serail. Das war großer Raum für Sexpartys und Orgien. Milena, Paulina und ich waren die Professionellen.«

»Wie?«, Frage vom Graffiti.

»Nutten. Prostituierte, Schätzchen. Wir haben geführt den Laden. Waren schöne Zeiten. Waren viele hohe Herren da. Spendabel. Fast nie pervers.«

»Aha«, ist's von den beiden Besuchern gekommen.

»Aber wir waren nur drei, also hat Sipp gebraucht Verstärkung. Es war die Zeit von Balkankrieg. Viele Bosnierinnen sind geflüchtet. Sipp hat die Mädchen von einem Pfarrer aus Kroatien bekommen.«

»Pater Josephus?«, ist es aus dem Sanktus und dem Graffiti herausgesprudelt, und dem Sanktus war klar, dass das Treffen mit diesem Geistlichen sehr bald würde stattfinden müssen.

»Ja, ja. Nennt sich Josephus. Wirklicher Name ist Josip Vukovic! Ist große Schwein und eine Schande für alle Priester«, hat sich die Polin echauffiert.

Immer noch sehr katholisch in Polen, hat sich der Sanktus gedacht. Und derweil war ihm der Pfarrer so sympathisch gewesen. Zumindest war ihm der Ursprung des Akzents des Geistlichen nun klar.

»Da waren Marija, Anela und Ivana dabei. Anela war noch Kind, und für das Serail nicht gut. Eines Tages sie war weg. Wahrscheinlich adoptiert von einer Familie, die keine Kinder kriegen konnte. Von Josip organisiert. Natürlich gegen viel Geld. Die anderen beiden Mädchen haben gearbeitet unter mir im Serail, bis eines Tages Marija starb.«

»Wie ist sie gestorben?«, hat der Sanktus gefragt.

»Ich weiß es nicht. Das war sehr dubiose Sache. War nach einer sehr ausgelassenen Serail-Party. Am nächsten Tag hat nur geheißen, Marija ist gestorben an einer Überdosis. Leiche war sofort weg, wegen Gefahr, dass Polizei kommt. Ivana hat das nie geglaubt und war kurz darauf auch verschwunden. Vielleicht zu einem Verehrer. Mehr kann ich Ihnen über die Namen nicht erzählen.«

»Dann hat der Haslinger die Frauen zur Prostitution gezwungen?«, hat der Sanktus gefragt.

»Gezwungen?«, hat die Polin mit einem verzerrten Lächeln gefragt und ein röchelndes Lachen hervorgebracht.

»Sipp war sexsüchtig. Er hat nichts gehalten von sexueller oder ehelicher Treue. Für ihn war normal, mit jeder Frau Sex zu haben. Er hätte nie verstanden, dass man jemanden zur Prostitution zwingen muss. Für ihn war völlig normal. Das hat er auch erwartet von seinen Mädchen.«

»Aha, brav war er, der Sipp, oder gar missverstanden, oder wie?«, hat der Sanktus sich gewundert. »Aber was ist mit den Mädchen aus Bosnien? Die waren doch illegal da. Das waren ja praktisch Schlepper, der Pater Josip und er, oder?«

»Schätzchen«, hat die Polin wissend geflüstert. »Sipp und sein Sohn waren der gute Teil der Familie. Glaubst du mir. Gut, er war promiskuitiv, mag sein, auch ab und zu sexuell pervers, aber der eigentliche Chef von allem war immer seine Frau, Haslinger Annette. Sie ist hintertrieben und böse. Und ihre Tochter ist genauso.«

Der Graffiti und der Sanktus jetzt baff.

»Tom, der Sohn, ist wie sein Vater. Wir haben ihn immer genannt den kleinen Konrad, weil ist sein zweiter Name.«

Jetzt ist dem Sanktus siedend heiß die Erkenntnis gekommen, wer sich in Frankfurt im Hotel angemeldet hatte. Dem Graffiti seinem Blick nach zu urteilen, diesem auch.

»Trauen Sie den Mädchen zu, dass sie den Sipp umgebracht haben?«, hat der Sanktus gefragt.

»Denk mal nach, Schätzchen. Marija ist tot. Anela war weg in der neuen Familie. Wenn, dann hätten das die Mädchen schon in den Neunzigern machen müssen«, hat die Dudek gekrächzt.

»Da war doch noch ein Name«, hat der Sanktus die Stirn gerunzelt, weil ihm eingefallen war, dass er wen vergessen hatte. »Ruza Kovac. Könnte die noch etwas mit dem Fall zu tun haben?«

»Ruza Kovac«, hat sie gezischt, »ist der Teufel! Und schuld ist Annette.«

»Warum?«, hat der Sanktus wissen wollen. »Bitte sagen Sie's uns.«

»Die Lage ...«, hat die Polin genuschelt.

»Welche Lage?«

Doch jetzt haben die beiden Detektive nichts mehr aus der krebskranken Frau herausgebracht, da diese ad hoc ins Hyperventilieren gefallen war und den roten Knopf, der die Schwester ruft, umkrallt und fest gedrückt hatte.

Am Abend haben der Sanktus und der Graffiti eine Tour durch Berlin gemacht. Der Graffiti hat unbedingt den Checkpoint Charlie sehen wollen und der Sanktus das Brandenburger Tor. Das Flair einer echten Metropole hat den beiden imponiert, und dem Sanktus ist klar geworden, dass München, so sehr es sich auch angestrengt hatte, keine Großstadt geworden, sondern ein Dorf geblieben war.

Am Potsdamer Platz hat der Graffiti ehrerbietig zum Sony-Center hochgesehen und gemeint: »Doch was anders wia Giasing, ha?«

»Na ja. Vielleicht a bisserl«, hat der Sanktus schmunzelnd zugegeben.

»Aber jetzt müss'ma a Currywurst essen. Die haben s' ja hier in Berlin praktisch erfunden. Die Daniela hat mir gesagt, wo's die besten gibt.«

Und dahin sind die beiden jetzt mit der U-Bahn gefahren. Die U-Bahn-Stationen haben dem Sanktus auch gefallen, da viele noch sehr historisch erhalten waren, und wie du ja weißt, der Sanktus Fan von der guten alten Zeit. Auch die gelben Wagen waren eher was für ihn als die neuen

Münchner U-Bahnen in ihrem faden Blau. Die Leute anzuschauen hat ihm genauso Spaß gemacht wie in München, nur hier waren die Dialekte noch witziger. Das Berlinerische hat der Sanktus sehr gemocht. Das J für das G und das abgehackte »Wa?« im Sinne von »Gell?«. Hat er gleich ins Herz geschlossen, die deutschen Hauptstädter. Auch viel mehr ostdeutsche Dialekte hast du hören können. Sehr interessant für den Sanktus.

Vor der Currywurstbude hat der Sanktus gedacht, ihn streift ein Bus, denn der Wurstbrater hat ihn gefragt, ob sie die Würste mit oder ohne Darm wollen. Der Graffiti und der Sanktus natürlich nur blödes Geschau, weil, warum hast du die Darmwahl, und vor allem, warum ist die Wurst hier weiß und in Bayern rot?

»Bayern, wa?«, hat der Wurstbrater gefragt und den Kopf geschüttelt. »Womit hab ick dat verdient, wa?«

Die zwei nur noch betretenes Schweigen.

Jetzt hat der Berliner das darmlose, käsige Wurststangerl genommen und in einen – jetzt pass auf – Wursthäcksler gesteckt, so dass einzelne Scheiben auf ein Bett von Pommes an Mayo in ein Pappdeckelschachterl gefallen sind.

Der Sanktus und der Graffiti vollkommen baff.

Nun ist das Ganze mit einem speziellen selbstgemischten Spezialketchup verfeinert und den beiden sprachlosen Herren kredenzt worden. Dazu eine Dose Berliner Bier und der verrenkte Magen hat kommen können.

Der Sanktus hat vom Currywurst-Stillleben zum Graffiti, dann zum Bier und wieder zurück zur Wurstkomposition geschaut. Beide nur ein Gedanke: Sodbrennen! Dann haben sie den Kopf geschüttelt, haben gezahlt, die Wurst samt Pommes auf dem Tresen liegen lassen, sich umgedreht und haben, mit der Bierdose in der Hand, die Suche nach einem gescheiten Abendessen begonnen.

Der Wurstbrater hat ihnen sprachlos mit geöffnetem Mund nachgesehen, was für einen Berliner eher selten ist, sagt man.

Der ältere Herr an der Currywurst-Bude sieht den beiden Bayern verachtungsvoll nach. Haben wohl noch nie schlechte Zeiten durchlebt, diese Männer? Wie sie die Wurst mit Ekel angesehen hatten. Er würde viel darum geben, sich jeden Tag so etwas leisten zu können.

»Kennen wohl keene richtje Currywurst, wa?«, sagt er zum Budenbesitzer.

»Banausen. Komm, iss du sie! Sind ja schon bezahlt.«

»Aber dat Bier ham'se wohl schon jemocht. Solche Leute kann ich nich leiden. Denen sollte man mal zeigen …«

»Lass stecken, Kurt. Hab denen sowieso dat abjelaufene Gebräu mitjejeben.«

Jetzt grinst der alte Mann wieder.

»Sehr jut, Bernd. Janz schön hinterhältig. Dat jefällt mir.«

Nach einem üppigen Mahl in einem Steakrestaurant sind der Sanktus und der Graffiti noch durch die Straßen der Hauptstadt geschlendert und haben sich in der einen oder anderen Kneipe ein Bier, meist ein Pils, gekauft. Nach dem zehnten Getränk hat der Graffiti zum Aufbruch gemahnt, da man ja schließlich am frühen Morgen wieder in Richtung München aufbrechen wollte. Bevor sie in ihrer Pension ins Bett gegangen sind, hat der Graffiti noch die Daniela über ihren Besuch bei der Jana Dudek informiert.

»Dann hat also der Pater die kleine Bosnierin an eine fremde Familie verkauft«, hat die Daniela in das Telefon geplärrt, dass der Graffiti gedacht hat, ihm haut es das Trommelfell raus. »Was ist denn das für ein Mensch?«

»Den würdest am liebsten irgendwo verscharren, oder?«, hat der Graffiti geulkt.

MONTAG – STICHWORT: TREPPENSTURZ

Die Heimfahrt ist genauso rasant wie die Fahrt hinzu nach Berlin verlaufen, aber der Sanktus hat dieses Mal die Geschwindigkeit besser vertragen, weil er in Gedanken nicht auf der A9, sondern bei der Jana Dudek und den anderen Mädchen war. Immer wieder hat er sich diese Konstellation, die die Dudek beschrieben hatte, vor Augen geführt und überdacht. Hatten die Damen etwas mit dem Mord am Sipp zu tun? Rache? Dann wohl eher an diesem Saupfaffen, der sie aus der bosnischen in die deutsche Hölle gebracht hatte. Ja, es waren nun zwei Mordmöglichkeiten vorhanden. Nummer eins, die Rache der Wiesnfraktion, sprich Lesbenerpressung, Wurstbratereiraub, Vaterbeziehungsweise Tochtermord, oder die Bosnienfraktion, also Rache für ein Sauleben im Low-Level-Puff, dem Serail, beziehungsweise Schwesternverkauf. Leck mich am Arsch, hat sich der Sanktus gedacht. Wenn das keine Motive sind, na weiß ich's nicht mehr. Eines besser als das andere, und ein jedes auf jeden Fall schwerwiegend.

In diesem Moment war die Schranner Bine in seinem Display. Er ist natürlich sofort hingegangen, weil bestimmt wichtig.

Der Sanktus hat gar nicht ganz »Sanktjohanser« sagen können, da hat die Bine schon losgelegt.

»Wie weit seids ihr schon? Seids ihr bald daheim? Ich bin gestern allen wie ausgemacht auf die Füße gestiegen, und jetzt sitzt heut die Cilli schon bei mir im Verhörraum und möchte eine Aussage machen.«

Der Sanktus jetzt zwischen nervös, gespannt und einem Grinsen. Hat er's doch gewusst, dass diese Wiesnbagage nicht ganz hasenrein war. Bingo! Treffer! Gmahte Wiesn!

Jetzt kurze Rücksprache mit dem Graffiti, der hat einen Gang raufgeschaltet, und der Sanktus hat verkünden können: »In einer Stund simmer da!«

Die Meier Cilli ist neben der Grünmandl Anneliese im Verhörraum des Kriminalfachdezernats 4 in der Hansastraße gesessen. Beide haben keinen besonders reumütigen oder schuldbewussten Eindruck gemacht, und der Sanktus nebst Graffiti, die das Ganze über einen Monitor haben betrachten dürfen, haben sich jetzt schon gefragt, ob da das große Geständnis rauskommen würde. Die Grünmandl war wie beim Besuch in der Bierwerkel modern bis fast jugendlich gekleidet. Auch dieses Mal kein Anzeichen von bayerischer Wiesntraditionalität. Ihren Pferdeschwanz hat heute eine knallgelbe Schleife gehalten, die ihr im Zusammenspiel mit ihrer Jeansjacke fast einen Touch der 50er-Jahre gegeben hat. Die Cilli hingegen war mit einem konservativen dunkelblauen Kleid samt leichter Wolljacke bekleidet. Trotz Sommer war der Tag heute von der Temperatur her etwas frisch und die ersten Boten des Herbstes waren spürbar. Die Cilli hat die Schranner Bine streng durch ihre rahmenlose Brille angesehen und die Nase gerümpft.

»Also, Frau Meier. Pack ma's«, hat die Polizistin angefangen und die Cilli hat die Hand vor den Mund genommen und sich lautstark geräuspert.

»Ja, also es war so«, hat die Grünmandl angefangen, aber gleich wieder gestoppt, da ihr die Cilli beschwichtigend die Hand auf den Arm gelegt, die Augenlider gesenkt und den Kopf langsam und wortlos geschüttelt hat.

»Lass gut sein, Annelies. *Ich* muss das erzählen.«

Dann wieder theatralische Stille.

»Bitte«, von der Bine.

»Also«, hat die Cilli angefangen, »es war Folgendes. Ich war an diesem Samstag in der Früh bereits im Hotel unterwegs, weil ich schwimmen gehen wollt. Ned, dass Sie meinen, ich wollt auch Liegen besetzen wie so manche dort. Also, ich geh im Bademantel runter zum Pool, da seh ich aus den Augenwinkeln schon zwei Leut durch die Glastür, also die Glastür, die hinaus zum Schwimmbecken gegangen ist.«

»Und haben Sie die beiden erkennen können?«, hat die Bine gefragt.

»Langsam, Fräulein«, hat die Cilli gesagt, und die Bine hat das Gesicht verzogen, weil die Cilli das »Fräulein« so wie »Frallein« ausgesprochen hat, was im Bayerischen eher abwertend in Richtung: »He, junges Mädl, hast doch eh keine Ahnung« gemeint war.

»Noch hab ich nur den Haslinger erkannt. Ich bin natürlich nicht hinaus zum Pool, weil, da hätten mich die beiden ja bemerkt.«

Jetzt wieder lange Pause, und der Sanktus wäre am liebsten zu diesem Weib hinein und hätte die Geschichte kurzerhand aus ihr herausgeprügelt, so gespannt war er, wer die zweite Person war.

»Es hat zwischen den beiden ein Gerangel gegeben, weil der Haslinger die Frau anscheinend bedrängt hat. Also, er hat so ausgesehen, als hätte er mehr von ihr wollen, als sie nur umarmen«, hat die Cilli gestottert.

Aha, eine Frau, hat der Sanktus gedacht, und die Männer, die leider eh nicht so mächtig waren, von der Liste der Verdächtigen gestrichen. So, Schatzi, jetzt wer war's, Gedanke beim Sanktus und anscheinend auch beim Graffiti, weil der bei ihren Worten kurz mit der einen Hand, als Faust geballt, in die andere Handfläche geschlagen hat.

»Der Haslinger hat dieses arme Wesen wirklich bedroht, und sie hat sich mit allen Kräften gewehrt. Sie haben noch ein bisserl weitergerangelt, und dann ist es der Frau gelungen, sich loszureißen. Sie hat die Gelegenheit genutzt, um diesem Schwein einen Rempler zu geben. Der Haslinger taumelt also rückwärts und bleibt irgendwie an einer Poolliege, die direkt am Rand von dem Schwimmbecken stand, hängen, fällt nieder und schlägt auf dem gefliesten Boden auf. Mit dem Kopf direkt auf den Beckenrand am Eck, und gleitet reglos in den Pool.«

Jetzt hat die Cilli die Arme verschränkt und einen tiefen Schnauferer getan.

»Und wer war diese Dame, Frau Meier?«, hat die Bine, inzwischen etwas ungeduldig, gefragt.

»Moment«, hat die Cilli, immer noch schnaufend, gesagt. »Ich hab ja das ganze Geschehen gefilmt.«

Die Cilli hat in ihrer Damenhandtasche gefühlte Stunden gekramt, und die Grünmandl Anneliese hat einen leidenden Ausdruck auf ihrem Gesicht gehabt. Nun hat die Cilli ein Smartphone herausgefischt, zu wischen begonnen und das Gerät demonstrativ der Bine vor die Nase gehalten. Die hat das Handy genommen und zur Kamera gestreckt. Jetzt haben der Sanktus und der Graffiti das verstörte Gesicht der Anja Hoffman im Monitor erkennen können.

»Sie ist bereits zur Fahndung ausgeschrieben«, hat die Bine, nachdem die beiden Damen das Dezernat verlassen hatten, in der Kantine verkündet.

»Dann war's die Anja«, hat der Sanktus geseufzt. »Bei der hätt ich's am wenigsten vermutet. So eine Frau!«

»Schaut aus wie die Barbara Carrera, ha?«, hat der Graffiti gefragt und sich dabei ein großes Stück Schweinsbraten in den Mund geschoben.

»Ja, vor allem im roten Bikini«, hat der Sanktus gefaselt.

»Schöne Zehen?«, hat der Graffiti grinsend gesäuselt.

»Hmh. Sehr schöne«, hat der Sanktus bestätigt.

»He! Hallo, ihr zwei Deppen!«, hat die Bine gerufen. »Die Frau hat den Sipp auf dem Gewissen. Kann doch ned sein, dass ihr jetzt da ins Schwärmen kommts.«

Nun haben die beiden betreten in den Boden geschaut.

»Und die Cilli?«, hat der Sanktus gefragt. »Was passiert mit der?«

»Die muss jetzt wohl auch mit einer Anzeige rechnen«, hat die Bine gemeint. »Sie hätte ja sofort die Polizei rufen müssen.«

»Warum hat sie das eigentlich ned gmacht?«, hat der Graffiti gefragt.

»Frag deine Tante«, hat die Bine süffisant geantwortet. »Die Cilli war froh, dass der Haslinger aus dem Weg geräumt war. Ich sag nur: Erpressung.«

»Mehr sog i ned«, hat der Sanktus dazwischengeworfen.

»Kasperl. Sie hat gemeint, sie hat so mit der Frau Hoffmann mitgefühlt, und da hat sie es nicht übers Herz gebracht, sie hinzuhängen. Aber jetzt, nachdem ich noch einmal bei ihr aufgetaucht bin, hat sie kalte Füße gekriegt.«

»Hat sich's doch rentiert, dass ich dich zu den Verdächtigen hingeschickt hab, ha?«, hat der Sanktus gefragt.

»Ja, Herr Oberkriminaldirektor«, hat die Bine geantwortet und dem Sanktus einen Knuff gegeben. »Aber passts auf! Kein Wort zu niemandem. Hamma uns verstanden? Auch ned zur Daniela. Und wenn sie noch so nett ist, Graffiti. Die ist Journalistin. Die, wenn sie eine Story riecht …, ihr verstehts, gell!«

Der Graffiti hat genickt und die Hand wie zum Schwören erhoben. Ob er die Finger hinter dem Rücken gekreuzt hat, hat der Sanktus nicht sehen können.

Am Abend ist der Sanktus mit der Kathi auf der Wohnzimmercouch gesessen und hat über das Internet ferngesehen. Ein großer Schritt ins digitale Zeitalter für den Sanktus, weil, Technikdepp kein Ausdruck. Sie haben eine Quizshow mit Prominentenspecial, dessen Gewinne für einen guten Zweck gespendet wurden, gestreamt. Günther Jauch war voll in seinem Element, und die Prominenten haben alles gegeben, um an die Million zu kommen oder zumindest die Sendung so unterhaltsam wie möglich zu machen. Der Grund, dass der Sanktus in die unendlichen Weiten des Internetfernsehens vorgedrungen war, war Rita Koslowski, Martinas und Bettys Idol. Sie war auch geladen und gerade an der Reihe.

Der Sanktus, der mit seinen Gedanken eigentlich noch bei der Anja Hoffmann war, hat sich kurz losreißen können, da ihn schon interessiert hat, was an dieser Frau dran war. Letztendlich war sie dafür zumindest hauptsächlich verantwortlich, dass sich die Martina Abende lang vor den Fernseher verzogen, das Telefon mit der Betty Lou besetzt und das Familienleben, das ihr früher so wichtig war, vernachlässigt hat.

Er hat nur einmal kurz hinschauen müssen, und er war verzückt von dieser Frau. Ihr Alter hat er auf Mitte vierzig geschätzt, doch sie hatte die Ausstrahlung einer Zwanzigjährigen. Auch ihr Körperbau hat nicht erkennen lassen, wie alt sie war, was das enge dunkelblaue Minikleid unterstrichen hat. Ihr langes schwarzes Haar war zu einem einfachen Pferdeschwanz gebunden, was ihr jugendliches Aussehen noch verstärkte. Die südländischen Gesichtszüge und die großen dunklen Augen, die durch ihr geschicktes Make-up wie Perlen aus einer unendlichen Tiefe gefunkelt haben, haben dem Sanktus Gänsehaut beschert.

Leck mich am Arsch, war das ein Kaliber, Gedanke jetzt beim Sanktus. Bei dieser Aura war ihm schon klar, dass die Mädels die Sendungen dieser Dame geradezu verschlungen haben.

Rita Koslowski war gerade mit Herrn Jauch am Schäkern, und der Sanktus war von ihrem Charisma begeistert. Auch ihre Stimme und wie sie die Worte mit einem rollenden R hervorgebracht hat, hat bei ihm diesen Eindruck verstärkt. Leider hat die Kamera nie so tief gefilmt, dass er ihre Zehen begutachten hat können. Aber er war sich sicher, dass sie außerordentlich schön haben sein müssen.

Die Kathi hat seinen bewundernden Blick natürlich

bemerkt und ihm einen Rempler mit dem Ellenbogen gegeben.

»Is ja gut, Frau Sanktjohanser«, hat der Sanktus gewitzelt. »Aber die ist schon toll. Musst du zugeben, oder?«

»Ja, schon, aber mir geht die Sache mit der Anja Hoffmann nicht aus dem Kopf. Also so, wie sich das auf dem Video dargestellt hat, war das wirklich Notwehr, oder?«, hat die Kathi gefragt.

»Glaub ich schon. Wir haben uns ja mit ihr beim Biertrinken unterhalten. Da hat sie einen völlig normalen Eindruck gemacht. Ein Mensch wie du und ich«, hat der Sanktus bestätigt.

»Aber warum hat sie der Haslinger denn am Pool so bedrängt? Sie ist doch die Frau seines Hauptinvestors. Da sägt er doch an seinem eigenen Ast, oder?«

»Weiß ned«, hat der Sanktus geantwortet. »Die Jana Dudek hat gemeint, der Sipp sei promiskuitiv. Kann anscheinend Mein und Dein bei Frauen nicht unterscheiden. Das heißt, er vögelt alles, was nicht bei drei auf dem Baum ist, und findet nichts Schlechtes dran.«

»Aber die Annette und der Amadeus Hofmann? Die werden da ja wohl was Schlechtes dran gefunden haben.«

»Und die Anja selber auch«, hat der Sanktus erwidert. »Sonst hätte sie sich ja wohl nicht so gewehrt, und der Sipp würde noch leben.«

»Oder der Hintergrund ist ganz ein anderer«, hat die Kathi gemurmelt, »und wir kapieren es nur noch nicht. Stichwort: Treppensturz.«

»Das ist nicht ganz hasenrein. Stimmt. Irgendwann kriegen wir das auch noch raus.«

Der Sanktus hat jedoch noch nicht gewusst, wie schnell das gehen würde.

DIENSTAG – SANKTUS, ICH
BRAUCHE DEINE HILFE

Am Donnerstagabend hatte die Haidhauser Bierwerkel geöffnet, und der Sanktus war am heutigen Nachmittag gerade dabei, Fässer für den abendlichen Betrieb abzufüllen. Die Werkel hat sich seit ihrer Eröffnung immer mehr an Zuspruch erfreut und der Ausschankraum war inzwischen an den drei geöffneten Tagen oft brechend voll.

Der Sanktus ist mit einem Pfiff Summer Ale entspannt neben dem Fass, dass er von einem der Tanks direkt befüllt hat, gestanden und hat dem leisen Zischen der Kohlensäure, die das kalte Bier aus den Fässern verdrängt hat, gelauscht.

Plötzlich war ihm, als hätte er die Eingangstür schlagen gehört. Vielleicht der Graffiti? Er hat den Tankauslauf und das Fass geschlossen, so dass nichts hat überlaufen können, und ist hinüber in den Verkaufs- und Ausschankraum, in dem die Bierflaschen anderer Craft-Brauereien in dunklen Regalen zum Aussuchen gestanden sind. Der Sanktus hat sich also nichts Böses gedacht, aber jetzt kommst du! Mitten im Raum steht niemand anderer als die Anja Hoffmann und macht ein betrübtes Gesicht.

»Öha! Servus«, ist's vom Sanktus gekommen.

»Servus«, auch von der Anja, und dem Sanktus ist aufgefallen, dass sie das R auch ein bisserl südländisch gerollt hat. Ausgeschaut hat sie mit ihrem schwarzen Pferdeschwanz wieder wie die Barbara Carrera in ihren besten Zeiten.

»Was treibt dich denn da her?«, Frage vom Sanktus.

»Sanktus«, hat die Anja angefangen und ihn mit treuherzigen Augen angesehen, »ich brauche deine Hilfe.«

Der Sanktus hat jetzt nicht gewusst, ob er Manderl oder Weiberl ist, weil, wenn du so eine Mörderin vor dir hast, wird dir schon anders. Also, eher Totschlägerin, aber dann schaut die auch noch, als könne sie kein Wässerchen trüben. Was sollst du da jetzt machen?

Der Sanktus hat sich geräuspert.

»Hmh. Ja, aber wie, Anja? Und warum bist du in München? Du wohnst doch eigentlich in Hamburg.«

»Ich war nach meinem Sturz kurz im Krankenhaus, und nun haben mein Mann und ich noch ein paar Tage zur Entspannung hier in Bayern drangehängt.«

»Und jetzt brauchst du Bier-Mitbringsel?«, hat der Sanktus gefragt.

Die Anja hat nun ganz glasige Augen gehabt und war den Tränen nahe. Er hat ihr bedeutet, sich an den Tresen zu setzen, und ihr ein Summer Ale eingeschenkt. Beide haben schweigend getrunken.

»Nein, Sanktus. Ich brauche wirklich deine Hilfe. Ich habe mitbekommen, dass du so etwas wie ein Hobbydetektiv bist. Das hat ja auch die Annette an diesem Wochenende irgendwann erwähnt.«

»Aha«, seitens Sanktus. »Weiter.«

»An dem Tag, als der Haslinger verschwunden ist, bin ich morgens zum Schwimmen an den Pool hinunter. Ich hatte noch einen leichten Kater von unserem Abend zuvor. Ich dachte, die Bewegung und das kühle Wasser würden mir guttun. Doch gerade, als ich hineinspringen wollte, ist Sipp Haslinger aufgetaucht und hat mich bedrängt. Er hat mir gestanden, dass er auf mich scharf wäre, und er denke, von meiner Seite wäre das genauso. Ich habe mich gewehrt, aber er hatte mich fest im Griff. Ich war mir sicher, er würde mich vergewaltigen. Da habe ich meine letzte Energie aufgebracht und konnte ihn von mir wegstoßen. Er ist rücklings über eine Liege gestolpert, mit dem Kopf auf dem Beckenrand aufgeschlagen und ins Wasser gefallen. Ich war so verstört, dass ich zurück in mein Zimmer gelaufen bin.«

»Und hast ihn ertrinken lassen? Oder war er durch einen Genickbruch schon tot?«

»Das war Notwehr, Sanktus. Wirklich. Ich wollte ihn doch nicht umbringen. Wirklich nicht.«

»War er wirklich tot? Weil, gefunden hat ihn ja bisher niemand.«

»Ich bin mir nicht sicher. Ich kann es dir nicht sagen.«

»Und was willst du jetzt von mir, Anja?«

»Die Polizei war heute bei uns im Hotel. Sie suchen mich. Ich weiß nicht, wie sie das herausgebracht haben. Du musst mir helfen, die Polizei von meiner Unschuld zu überzeugen. Es war Notwehr. Du kennst doch die Leute hier in München.«

»Die Kripo Erding ist zuständig«, hat der Sanktus trocken gesagt und hat an das Video von der Cilli denken müssen.

Die Anja ist jetzt in Tränen ausgebrochen.

»Sanktus, dieses Schwein wollte mich vergewaltigen. Ich habe mich ihm nur widersetzt. Bitte«, hat die Anja jetzt fast gefleht, »hilf mir.«

Der Sanktus hat jetzt gegrübelt und sinniert. Heiß, kalt, heiß, kalt, schwarz, weiß, richtig oder falsch?

»Okay, ich helf dir«, hat der Sanktus gesagt und geschnauft. Die Anja hat ihn umarmt, und jetzt ist sich der Sanktus vorgekommen wie der James Bond, weil, er hat ihr Gesicht im Guinness-Spiegel an der Wand vor sich gesehen. Ihr Gesicht, das sich in der verspiegelten Tür des Gläserschranks hinter ihm zurückgespiegelt hat. Darin ein Ausdruck des Triumphes …

Das Sanktushirn hat nun gerattert wie ein Hochleistungsrechner. Leibnitz-Rechenzentrum Scheißdreck dagegen. Der Besuch bei der Jana Dudek ist an ihm mental noch einmal vorbeigezogen. *Am nächsten Tag hat nur geheißen, Marija ist an einer Überdosis gestorben. Leiche war sofort weg, wegen Gefahr, dass Polizei kommt. Ivana hat das nie geglaubt und war kurz darauf verschwunden. Vielleicht zu einem Verehrer?* Und dann ist ihm der Garffiti ins Gehirn geschossen. *Der oide Hoffmann mit a Nuttn oder wie siehst du des?* Jetzt hat sich der Sanktus sammeln müssen. Ivana Babic, Ivana Babic, Ivana, Ivanja, Anja …

»Wo kommst du einstweilen unter?«, hat er sie gefragt.

»Ich habe einen Platz.«

»Wie erreiche ich dich?«

»Ich erreich *dich*«, hat die Anja gesagt und ist zur Tür. Jetzt hat der Sanktus alles auf eine Karte gesetzt.

»Halt!«, hat er gerufen. »Wart kurz! *Ivana!*«

Der dankbare Ausdruck im Gesicht der Anja ist schlagartig verschwunden und dem Ausdruck völliger Überraschung gewichen. Sie hat die Tür hinter sich zugeknallt, und der Sanktus hat sie über den Hinterhof zur Einsteinstraße hinauslaufen sehen.

ER WAR EIN SADISTISCHER TEUFEL

»Bist du crazy?«, hat der Bhupinder gerufen, als der Sanktus mit gefühlten 250 Stundenkilometern beim Hinaussprinten aus der Werkel in den Inder hineingekracht ist. »Suerst rennt mick diese Weib ubern Haufen und jetzt du aa noch. What happened?«

»Schnell. Ihr nach. Hilf mir. Komm«, hat der Sanktus gerufen, und schon sind die zwei auf die Einsteinstraße hinausgelaufen.

Der Sanktus jetzt einen Blick rechts, einen links, das Ganze noch einmal und die Ivana schon erspäht. Das heißt, der Sanktus hat sie gerade noch in den schräg gegenüberliegenden Haidhauser Friedhof hineinhuschen sehen können.

»Du wartest hier und schaust, ob sie rauskommt«, hat der Sanktus angewiesen. »Ich schau rein, ob ich sie find.«

»Und wenn sie vorn bei der Kirtschenstraße rausläuft?«, hat der Bhupinder gefragt.

»Na hamma Pech ghabt. Wurscht!«, hat der Sanktus geseufzt und ist in den Friedhof hinein.

Drinnen war es kühl, da der städtische Gottesacker dicht mit Bäumen bepflanzt war, und der Sanktus hat sich eingebildet, dass der Lärm der Straße irgendwie nicht mehr zu hören war. Er hat seinen Blick ausgiebig über Hunderte von Grabsteinen schweifen lassen, aber keine Ivana in Sicht. Er hat überlegt, wie er in dieser Situation seinen Fluchtweg gewählt hätte. Wahrscheinlich zur Mitte, weg vom Eingang. So ist er zu einem der zentralen Gänge geschlichen, am großen runden Steinbrunnen abgebogen und hat den Friedhof langsam in Richtung Süden durchquert. Der Kiesboden hat unter seinen Turnschuhen geknirscht, und es war für ihn nur Vogelgezwitscher und sein eigener Atem zu hören. Schnell hat er die erste Querstraße passiert, die links von einem großen, aus Backsteinen errichteten Eingangsportal an der Flurstraße hergekommen ist.

Plötzlich ist ein Eichhörnchen hinter einem der großen Grabsteine, der von Bäumen und einem Thujenstrauch fast ganz verdeckt war, mit Karacho quer über den Friedhofsweg geschossen.

Aha, hab ich dich, Gedanke vom Sanktus, und jetzt langsam auf das Eichhörnchen-Grab zu. Aber nicht über den Weg, sondern zwischen den Gräbern im Gras, wegen nicht gesehen werden.

Und tatsächlich ist die Ivana geduckt zwischen dem riesigen Stein und der mächtigen Pflanze gekauert und hat vorsichtig nach ihrem Verfolger Ausschau gehalten. Der Sanktus hat sich leise angeschlichen und sie flink von hinten gepackt.

Die Ivana ist wie ein in die Enge getriebenes Tier aufgesprungen und hat sich aus dem Sanktus-Griff befreien wollen. Sie hat geschlagen, gekratzt und gebissen, aber der Sanktus hat sich nicht beeindrucken lassen und sie vehement wie ein Schraubstock festgehalten.

»Ruhig, Ivana. Ruhig. Vor mir brauchst keine Angst haben«, hat er versucht, sie zu beruhigen, und die Ivana hat ihre Gegenwehr eingestellt. »Aber nur, wenn du mir jetzt die Wahrheit erzählst.«

Wenige Minuten später sind die beiden mit dem Bhupinder und der Kathi, die der Sanktus kurzerhand angerufen hatte, vor der Haidhauser Bierwerkel in der Abendsonne an einem Tisch gesessen. Die Ivana hatte sich inzwischen völlig beruhigt gehabt und hat ihre Story preisgegeben.

Die drei Schwestern kroatischer Abstammung waren aus Bosnien im Jugoslawienkrieg vor den Serben geflohen. Ihr Kontaktmann war Pater Josip aus Zadar gewesen, der die Mädchen nach Europa schmuggeln sollte. In München angekommen, waren sie Sipp Haslinger übergeben worden.

»Er war ein sadistischer Teufel«, hat die Ivana berichtet. »Anela hat er für viel Geld an eine kinderlose Familie zur Adoption verhökert. Er und Josip, das Schwein.«

»Hast du Anela jemals wiedergesehen?«, hat die Kathi gefragt.

»Nein. Ich weiß nicht einmal, wie sie heute heißt. Das habe ich nie herausgefunden. Sie war noch so klein«, hat die Ivana geseufzt und zu weinen begonnen.

»And what happened with you?«, hat der Bhupinder gefragt. »Was war mit Euck?«

»Zuerst haben sie uns nur zum Putzen im Hotel und im Lokal eingesetzt.«

»Wie? Sie?«, hat der Sanktus gefragt und war gespannt, was die Ivana antworten würde.

»Na der Sipp und die Annette. Die war natürlich auch mit am Werk. Aber er war der Boss.«

»Und die Kinder?«

»Waren noch klein. Keine Ahnung. Mit denen hatte ich nicht viel zu tun. Also zuerst haben wir nur geputzt, später durften wir im Lokal ausschenken. Natürlich nur aushilfsweise. Aber von Anfang an war klar, dass wir für das Serail da waren.«

»Das Serail?«, Bhupinder und Kathi unisono.

Aha, von dem hat die Dudek auch gesprochen, jetzt Gedanke beim Sanktus und bestätigendes Grinsen.

»Ja. Nur für spezielle Gäste. Das war sozusagen ein Puff light. Gaudi in der Lederhosen oder Tausendund-eine Nacht. Besonders beliebt war der Schuppen nach dem Oktoberfest. After-Wiesn mit Busengrapschen.«

»Ja, sauber!«, ist's von der Kathi gekommen.

»Natürlich hat's auch Separees gegeben. Für die hohen Persönlichkeiten. Falls diese Gäste für den Haslinger vor-teilhaft waren, ist denen jeder sexuelle Wunsch erfüllt wor-den. Bondage, Total Enclosure, Safewordpraktiken, Sali-romanie, Schuhfetischismus, einfach alles.«

Der Bhupinder war jetzt für seine verhältnismäßig dunkle Haut relativ blass geworden.

»Und Marija und Sie wurden gezwungen, für diese Prak-tiken herzuhalten?«, hat die Kathi zögerlich und fast zit-ternd gefragt.

Die Ivana hat geschluckt und mit dem Kopf genickt.

»Ja. Er hatte uns völlig in der Hand. Er hatte unsere Pässe und hat uns gedroht, uns wieder nach Bosnien zu den Serben zurückzuschicken. Außerdem hat er uns ver-sprochen, dass wir Anela wiedersehen dürfen, wenn wir uns fügen.«

»Das hat er euch natürlich gepflanzt«, hat der Sanktus eingeworfen.

Jetzt fragender Blick von der Ivana.

»Beschissen!«, vom Sanktus.

»Ja, genau. Und einen Kunden nach der Wiesn, es war ein hohes Tier in der Politik, hat Marija nicht überlebt. Er konnte nur kommen, wenn er gewürgt wurde oder seine Sex-Partnerin würgen konnte. Es wurde immer ein Safe-word definiert, das den sofortigen Abbruch bedeutete. Aber das Schwein war so in Rage, dass er nicht aufgehört hat, Marija die Kehle zuzudrücken.«

»Und dann?«, hat die Kathi laut eingeworfen, weil ihr die Ausführungen so zugesetzt haben.

»Ich habe das Geschehen nur mitbekommen, weil der Kunde völlig aufgelöst den Haslinger gesucht hatte. Mir war sofort klar, dass etwas schiefgelaufen war, und ich bin in das Separee hinein. Da lag Marija nackt auf dem Bett. Sie hatte rote Würgemale am Hals und ihre Augen waren wie aus den Höhlen herausgetreten. Gleich darauf kam Haslinger ins Separee und hat mich hinausgeworfen.«

Jetzt Stille ringsherum.

»Sie haben Marija in der Nacht weggebracht. Ich weiß nicht, wohin. Ich kann sie nicht einmal an ihrem Grab besuchen.«

Jetzt hat die Ivana geheult wie ein Schlosshund, und die Kathi hat sie umarmt und versucht zu trösten.

»Warum bist du eigentlich in das Hotel gefahren?«, hat der Sanktus gefragt, nachdem sich die Ivana wieder etwas beruhigt hatte.

»Mein Mann Amadeus war auch öfter zu Gast im Serail. Er war aber nur mit seinem Chef dort. Er hat sich schon ab und an zu uns gesetzt und wir haben zusammen Schampus getrunken. Aber er wollte nie Sex. Wir haben uns angefreundet, und er hat mich letztendlich aus dem Elend herausgeholt. Für ihn gehe ich durchs Feuer. Er ist in seiner Firma inzwischen aufgestiegen und wird wahrscheinlich einer der nächsten Vorstände. Uns ging's eigentlich richtig gut. Eines Tages hat er das Haslinger-Hotel erwähnt, und ich wurde schon nervös. Ich musste Gott sei Dank nie dorthin mit, bis zur Einweihung. Du glaubst nicht, wie viele Tode ich gestorben bin. Aber Amadeus bestand darauf, dass ich mitfahre. ›Vergangenheitsbewältigung‹ nannte er das. Ich begleitete ihn also, in der Hoffnung, dass mich

Sipp nicht wiedererkennt. Aber er erkannte mich natürlich sofort, und spät am Freitagabend, als wir alle zusammen waren, fing er an, mich zu betatschen. Amadeus hat nichts bemerkt und ich habe ihm gegenüber auch nichts erwähnt. Jedoch am nächsten Morgen beim Schwimmen passierte es. Sipp war irgendwie auch am Pool. Es war Zufall. Er kam auf mich zu und wollte Sex. Ich gehöre immer noch ihm, hat er behauptet. Ich sei seine Nutte, sei immer seine Lieblingsnutte gewesen. Ich weiß genau, dass er eigentlich mehr auf Marija stand. Aber das war ihm in diesem Augenblick egal. Ich habe noch immer seinen lüsternen Blick vor mir, seinen geifernden Mund, wie er sich mit der Zunge über die Lippen fährt. Den Rest habe ich dem Sanktus vorher schon erzählt.«

Jetzt hat sie eine Pause gemacht.

»Was ich noch nicht erwähnt habe: Als der Sipp im Wasser gelegen ist, habe ich eindeutig gesehen, dass er sich noch gerührt hat. Er hat wahrscheinlich noch gelebt. Ehrlich. Er muss nicht zwangsweise tot gewesen sein. Vielleicht lebt er wirklich noch und sucht mich?«

Der Sanktus hat jetzt gar nichts mehr verstanden. Sein Vater, der Hannes und er hatten an diesem Samstag nasse Schleifspuren gefunden und waren sich eigentlich sicher, dass der Haslinger über die Garage mit seinem Auto weggebracht worden war. Aber wenn er wirklich noch zu dem Zeitpunkt, als Ivana am Pool war, gelebt hatte? Was war dann dazwischen passiert?

Dies war eindeutig ein Fall für Hercules Poirot, der jetzt alle Verdächtigen einladen und im vollen Auditorium den Tathergang und den Mörder aufdecken würde.

»Aber wie war das mit deinem Sturz?«, hat er gefragt.

»Selbst schuld. Ich bin gefallen. Mit dem Absatz hängen

geblieben. Ich hatte doch diese roten hochhackigen Schuhe an. Kannst du dich bestimmt erinnern.«

»Nein, eigentlich nicht«, hat der Sanktus geantwortet.

»Wunder mich jetzt«, hat die Ivana gesagt und hat ihn verschmitzt angesehen.

Da hatte sie ihn wohl erwischt, wie er mehr als einmal auf ihre Zehen geschaut hatte, war sich der Sanktus jetzt sicher.

»Was ist mit Ruza Kovac?«, hat er aus dem Blauen heraus oder auch vielleicht ein bisserl zur Ablenkung gefragt und hat gemerkt, dass die Ivana gezuckt hat.

»Ruza?«

»Ja, Ruza. Ruza Kovac. Ich weiß, dass sie auch beim Haslinger war«, hat der Sanktus festgestellt.

»Ich habe Ruza nie wiedergesehen«, hat die Ivana gesagt und vehement den Kopf geschüttelt. »Sie war eine von uns. Auch aus Bosnien. Gleiches Schicksal. Aber ich weiß leider nicht, was aus ihr geworden ist.«

Nun haben der Sanktus, die Kathi und der Bhupinder Ivanas Mann Amadeus angerufen und der hat seine Frau kurz darauf abgeholt.

Der Sanktus, die Kathi und der Bhupinder waren sich einig, dass heute niemand Anja Hoffmann gesehen hatte und Ivana Babic schon gleich gar nicht. Diese Frau hatte in ihrem Leben genug durchgemacht.

Am Abend sind der Sanktus und die Kathi im Bett gelegen und haben an die Decke gestarrt. An Sex oder nur Schmusen war nicht zu denken, denn erstens haben die Erzählungen der Bosnierin noch nachgewirkt und zweitens ist der Schorschi in der Mitte des Ehebetts gelegen und hat seelenruhig geschlummert. Er hatte schlecht geträumt und nicht wieder in seinem eigenen Bett einschlafen können.

Die beiden Eltern haben lächelnd ihren Buben betrachtet, ihm über das Gesicht gestreichelt, und die Kathi hat gemeint: »Wir wissen gar nicht, wie schön wir es haben.«

MITTWOCH – SIE WAR'S NED

Der Sanktus ist durch die langen, dunklen Gänge des Holledauer Wellnesshotels geschlichen. Man musste ihm irgendetwas ins Bier gemischt haben, denn sein Blick war, als wenn er durch eine Fischaugenlinse schauen würde. Die Wände haben sich gebogen und der Fußboden war alles andere als eben. Er hat sich am Geländer des Treppenhauses nach unten gehangelt und ist weiter in Richtung Ausgang zum Außenpool getaumelt. Immer wieder hat er sich an den Wänden festhalten müssen, um nicht zu fallen. Von vorne ist ihm im Zeitlupentempo die Ivana in einem roten Baywatch-Badeanzug entgegengekommen und, ohne auf ihn zu achten, an ihm vorbeigelaufen.

»Er lebt noch! Er lebt noch!«, hat sie mit verzweifeltem Blick gerufen.

Der Sanktus hat sich jetzt weiter, wie durch Gelee, zum Ausgang gekämpft. Die gläserne Schiebetür hat sich mit lautem Getöse, das an ein Donnergrollen erinnert hat, geöffnet. Draußen war Dämmerung, und nur das hellblaue Licht des Pools hat die Szene beleuchtet. Mitten im Wasser ist die Leiche des Haslingers getrieben. Zumindest hat das der Sanktus angenommen.

»Leiche oder nicht Leiche? Das ist hier die Frage«, hat der Sanktus, am Poolrand stehend, in den Orbit gerufen, als ihn plötzlich etwas an den Füßen gepackt hat.

Ihn hat ein Blitz durchfahren, und er hat hinuntergeschaut. Es war der Haslinger, der ihn, blass und aufgedunsen wie eine Wasserleiche, umklammert hatte. Langsam hat sich der Hotelwirt am Poolrand hochgezogen und ist nun mit feuerroten Augen vor dem Sanktus gestanden. Sein Atem hat nach verdorbenem Fisch gerochen, seine Zähne waren spitz. Der Sanktus war kurz vor dem Herzstillstand.

»Sie war's nicht!«, hat der Haslinger gezischt. »Du Depp, sie hat mich nicht umgebracht.«

Der Sanktus jetzt senkrecht im Bett. Nass vor Schweiß kein Ausdruck und Herzklopfen, Presslufthammer Anfänger dagegen. Nur ein Traum. Es war nur ein Traum. Alles gut. Alles wirklich gut. Die Kathi ist natürlich aufgewacht und hat ihn wie immer schief angeschaut, wenn er solche Albträume hatte.

»Ois okay?«

»Nein«, hat der Sanktus geantwortet. »Oder ja. Schon. Sie war's ned.«

»Wer?«

»Die Ivana. Sie war's nicht!«

»Woher willst das jetzt auf einmal wissen?«

»Der Haslinger hat's mir gesagt.«

»Wie? Und wann?«

»Grad jetzt. In meinem Traum.«

»Aha. In deinem Traum?«

»Ja. Er ist aus dem Pool raus und hat's mir gesagt.«

»Schlaf weiter, Schatzi. Ist besser, glaub ich«, hat die Kathi das Ganze beendet und sich umgedreht.

»Irgendwas haben wir übersehen. Irgendwas.«

Dann hat sich der Sanktus auch wieder hingelegt, aber er hat lange nicht schlafen können. Er würde noch einmal in das Wellnesshotel müssen. Und heute war die richtige Gelegenheit, denn das Bier war reif für die Kaltlagerung. Der Lebensmitteltechnologe hatte gestern eine dahingehende WhatsApp-Nachricht geschickt.

Der Sanktus ist langsam mit dem Hindustan, den er sich vom Bhupinder ausgeliehen hatte, vor den Haupteingang des Hotels in der Holledau gerollt. Natürlich hat der indische Wagen ein paar Fehlzündungen herausgeschossen, da sagst du Jawoll, und somit hat der Sanktus die ungeteilte Aufmerksamkeit, auf Bayerisch das »Gschau«, von allen Gästen und Angestellten ringsherum gehabt.

Er hatte sich vorher telefonisch angekündigt, und die netten vollbusigen Damen im grünen Dirndl an der Anmeldung hatten ihn daher schon erwartet. Er war etwas zu früh, natürlich nur rein zufällig, denn er hatte ja schließlich eine Ermittlung einzuleiten. Der Lebensmitteltechnologe sei in einer halben Stunde da. Man würde sich im Bräukeller treffen. Auch die Frau Haslinger werde sich einfinden, da sie sehr am Ergebnis der Verkostung interessiert sei.

Der Sanktus hat so getan, als würde er sich die alten Bilder der Holledau und ihrer Bewohner ansehen, und ist in einem unbemerkten Moment in Richtung Untergeschoss abgetaucht. Direttissima zum Außenpool.

Falls der Sipp wirklich noch gelebt hatte, wer hatte ihn dann auf dem Gewissen? Vielleicht würde ihm der Tatort etwas erzählen. So wie bei »München Mord«, wo der Schaller die Verbrechen noch einmal durchleben muss, um die richtigen Schlüsse zu ziehen.

Er ist also durch die Glastür hinaus und hat den Pool vor sich gehabt. Heute ist das Wasser ganz ruhig darin gelegen. Da die Temperaturen schon etwas runtergegangen sind, waren nicht viele Schwimmer im Becken, so dass der Sanktus in Ruhe seinen Blick hat schweifen lassen können. Er hat die Augen zugemacht und tief die chlorhaltige Luft inhaliert. Vor sich hat er wie im Traum den Sipp im Wasser treiben gesehen. War der Haslinger tot oder nicht? Die Ivana war vor seinen Augen gerade hinausgelaufen. Hinter einer Säule im Inneren des Hotels hatte sich jemand versteckt. Klar! Die Cilli. Sie hatte ja das Video von der Ivana gemacht. Der Sanktus hat sich vorgestellt, wie sie hinter der Säule hervorlugt. Mit der Ivana mitfühlend, in der Hoffnung, dass der Erpresser tot war. Doch da bewegt sich die vermeintliche Leiche, paddelt zum Beckenrand und hievt sich hinaus auf die trockenen Fliesen. Doch was macht jetzt die Cilli? Sie nähert sich langsam dem Hotelier … und? Ja, was und? Erschlägt ihn? Und was ist das? Ist da noch jemand hinter der Tür? Dem Sanktus ist, als hätte er eine Bewegung bemerkt.

Er hat ruckartig seine Augen aufgemacht. Ja, die Cilli hätte es sein können. Aber war sie allein? Oder doch ein Mord mit mehreren Tätern wie bei Agatha Christie im

Orientexpress? Genug Feinde wären ja wirklich an diesem Wochenende anwesend gewesen.

Der Sanktus hat sich nun weiter umgesehen. Er war jetzt genau an dem Platz, an dem er an diesem Samstag gestanden war und den Sipp gesehen hatte. Die Fliesen waren nass, also kann es wirklich sein, dass der Hotelier kurz vorher noch darauf gelegen war. Aber wie hatte oder hatten sie ihn umgebracht? Sie, Singular, oder sie, Plural? Das war dem Sanktus noch nicht klar. Jetzt konzentrier dich, Sanktus. Wie bringst du jemanden ad hoc um? Du erschlägst ihn mit einem schweren Gegenstand. Mit einem schweren Gegenstand. Einem schweren Gegenstand? Scannen der Umgebung. Und jetzt hat der Sanktus einen Aschenbecher auf einer Stange mit schwerem Ständer hinter einer großen Palme an der Glastür stehen sehen. Er hat ein Taschentuch aus seiner Hosentasche geholt und das Ungetüm angehoben und den mit Beton ausgefüllten Ständer betrachtet. Unten am Beton hat eine braune Pampe geklebt. Altes Blut? Hundertprozentig. Bingo, hat der Sanktus gedacht. Gmahte Wiesn. Aber wer hat den Aschenbecher wohl schon alles in der Hand gehabt. Wahrscheinlich wenige, weil er bewusst hinter der Palme versteckt worden war. Also! Einen Versuch war's wert.

Der Sanktus hat den Aschenbecher über den Umweg über die Garage, wo sie die Sipp-Spuren gefunden hatten, zum Hindustan getragen. Am Nachmittag würde er ihn zur Schranner Bine fahren.

DU HINTERFOTZIGES LUDER

Einige Minuten später war der Sanktus schon im Bräukeller und hat ein Glas aus dem Tank gezapft. Der Lebensmitteltechnologe hat ihm aufmerksam zugesehen. Die Gärung war sehr gut, aber etwas langsam verlaufen, so dass das Bier erst am letzten Freitag den richtigen Zustand für die warme Reifungsphase erreicht hatte. Sein Gehilfe hatte an diesem Tag vorschriftsmäßig etwas Würze, die der Sanktus vom Sud als Speise aufgehoben hatte, in das Bier gepumpt, die Abluft des Tanks geschlossen und über einen Spundapparat einen Überdruck von 2,0 bar hergestellt. Nun würden sie prüfen, ob das Bier für die Kaltreifung bereit wäre.

Der Sanktus hatte gerade zu verkosten anfangen wollen, als die Tür aufgeflogen und die Haslinger Annette im Sturmschritt mit einem Lächeln, da schaust du, sowie geöffneten Armen auf ihn zugekommen ist.

»Sanktus!«, hat sie laut ausgerufen. »Schön, dich wieder hier zu sehen. Geht's dir gut?«

»Klar! Sehr gut. Vielen Dank. Ihnen auch?«

»Waren wir nicht per Du?«, hat sie geschäkert.

»Jessas. Ja, genau«, hat der Sanktus ausgerufen, aber er war sich sicher, dass dem nicht so war. Aber egal.

»Und? Wie ist das Bier geworden?«, hat die Annette gefragt.

Der Sanktus hat ihr jetzt auch ein Glas gereicht, und beide haben in den feinporigen Schaum hineingerochen. Wunderbare Kompositionen aus fruchtigen Estern und der Duft der Öle des Mandarina-Hopfens sind dem Sanktus in die Nase gestiegen. Nun haben beide einen Schluck getrunken. Die malzaromatische Note, und die dezente Zitrusfrische des Hopfens, haben den Sanktus geradezu betört. Die Annette hat ihn über den Schaum ihres Glases hinweg beobachtet.

»Scheiße, ist das gut!«, hat sie gerufen.

»Ja. Und jetzt lass das Ganze noch zehn Tage in der Kälte reifen, da kriegt es noch den Feinschliff. Dann wird's rund.«

»Cool«, hat der dickliche Lebensmitteltechnologe von sich gegeben und sein Glas auf einen Zug geleert.

Die Annette ist zum Kühlschrank und hat zwei 0,33er Bierflaschen geholt. Dem Lebensmitteltechnologen hat sie bedeutet, dass er hier nicht weiter vonnöten sein würde. Sie hat die Biere geöffnet und eines dem Sanktus hingehalten.

»Neues IPA aus einer kleinen Brauerei um die Ecke. So was musst du als Nächstes machen. Ich will das unbedingt im Sortiment haben«, hat sie angefangen. »Übrigens, einen schönen Gruß von meinem Mann.«

»Ah! Echt!«, hat der Sanktus verwundert geantwortet. »Wo ist er denn zurzeit?«

»In Dubai.«

»Dubai? Stark! Was treibt er denn da?«, hat der Sanktus gefragt. »Da ist wohl ned viel los mit Bierwellness.«

»Glaubst du? Da gibt's sogar ein Oktoberfest. Nein, die wollen unser Konzept wirklich kopieren«, hat die Annette lachend versichert.

»Ja, sauber. Dann richt ihm doch einen schönen Gruß von mir aus.«

»Mach ich gerne, Sanktus. Und Sanktus?«

»Ja?«

»Glaub's mir. Er lebt wirklich noch. Ehrlich.«

Der Sanktus hat in den Boden hineingestarrt und sein Hirn hat gerattert.

»Ich wollt dir auch noch mein Beileid aussprechen. Wegen der Jessica. Es muss wohl das Schlimmste für Eltern sein, wenn sie ihr Kind verlieren.«

Die Annette hat wässrige Augen bekommen und dem Sanktus die Hand hingehalten. Der hat sie genommen und gedrückt.

»Danke«, hat sie gehaucht.

»Hat man schon was rausgefunden?«, hat der Sanktus scheinheilig gefragt.

»Nein, leider nicht. Man weiß nicht, wer Jessi das angetan hat, und vor allem, warum.«

Der Sanktus hat verständnisvoll genickt und ein betretenes Gesicht gemacht.

»Äh, da fällt mir noch was ein. Sagt dir der Name Ivana Babic was, Annette?«, hat der Sanktus aus dem Blauen heraus geschossen.

Er war sich sicher, dass es die Annette ein bisserl gerissen hat. Ein ganz klein wenig.

»Wie?«, hat sie gefragt und die Lippen ihres wulstigen Mundes verzogen. »Ivana Babic? Nein. Eigentlich nicht.«

»Wirklich nicht?«

»Nein. Könnte höchstens eine Küchenhilfe gewesen sein, die der Sipp vor Jahren beschäftigt hat. So ganz leicht klingelt's bei mir. Aber damit habe ich nichts zu tun gehabt. Darum habe ich mich nicht gekümmert. Ich muss jetzt wirklich weiter, Sanktus. Bis zum IPA. Ich melde mich. Mach's gut einstweilen.«

Du hinterfotziges Luder, hat sich der Sanktus gedacht. Und ob du sie gekannt hast. Ich hab's dir genau angemerkt. Und ob sich nur der Sipp um solche Sachen gekümmert hat? Wer weiß. Jana Dudeks Aussage nach war es genau anders herum. Da warst *du* der Kopf des Ganzen. Nur, wenn man der Dudek Glauben schenkt, hat die Geschichte, die die Ivana erzählt hatte, auch nicht ganz der Wahrheit entsprochen.

Der Lebensmitteltechnolge hat sich aus dem Braukeller verzogen. Sein Körper war voller Wut und Hass auf seine hochnäsige Chefin, die ihm immer wieder demonstrierte, für wie minderwertig sie ihn hielt. Aber der Tag würde kommen, an dem er sich für alle Erniedrigungen rächen würde. Einstweilen würde er dieser blöden Schlampe heute Abend beim Bardienst auf der Terrasse mit einer Zigarette ein Loch in ihr nobles Dirndl brennen.

MONTAG – HAT ÜBERHAUPT
EIN MORD STATTGEFUNDEN?

Heute hat der Sanktus seinen großen Auftritt gehabt. Hercule Poirot Scheißdreck dagegen, praktisch großer Wunsch endlich in Erfüllung gegangen.

Alle Verdächtigen, so wie sie da waren, hatten sich in der Haidhauser Bierwerkel eingefunden. Es war eine wahre logistische Meisterleistung, diese Inszenierung zu bewerkstelligen, aber der Sanktus, die Bine, der Graffiti und die Kathi haben das ganze Wochenende über alles gegeben, um diese erlauchte Gesellschaft am Montagabend zusammenzutrommeln. Natürlich hatte der Sanktus die Bine inzwischen über die Ergebnisse des Berlinbesuchs informiert, weil ja auch notwendiges Basiswissen für diese Aktion.

Die Leute sind in einem Stuhlkreis im Schankraum gesessen, haben ein Bier oder ein Wasser in der Hand gehabt und haben nicht gewusst, was ihnen nun blühen würde. Alle, bis auf den Mörder?

Der Sanktus ist, ebenfalls mit einer Halben Bier bewaffnet, im Zentrum gestanden und hat in die Corona geschaut.

In der Früh hatte er sich noch »Der Tod auf dem Nil« und »Das Böse unter der Sonne«, seine Lieblings-Agatha-Christie-Krimis, angesehen. Er hatte den Peter Ustinov genau studiert, wie er seine Auflösungen am Ende der Filme den gebannten Darstellern dargebracht hatte.

Genauso hat der Sanktus jetzt schweigend jedes Gesicht der Anwesenden begutachtet. Er hat sich von einem zum nächsten gewendet und allwissend in die Augen des jeweiligen Delinquenten geblickt.

Da waren die Grünmandl nebst Cilli, die Rubenbauer Olivia mit ihrer Bohnenstange von Dorn, der Schankkellner Sebastian Jordan, die Altenbergers, der Thumann, die Hoffmann Anja mit ihrem Gatten Amadeus und sogar die Haslinger Annette mit ihrem Sohn Tom. Die Bine, die Daniela und der Graffiti waren natürlich auch da. Versteht sich ja von selbst.

Wenn du jetzt meinst, kann ja gar nicht sein, dass die alle so schnell Zeit gehabt haben, musst du wissen, dass allen eine Androhung einer offiziellen Vorladung in die Hansastraße durch die Bine Flügel verliehen hatte. Nur der Pater Josip war renitent und somit nicht erschienen.

Der Sanktus hat jetzt die Gesichter studiert. Bei Cilli und Grünmandl Nervosität, Wast und Thumann Schweißperlen, Olivia Angst, Anja und von Dorn Unbehagen, Amadeus Ratlosigkeit und bei der Annette vollste Verachtung. Der Tom eher neutral. Niemand hat etwas gesagt, und die Stille war fast unerträglich.

»Sehr geehrte Damen und Herren, ich freue mich sehr, dass Sie es heute hierher geschafft haben«, hat der Sanktus angefangen. »Und das halbwegs freiwillig.«

Jetzt »Haha. Sehr witzig!« aus dem Publikum und Gesichtsverziehen.

»Ich habe Sie hergebeten, um über einen Mord zu sprechen. Einen Mord, von dem manche behaupten, dass es ihn nicht gegeben hat. Einen Mord ohne Leiche, sprich, hat überhaupt ein Mord stattgefunden? Der Mord an Sipp Haslinger?«

Rhetorische Pause.

»Ja, meine Damen und Herren, er hat stattgefunden. Sipp Haslinger ist tot. Ermordet an jenem Samstag, dem Tag der Eröffnung des Holledauer Bier- und Wellnesshotels. An jenem Morgen ganz in der Früh am Pool. Ich selbst habe ihn im Pool treiben sehen, wenn er auch nicht lange dort war. Er war ja bereits auf der Fahrt nach Frankfurt, was du, liebe Annette, mir zu verstehen gegeben hast. Der arme, kleine, verwirrte Brauer hatte einen schlechten Traum. Oder hatte immer noch Nachwehen vom feuchtfröhlichen Abend zuvor. Erschwerend kam hinzu, dass Herr Haslinger, Konrad Haslinger, gegen Mittag anscheinend tatsächlich in einem Frankfurter Hotel eingecheckt hatte. Sehr interessant, das Ganze. Wir haben die Außenanlagen des ›Holledauer Hofs‹ an diesem Tag natürlich untersucht und haben eindeutige Spuren gefunden, die unsere Theorie untermauert haben, dass ein lebloser, nasser Körper vom Hotel, wahrscheinlich mit einem Auto, weggebracht wurde.«

Der Sanktus ist jetzt nah zur Annette hin und hat ihr tief in die Augen geschaut, aber die hat ihn ausdruckslos abblitzen lassen.

»Kommen wir zurück zum Hotel in Frankfurt. Uns hat es zunächst durchaus zugesetzt, dass die Leiche, die noch in der Früh im Wasser getrieben ist und danach schnellstmöglich abtransportiert wurde, im schönen Hessen wieder zum Leben erweckt wurde und nichts Besseres zu tun hatte, als in ein Hotel einzuchecken, um danach ihren Geschäften nachzugehen.«

Nun hat der Sanktus wieder in die Runde mit sprachlosen Menschen geblickt.

»Selbst bei meinem Anruf wurde mir bestätigt, dass sich dort ein Herr Haslinger eingefunden hatte.«

Triumphierende Gesichter bei Annette und Tom.

»Ein Herr Konrad Haslinger.«

Grinsen.

»Thomas Konrad Haslinger.«

Jetzt war das Grinsen der beiden schlagartig verschwunden.

»Sehr gut eingefädelt. Fast hätte es geklappt. Schönen Gruß, Annette!«

Die Annette wollte aufspringen, aber der Graffiti hat sie freundlich davon überzeugt, sitzen zu bleiben.

»Kommen wir zu einem kurzen Intermezzo. Der Fall Altenberger«, hat der Sanktus, ganz Poirot, weiterdoziert.

Die Altenbergers hat jetzt ein Ruck durchfahren. Gesichter in den Boden.

»Eine Nebenerscheinung. Eine nette, gell, Annette? Marion und Hartl wurden kurz nach dem Mord von einem Einbrecher heimgesucht, der von hinten durch eine undurchdringliche Thujenhecke über den Garten kommt, die beiden krankenhausreif prügelt und nur etwas Modeschmuck und ein paar Euro aus dem Geldbeutel mitnimmt? Sehr merkwürdig. Ich kann es nicht beweisen, und es ist für den Fall auch nicht wichtig, aber meines Erachtens ist unsere liebe Annette Haslinger wie ein Tornado durch Casa Altenberger gefegt, im Verdacht, dass Hartl Altenberger ihren Mann Sipp umgebracht hatte, da der Sipp etwas mit Marion hatte.«

Die Altenbergers sind aufgesprungen und haben lautstark durcheinanderprotestiert, die Annette ist mit verschränkten Armen und einem Kopfschütteln sitzen geblieben.

»Setzt euch wieder hin, sonst schäbert's«, hat der Graffiti gerufen und die beiden haben wieder Platz genommen.

»Ihr könnt euch gern nachher gegenseitig eure Deppenschädel einschlagen. Das interessiert niemanden«, hat der Sanktus hinzugefügt. »Trifft auch keine Falschen. Aber jetzt bleibt bitte sitzen und passt auf. Und wie gesagt. Das Ganze hat keinerlei Einfluss auf unseren Fall.«

»So etwas muss ich mir nicht bieten lassen«, hat die Haslinger auf einmal laut herausgeschrien.

»Ruhig, Annette. Alles gut. Kommen wir jetzt zum Wichtigen«, hat der Sanktus gesagt. »Aber wer hat nun den Sipp auf dem Gewissen? Wir haben lange gerätselt, denn die Motive waren so mannigfaltig wie selten zuvor. Fast jeder der illustren Eröffnungsgesellschaft hatte einen Grund, Konrad Haslinger nach dem Leben zu trachten. Olivia zum Beispiel, die durch den Sipp ihre Wurstbraterei und ihren Vater verloren hatte, der Schankkellner Jordan Wast alias Huber Wast, so sein Hausname im Dorf, aus dem er kommt, dessen Tochter hat nicht mehr lebend von einem Gardasee-Trip mit dem Sipp heimkam, die Altenbergers, die vertuschen wollten, dass der Sipp mit der Marion fremdgegangen war, der Thupsi, dessen Zelt die Haslingers kassieren wollten, sowie die Cilli und die Grünmandl Anneliese, die Gefahr liefen, als Pärchen geoutet zu werden. Alle miteinander.«

Jetzt wieder Blicke rundumher. Stille und blasse Gesichter. Kein Ausdruck des Triumphs mehr. Nirgends.

»Dann ist ein Bild aufgetaucht. Und eine Geschichte. Die Geschichte einer Frau, die frühmorgens zum Schwimmen gehen wollte und eine Auseinandersetzung beobachtet hat. Die Auseinandersetzung zwischen dem Haslinger Sipp«, und jetzt hat der Sanktus eine rhetorische Pause eingelegt, »und der Anja Hoffmann!«

Raunen im Stuhlkreis.

»Eine Auseinandersetzung zweier alter Bekannter? Die Auseinandersetzung einer sexuell bedrängten Frau mit ihrem Aggressor? Tut hier und heute nichts zur Sache!«

»So ein Schmarren!«, hat die Cilli gerufen. »Was soll denn das? Sie hat ihn umgebracht!«

Die Anja hat geschluckt und die Cilli verachtend angesehen.

»Ganz im Gegenteil, liebe Cilli«, hat der Sanktus erwidert. »Ganz im Gegenteil. Der Sipp hat nämlich noch gelebt, nachdem er, nach dem Gerangel mit der Anja, auf der Beckenkante aufgeschlagen und ins Wasser gerutscht war.«

Schnauben seitens Cilli.

»Und jetzt stellt sich die Frage, wer war es dann, denn die Anja ist ja davongelaufen, oder? Cilli?«

Kopfschütteln und Händchenhalten mit der Grünmandl. Dann Händchenstreicheln.

»Und nun stellen wir uns unseren Sipp Haslinger vor, der sich etwas benommen von seinem Sturz aus dem Becken an den Rand des Pools hievt. Er setzt sich pitschnass auf die Fliesen, die Füße noch im Wasser, und sieht nach oben. Und sieht …?«

Staunende Gesichter, jetzt hättest du eine Nadel fallen hören können.

»Die Cilli!«

Die Cilli jetzt die Hand vor dem Mund, der Ohnmacht nahe. Die Anneliese hat ihr mit einer Getränkekarte Luft zugefächelt.

»Aber sie war nicht allein! Meine Damen und Herren, ich habe, versteckt hinter den Palmen am Eingang, einen schweren, stehenden Aschenbecher gefunden. Der Aschenbecher ist bewusst versteckt worden, denn anders ist seine örtliche Lage nicht zu erklären. Der Fuß des Aschenbechers war bedeckt mit verkrustetem Blut und Haaren. Blut und Haare von Sipp Haslinger.«

Raunen jetzt im Schankraum und die Annette ganz still.

»Wir haben den Aschenbecher auf Fingerabdrücke untersuchen lassen. Die Münchner Polizei hat gleich mehrere Abdrücke gefunden. Die Abdrücke von Cäcilie Meier, Sebastian Jordan und Olivia Rubenbauer. Ja, ihr habt dem Sipp mit dem Aschenbecher der Reihe nach den Schädel eingeschlagen. Ihr habt ihn hingerichtet. Ihr habt gewusst, dass er jeden Morgen in aller Herrgottsfüh schwimmt. Nur die Anja wäre euch fast zuvorgekommen.«

Jetzt hat gar keiner mehr etwas gesagt. Ratlose Gesichter und der Sanktus hat wirklich Angst gehabt, dass sein Bluff nicht funktionieren würde. Er hat dem Graffiti und der Bine in die Augen geschaut, und die haben mit den Schultern gezuckt.

Plötzlich ist die Olivia aufgesprungen und hat zur Tür rennen wollen, aber der Graffiti hat sie schon gehabt.

»Und warum habt ihr keine Fingerabdrücke vom Thupsi drauf gefunden? Der war doch auch dabei!«, hat die Olivia geschrien.

»Hoit dei Fotzen, du Rindviech. Weil sie gar keinen Vergleich haben«, hat der Thumann geschrien. »Oder hast du irgendwann Fingerabdrücke abgegeben? Du bist dem Arschloch auf den Leim gegangen, du blöde Gans!«

Der Jordan Wast ist aufgestanden und ist auf den Sanktus zu. Er hat ihm die Hand auf die Schulter gelegt und genickt.

»Jetzt is's vorbei. Aber die Sau hat ihr Fett abgekriegt.«

Dann sind die vier von den Polizisten, die auf Geheiß der Bine vor der Bierwerkel gewartet haben, abgeführt worden.

Die Ivana hat den Sanktus noch ein letztes Mal umarmt und der Hoffmann hat ihm die Hand geschüttelt.

»Frau Hoffmann«, hat die Bine zur Ivana gesagt, »ich muss Sie bitten, das Land nicht zu verlassen, bis …«

»Kein Problem, Frau Schranner. Wir verlängern noch eine Woche hier in München. Wir machen Ausflüge und Sie können mich immer erreichen. Ist das so in Ordnung?«

Ja, so war es in Ordnung. Der Sanktus ist mit der Daniela, dem Graffiti, der Bine und der Kathi am Tresen gesessen und hat sich in kürzester Zeit drei Halbe hineinlaufen lassen. So viel zur Nervosität.

»Gut warst, mein Meisterdetektiv«, hat die Kathi ihn beruhigt und gestreichelt.

»Hervorragend!«, hat die Bine gerufen. »Ohne einen Beweis vier Mörder überführt. Super Bluff, Sanktus. Respekt!«

»Schon«, hat der Sanktus, der am ganzen Körper gezittert hat, gemeint und in seinen Bierschaum geschaut. »Aber mir ist noch ned wohl. Die Aussagen von der Jana Dudek und der Ivana sind so unterschiedlich. Einmal war der Sipp der Böse, einmal die Annette. Der Pfarrer war auch ned da. Da stimmt doch auch was ned, und vom Mörder von der Jessi haben wir auch noch nichts.«

»Meinst, das hängt zusammen?«, hat die Bine gefragt.

»Muss ja wohl, weil, sonst hättest du die Kripo Erding grad um einen Fall beschissen!«

Jetzt haben alle gelacht, und es ist noch locker und gelöst weitergetrunken worden.

Aber dem Sanktus war klar, dass da definitiv noch was kommen würde.

DIENSTAG – DIESES LEUCHTEN
AUS DUNKLER QUELLE

Lautes Telefongeklingel, sprich animierte Musik. Peer Gynt, allgemeine Behauptung, aber für den Sanktus eigentlich nur undefinierbares Türilüü. Eigentlich wäre heute Sudtag in der Bierwerkel gewesen, aber nach den gestrigen Ereignissen hat es der Sanktus vorgezogen, auszuschlafen. Die Kathi hat Homeoffice gemacht und war wahrscheinlich mit dem Laptop und einem Haferl Kaffee in der Küche und der Schorschi bereits im Kindergarten.

Der Sanktus hat noch kurz einmal die Augen zugemacht, aber in diesem Moment ist die Kathi ins Schlafzimmer gekommen mit dem Telefon in der Hand und hat es dem Sanktus übergeben. Sogar mit einem Bussi.

»Sanktus«, hat die Daniela ins Telefon hineingerufen, »hast du heute schon was vor?«

»Ist schon wieder was passiert?«, hat der Sanktus schlaftrunken ins Telefon hineingesäuselt. »Wir haben doch grad schon Mörder gefangen!«

»Nein, nein. Ganz anders. Eine Kollegin von mir ist krank geworden.«

»Und deswegen rufst mich an?«

»Nein, Depp. Die hätte heute die Rita Koslowski interviewt. Rita ist gerade in München, um in den Bavaria Filmstudios eine neue Show aufzunehmen.«

»Aha«, kurz vom Sanktus.

»Ja«, hat die Daniela weitergemacht, »und weil die Kollegin halt krank ist, darf ich die Rita interviewen. Und da wollt ich dich fragen, ob du die Martina mitnehmen willst. Die ist doch so ein großer Fan.«

Der Sanktus jetzt schlagartig wach, weil er die Pluspunkte vor seinen Augen gehabt hat, die er mit dieser Aktion von der Martina erhalten würde. Das würde ihr Zusammenleben in der Pubertätsphase zumindest für ein paar Tage erträglich machen.

»Darf sie eine Freundin mitnehmen?«

Dem Sanktus war klar, dass seine Stieftochter ohne dem Drengler seine Betty-Lou nie in diesem Leben zu solch einem Ereignis ausrücken würde. Außerdem wäre das ein kleines Zuckerl für den Jens. Eine kleine Wiedergutmachung für die Sticheleien das ganze Jahr über seitens Sanktus.

»Klar. Kein Problem. Um eins im Sheraton Hotel. Treffen wir uns an der Rezeption?«

»Passt!«

»Martina! Aufwachen!«, hat der Sanktus mit gedämpfter Stimme gesagt und das Mädchen sanft gerüttelt. »Aufwachen!«

»Sag mal, spinnst du?«, hat die Martina, die den Sanktus mit zugekniffenen Augen angesehen hat, ohne Vorwarnung angeschrien und ihrem Peiniger das Kissen auf den Kopf gedonnert. »Es ist mitten in der Nacht und ich hab Ferien. Lass mich in Ruhe!«

Jetzt hat sich die Martina das Kissen, das sie immer noch fest in der Hand gehabt hat, über den Kopf gestülpt, praktisch Abkapslung vom Rest der Welt.

»Gut. Wennst meinst. Dann geh ich allein zur Daniela. Die interviewt heute nämlich die Rita Koslowski. Oder ich ruf den Drengler an. Vielleich begleitet mich ja die Betty. Also, Servus, Martina. Pfiat di!«

Jetzt hast du nicht bis drei zählen können, da ist die Martina senkrecht im Bett gestanden.

»Die interviewt *wen*?«, hat sie geschrien, dass du gemeint hast, das können die Leute am Prinzregentenplatz auch noch hören.

»Die Koslowski. Und du kannst die Betty mitnehmen Aber natürlich nur, wenn du Zeit hast«, hat der Sanktus schmunzelnd gestichelt.

Die Martina ist jetzt senkrecht aus ihrem Bett gesprungen und wollte zur Zimmertür hinaus.

»Martina«, hat ihr der Sanktus hinterhergerufen und mit seinem Zeigefinger auf seine Wange gezeigt. »Bussi, oder?«

Das Mädchen hat kehrtgemacht, ihn umarmt und ihm einen festen Schmatzer draufgedrückt. Dann aber gleich wieder hinaus. Der Sanktus hat bis zehn gezählt, und kurz darauf ist sie schon wieder im Zimmer gestanden und hat gerufen: »Wo is des gschissene Telefon, Zefix!«

Der Sanktus hat innerlich lachen müssen, denn so ein Ausruf hätte auch von ihm selbst stammen können.

»Ich hätt da was vorbereitet!«, hat er gesagt und grinsend das Telefon hochgehalten.

Die Martina hat sich das Gerät geschnappt und sich damit im Bad eingesperrt. Jetzt praktisch Kriegsrat mit der Betty und Abstimmung Kleidung, Frisur und Nagellack. Bad jetzt einmal eine Stunde praktisch annektiert.

Der Sanktus hat sich in die Küche zur Kathi gesetzt und einen Kaffee mit ihr getrunken.

Um Mittag ist die Engler Betty-Lou aufgetaucht und die Martina war auch einsatzbereit. Der Sanktus hätte erwartet, dass die zwei Mädels eher aufgebrezelt bei der Koslowski erscheinen würden, aber weit gefehlt. Beide waren für Teenager normal in Jeans und Shirt gekleidet. Ein bisserl geschminkt waren sie schon, aber das hat dazugehört. Der Sanktus alles in allem erstaunt. Auch wenn sie ab und zu gesponnen haben, wenn es hart auf hart gegangen ist, waren sie anscheinend vernünftig, die beiden.

In der U-Bahn haben sie vor lauter Nervosität und Vorfreude gegluckst und gekichert. Aber auch das war normal.

Beim Eintreten in das Hotelfoyer hat der Sanktus die Daniela schon an der Rezeption gesehen. Hier sind weiße, tropfenartige Lampen über dem Empfangstresen gehangen, die Wände waren dunkel gehalten. Die kupferne Sudpfanne und das freundliche Grün der Dirndl des ›Holledauer Hofs‹ haben dem Sanktus da schon besser gefallen, aber egal. Dafür haben sie die Rita Koslowski heute getroffen. War ja auch etwas.

Die Daniela hat den Sanktus und die beiden Mädchen begrüßt und gleich zu den Aufzügen geführt. Wie du dir vorstellen kannst, war Aufzugfahren nichts für den Sanktus, weil Druck im Ohr, Beklemmungen und hoffentlich bleibt das Ding nicht stehen, weil, dann hätte er bestimmt postwendend zum Pieseln müssen. Der Martina und der Betty hat man nichts dergleichen ankennen können.

Kurz nach dem Anklopfen hat ein großer, etwas korpulenter Mitfünfziger im Anzug, der an einen Politiker erinnert hat, die Tür zur Suite geöffnet und die vier hereingebeten. Wahrscheinlich der Manager, Gedanke vom Sanktus.

Drinnen ist die Koslowski von einer Couch aufgesprungen und ihnen lächelnd entgegengekommen. Auch sie war, wie die beiden Mädels, in Jeans und Shirt gekleidet. Und sie hat tatsächlich Sandalen angehabt. Der Sanktus natürlich Blick sofort nach unten und Zehen-Scan. Die Koslowski-Zehen hatte er sich schöner vorgestellt. Zwar passabel und knallrot lackiert, aber nicht so feingliedrig wie die von der Kathi.

Aber nun Blick nach oben. Die Haare hat die Moderatorin heute offen getragen und ihre dunklen Augen haben den Sanktus sofort wieder verzaubert. Brutal! Dieses Leuchten aus dunkler Quelle. Der Wahnsinn.

»Hi. Ich bin Rita«, hat sie gesagt und die Mädchen begrüßt.

Dann hat sie dem Sanktus die Hand hingehalten.

»Rita. Nett, dich kennenzulernen.«

»Sanktus. Sehr angenehm.«

Wieder dieser Blick, der den Sanktus hat schmelzen lassen. Herrschaftszeiten, das hat ihn wieder einmal an die Reindl Leonie aus dem Geburtsvorbereitungskurs erinnert. Die Rita-Augen waren zwar nicht so warmherzig wie die von der Leonie, aber dieser Glanz! Der Sanktus hat zum schwitzen angefangen.

»Okay, Daniela. Lass uns anfangen. Ich muss zeitig weiter. Muss noch in die Bavaria Filmstadt raus. Heinz, organisier uns doch bitte was zu trinken. Danke dir«, hat die Koslowski etwas gedrängelt.

Der Manager hat genickt, etwas Wasser aus der Minibar gebracht, sich die hohe Stirn mit einem Einstecktuch abgewischt und hat auch Platz genommen. Die Daniela hat sich zur Koslowski an die Tischecke gesetzt, so dass sie nicht nebeneinandergesessen sind, jedoch auch kein großer Abstand zwischen ihnen war. Die Reporterin hat ein Diktiergerät parat gehabt, das sie nun auf Aufnahme geschaltet hat.

Rita, danke, dass Sie heute zu uns in die »Münchner Morgenpost« gekommen sind. Herzlich willkommen

Ja, vielen Dank für die Einladung. Gerne.

Rita, Ihr Bekanntheitsgrad nimmt stetig zu. Sie sind das ganze Jahr über in Funk und Fernsehen zu bewundern. Sie werden in einem Zug mit Barbara Schöneberger und Thomas Gottschalk genannt. Wie erklären Sie sich diese Entwicklung?

Ich weiß es nicht. Ich kann es mir auch nicht erklären. Ich habe als kleines Model angefangen. Irgendwann traf ich Heinz, meinen heutigen Manager. Er hat mich sozusagen entdeckt. Ich habe immer schon zu viel geredet und auf jeder After-Show-Party die Moderation übernommen. Und so kam eines zum anderen.

Sie sind zurzeit in München, um eine neue Show für das private Fernsehen zu starten. Erzählen Sie uns etwas darüber.

Ja, Daniela. Das ist richtig. Bei der Show handelt es sich um einen Gegenpol zu all den Casting-Shows, die im deutschen Fernsehen laufen. *Deutschland sucht das Topmodel, das Supertalent, den Superstar.* Das alles kotzt mich an. Alles ist so elitär und gaukelt eine heile Welt vor. Wir haben Mitbürger, die immer noch in Armut leben, keinen Job haben, Hartz IV beziehen. Diese Leute schaffen es oft gar nicht, im Leben weiterzukommen, weil ihnen niemand eine Chance bietet.

Und wie soll da Ihre Show helfen?

Ich suche ebenfalls Talente. Verborgene Talente. Wir wollen versuchen, diese schlummernden Talente der Kandidaten aufzudecken und ihre Chancen herauszuarbeiten. Vielleicht steckt in einer Cindy aus Marzahn ein Model, bildlich gesprochen, oder in einem Horst Schlemmer ein begnadeter Schauspieler oder Sänger.

Und wie soll die Show heißen?

Der Name wird noch nicht genannt.

Wann soll die Show ausgestrahlt werden?

(Rita grinst)

Vor Weihnachten.

Eine Vorweihnachtsshow mit sozialem Aspekt. Passt gut zum Fest der Liebe. Apropos sozial. Sie sind sozial sehr engagiert. Erzählen Sie uns etwas darüber.

Ich bin Botschafterin bei einer sozialen Kinderhilfsorganisation, aber mein Herz hängt an der Hilfe für unsere blinden Mitmenschen. Ich unterstütze ein Blindenheim bei mir zu Hause in Köln.

Erklären Sie uns das genauer?

Schauen Sie. Ich habe das noch nie in der Öffentlichkeit gezeigt. Aber irgendwann ist der Moment gekommen. (Rita zieht mit einem Fingern ihr rechtes unteres Augenlid nach unten und entnimmt geschickt mit den Fingern der anderen Hand eine Kontaktlinse. Dahinter befindet sich ein getrübter Augapfel.) Ich bin seit dem achtzehnten Lebensjahr auf dem rechten Auge blind. Mir wurde ein chlorhaltiges Reinigungsmittel ins Gesicht geschüttet. Die Haut ringsherum hat sich wieder erholt und der Angriff hat dort keine Spuren hinterlassen. Doch für das Auge konnte nichts mehr getan werden. Ich lebe in der ständigen Angst, dass etwas mit meinem gesunden Auge geschehen und ich ganz erblinden könnte.

(Daniela staunt)

Rita, vielen Dank für Ihre Offenheit. Ich denke, wir alle verstehen nun Ihre Beweggründe. Ist das in der Zeit vor Ihrer Modelkarriere passiert?

Ja, genau.

Möchten Sie uns etwas darüber erzählen.

(Rita zögert)

Wissen Sie, Daniela, ich halte die Zeit vor meiner Karriere gerne unter Verschluss. Das ist der Teil Privatsphäre, den ich mir gönne. So wie Atze Schröder. Von ihm gibt's kein einziges Foto ohne Perücke. Ich will nur so viel sagen, als dass ich aus ärmlichen Verhältnissen stamme und sehr viel Glück hatte, heute, so wie ich bin, hier sein zu dürfen. Und dafür bin ich unendlich dankbar. Und dieses Glück möchte ich gerne an so viele Menschen wie möglich weitergeben.

Jetzt haben die beiden noch über die weitere Karriere von Rita Koslowski gesprochen, aber das hat den Sanktus nicht mehr interessiert. Die Mädchen waren aber Feuer und Flamme. Die Geschichte mit dem kaputten Auge jedoch hat den Sanktus schon betroffen gemacht. Wer konnte dieser netten, lebenslustigen Frau wohl so etwas antun? Wahnsinn.

Während das Interview noch im Gange war, hat er die Koslowski von oben bis unten gemustert. Sie war braungebrannt, aber für Köln, wie sie behauptet hat, war ihr Teint zu dunkel. Der Sanktus ist davon ausgegangen, dass sie irgendwo im südlichen Ostblock geboren wurde. Vielleicht Bulgarien.

Sie hat ab und an zu ihm herübergeschaut und ihm zugezwinkert. Anscheinend hat er ihr gefallen, und das hat wiederum dem Sanktus gefallen. Da kannst du noch so treu und schwer verliebt sein, als Mann imponiert dir das einfach. Logisch, oder?

Als das Interview vorbei war, hat sich die Koslowski von allen verabschiedet und den Mädchen eine Einladung zur Premiere ihrer neuen Show versprochen. Natürlich ist dem Sanktus auch eine Karte in Aussicht gestellt worden.

»Und? Was sagt ihr zu Rita?«, hat die Daniela beim Hinabfahren im Aufzug gefragt.

»Wow! Tolle Frau. Und so normal«, ist es aus der Martina herausgekommen.

»Und so hübsch«, hat die Betty gestottert.

»Und ich denke, sie ist auch klug«, hat die Martina gemeint. »Hat einen recht gescheiten Eindruck gemacht, oder?«

»Ich find das mit dem blinden Auge den Hammer«, hat die Betty gemeint. »Selbst durch so ein Schicksal ist sie nicht zu bremsen.«

»Imponiert mir auch«, hat der Sanktus zugegeben. »Mich würde interessieren, wer ihr das angetan hat. Sie hat gesagt, in der Zeit vor ihrer Karriere. Weißt du gar nichts über diese Zeit, Daniela?«

»Nein. Das hält sie strikt geheim. Ich weiß nicht, wie sie das macht. Man weiß nur, dass sie anscheinend aus Köln stammt und in ärmlichen Verhältnissen aufgewachsen ist. So, wie sie es gerade eben gesagt hat.«

»Und wenn sie noch so toll ist, aber aus Köln ist die nie und nimmer, Daniela. Da kannst einen drauf lassen«, hat der Sanktus eingeworfen und sich gleich für seine Ausdrucksweise geschämt.

Die drei Damen haben ihm durch ihre Blicke auch unmissverständlich zu verstehen gegeben, dass er jetzt zu weit gegangen war. Jedoch nicht wegen dem »einen drauf lassen«, sondern aus dem einfachen Grund, dass er die Aussage der Koslowski infrage gestellt hatte.

»Warum zweifelst du das an?«, hat die Martina gefragt.

»Sie schaut eher südländisch aus. Und ihr rollendes R ...? Ich weiß nicht. Ich tippe auf Bulgarien oder Albanien, Montenegro, so was«, hat der Sanktus gerätselt.

»Ich denke, wir sollten ihr glauben, dass sie aus Köln ist«, hat die Daniela finalisiert. »So. Und jetzt muss ich in die Redaktion, weil ich weiterarbeiten muss. Schön, dass ihr da wart. Wir telefonieren, oder?

Jetzt hat sie dem Sanktus zwei so Backenvorbeischmatzer gegeben und die drei hinauskomplimentiert.

Hätte jetzt eine Reporterin bezüglich der umstrittenen Herkunft nicht gleich Lunte riechen und die Spur aufnehmen müssen? Storymäßig. Gedanke vom Sanktus.

Aber versteh einer die Weiber.

MITTWOCH – JEMAND AUS DER HEIMAT

Jetzt wenn du sagst, das ist doch alles an den Haaren herbeigezogen und kann doch gar ned sein, hast du recht, weil, die Wahrscheinlichkeit, dass gleich wieder etwas passiert, ist äußerst gering. Aber manchmal gibt es halt solche Zufälle, und das war gerade der Fall, als der Sanktus die Schranner Bine in der Hansastraße, also Mordkommission, angerufen hat, um zu erfahren, ob sie unter Umständen weiß, ob es dem Bichlmaier schon besser ginge. Der Sanktus hat eigentlich nicht viel Zeit gehabt, weil sich am Abend eine außerplanmäßige Gesellschaft in der Bierwerkel angekündigt hatte und er gerade bei der 68-Grad-Rast im Maischbottich war, aber was willst du machen, wenn die Bine sagt: »Herrschaftszeiten, jetzt kann ich grad ned reden, ich muss weg, weil, wir haben einen toten Pfarrer in der roten Backsteinkirche in Steinhausen.«

Den Sanktus hat der Blitz getroffen, weil gleich den Josephus vor den Augen, und weil ja die Daniela eigentlich schon lange einen Termin mit genau diesem Geistlichen hat ausmachen wollen. Das hatte nie geklappt, und bei der Aufklärung des Haslinger-Mordes hatte sich eben dieser Geistliche ja auch wunderbar gedrückt.

»Wie heißt denn der Pfarrer?«, hat er wissen wollen.

»Keine Ahnung! Warum? Aber weißt was? Komm einfach schnell mit. Der Wildmoser Werner und der Heckmaier Franz haben Dienst. Da ist's kein Problem, wennst mitkommst. Wir holen dich ab. Na können wir im Auto weiterreden«, hat die Bine gemeint.

»Treff'ma uns direkt dort? Ich bin zu Fuß schneller da als ihr mit Blaulicht. Wett'ma?«

Der Sanktus hat noch kurz sein Smartphone gezückt, seinen Vater gebeten, den Sud fertigzumachen und dann dem Graffiti Bescheid gegeben, dass er sofort zur Backsteinkirche hat kommen müssen.

Auf dem großen gepflasterten Vorplatz der mächtigen katholischen Kirche hat der Sanktus der Polizei seine Vermutung kundgetan, dass es sich bei dem Toten durchaus um den Pater Josephus alias Josip hat handeln können. Er hat dem Wildmoser und dem Heckmaier eine kurze Abhandlung über die bisherigen Geschehnisse und Ermittlungen gegeben. Das war er ihnen schuldig, um sie nicht blöd dastehen zu lassen. Sie hatten ihm 2016 geholfen zu entkommen, als ihn der Krimanalassistent Demuth daheim hatte verhaften wollen. »Und jetzt moanst na, des is dene eahna Pfaff, oiso der von de Haslingers, der da drin in der Kirch' umbracht worn is?«, hat der Wildmoser gefragt.

»Wäre naheliegend«, hat der Sanktus geantwortet. »Aber die werden ned nur einen Pfarrer in der Pfarrei haben. Oder?«

»I glaub, des san kroatische Franziskaner«, hat der Heckmaier Franz in den Raum geworfen. »Da war i erst auf a Kommunion vom Mädl von am Spezl.«

Der Sanktus hat zum hohen Kirchturm mit goldener Uhr und einem Engel mit einer Trompete oder etwas Ähnlichem emporgeblickt. Vom Metzger auf der Prinzregentenstraße gegenüber haben Passanten zum Einsatzfahrzeug herübergeschaut. Genauso von einem kleinen Lokal her vis-à-vis der Kirche. Einer davon war der Graffiti, mit einem Pils in der einen, die Daniela in der anderen Hand.

Nun ist die Ermittlergruppe samt Graffiti, der sein Bier schnell leergetrunken hatte, und Daniela die Steinstufen zum Kirchenportal hinaufgestapft und durch die wuchtigen eisernen Türen in einen kühlen Vorraum hinein. Sofort hat der Sanktus Weihrauch in der Nase gehabt und sich an die Kirchengänge mit seiner Oma erinnert. Er und die Anna haben immer lachen müssen und die Oma hatte sie dann geschimpft, weil sie so albern waren. Doch auch das beste Zusammenreißen hatte nichts geholfen, weil, sobald er einen Blick auf die Anna geworfen hatte, hatten die beiden wieder zu kichern angefangen. Die Oma dann ratlos. Ab und zu waren sie auch hier in dieser Backsteinkirche gewesen. Bei diesen Messen war es besonders langweilig, hat sich der Sanktus noch entsinnen können.

Der Wildmoser und der Heckmaier haben die großen Holztüren, die in den Kirchenraum geführt haben, geöffnet, und vor ihnen hat sich eine mächtige Halle, gefüllt mit Holzbänken, aufgetan. Rechts und links vom Mittelschiff, in dem die Bänke standen, haben sich Seitenschiffe befunden, in denen mehrere Statuen, Kerzenständer und auch die Beichtstühle platziert waren. Oberhalb des Mittelschiffs hat der Sanktus die Stationen des Kreuzwegs, die an die Kirchenwände gemalt waren, ausmachen können. Ganz vorne hat sich ein voluminöser steinerner, moderner Altar und ganz am Ende unter der Kuppel der ursprüngliche, in rotem Marmor gehaltene angesiedelt.

Ein leiser Pfiff, also eher ein »Sssst!« hat den Sanktus und die Bine auffahren lassen, und sie haben im rechten Gang bei einem hölzernen Beichtstuhl zwei weiße Männchen von der Spurensicherung entdeckt, die sie zu sich herübergewinkt haben. Die beiden also sofort in diese Richtung, sprich Direttissima durch eine Kirchenbank, weil sie bereits in der Mitte des Kirchenschiffs angekommen waren, zum Beichtstuhl. Der Graffiti mit der Daniela in dezentem Abstand hinterher.

»Leiche männlich, circa 65 Jahre. Tatort und Fundort sind identisch«, hat der Rechtsmediziner wie im »Tatort« verkündet.

»Todeszeitpunkt?«, hat sich der Sanktus nicht verkneifen können.

»Wer ist denn dieser Kasper?«, hat der Gerichtsmediziner, anscheinend ein Preuße, die Schranner Bine gefragt.

»Der? Kopfeck, Manfred, Kollege, Kripo Erding. Ähnliche Morde«, hat die Bine geflunkert, und der Sanktus hat sich fast vor Lachen in die Hose gemacht. Gott sei Dank hat das Nordlicht den Kopfeck vom Monaco Franze nicht gekannt und hat bereitwillig Auskunft gegeben.

»Heute Morgen zwischen acht und zehn Uhr. Genaueres kann ich noch nicht sagen«, Preußen-Mediziner-Antwort.

»Na mach ma hoid amoi de Tür ganz auf, ned wahr«, hat der Sanktus versucht, mit möglichst ländlichem Dialekt, an den Beichtstuhl heranzukommen.

Der Mediziner, völlig verwirrt, ist einige Schritte gewichen. Der Sanktus hat die Tür ganz geöffnet, und gleich drauf haben ihn die leeren Augen von Pater Josephus angestarrt. Sein Mund war weit, wie zu einem Hilfeschrei geformt, geöffnet, in seiner Brust hat ein langes Messer gesteckt. Zwei weitere Einstiche hat der Sanktus in der Kutte des Pfarrers ausmachen können. Aller guten Dinge sind drei, hat sich der Sanktus gedacht. Drei Einstiche, drei Leichen. So setzt sich das zusammen.

Gleich ist er wieder aus seiner Trance geweckt worden, nämlich durch einige helle Blitzlichter, die vom Fotoapparat der Daniela gestammt haben. Ein Beamter wollte sich ihr gleich in den Weg stellen, aber die Bine hat ihn mit einem »Passt scho« zurückgehalten.

»Die Fotos geb aber ich frei«, hat sie die Daniela ermahnt und gleich Zustimmung erhalten, weil, mit der Bine wollte es sich die Journalistin anscheinend nicht versauen.

»Schon komisch«, hat der Graffiti resümiert. »Jetzt haben wir den Sipp als Leiche eigentlich fix, zuvor killen sie seine Tochter und zünden sie an, letzten Freitag werden die Altenbergers verdroschen und heute ist der Pater Josephus dran. Schon eigenartig.«

»Josip Vukovic«, hat die Bine gemurmelt und den Ausweis des Pfarrers, der sich in seiner Geldbörse befunden hat, hochgezeigt.

»Josip, Josephus«, hat die Daniela gehaucht.

»Was?«, der Graffiti.

»Josip, Josephus, derselbe Mann«, hat sie gemurmelt.

Plötzlich waren Schritte vom Altar her zu hören und eine laute Stimme war zu vernehmen.

»Hallo! Hallo? Wer ist hier bitte der ermittelnde Beamte?«

Ein Pfarrer in Kutte und mit Hakennase ist auf die Gruppe vor dem Beichtstuhl zugekommen.

»Wer ist hier zuständig?«, hat der Pfarrer laut hallend durch die Kirche gerufen.

»Ich!«, hat die Schranner Bine geantwortet. »Sabine Schranner. Grüß Gott. Und Sie sind?«

»Pater Božidar.«

»Boži? Bist des du?«, hat der Sanktus ausgerufen.

»Sanktus?«, der Pfarrer.

»Der Horvat Boži. Ja, ich verreck. Ich hab mir denkt, du wolltst Jurist werden.«

»Ja, scho, Sanktus. Aber ich bin ein Spätberufener, wie man so schön sagt. Und jetzt bin ich der Kaplan hier. Ist doch super. Von Haidhausen nach Steinhausen. Meinem Gäu bin ich treu.«

»Der Boži und ich waren nämlich miteinander in der Grundschule«, hat der Sanktus angefangen, aber die Schranner Bine hat ihn abrupt gestoppt.

»Wunderbar, aber wir haben eine Leiche«, hat sie mit drohendem Unterton gesagt.

»Genau deswegen bin ich da. Mir ist soeben von Pater Petar das Ereignis gemeldet werden. Da ich in dieser Pfarrei sozusagen der Advocatus bin, bitte ich Sie, sämtliche Kommunikation über mich laufen zu lassen.«

»Wie gut kannten Sie Pater Josip?«, hat die Bine den Kaplan gefragt.

»Sehr gut. Er war mein Mentor«, hat der Boži betroffen geflüstert.

»Wann haben Sie zuletzt mit ihm gesprochen?«

»Gestern Abend nach der Andacht. Wir haben zusammen ein einfaches Mahl eingenommen.«

Der Pfarrer hat mit den Tränen kämpfen müssen, und der Sanktus hat gesehen, dass er unter seiner Kutte gezittert hat.

»Hat er irgendetwas über den heutigen Tag gesprochen?«

»Eine schwere Beichte habe er heute Morgen. Eine langwierige Sache. Jemand aus der Heimat.«

»Jemand aus der Heimat?«, hat der Sanktus nachgefragt und sich zur Daniela umgedreht.

Die hat starr auf ihren Notizblock geschaut und notiert.

»Ja. Irgendetwas von früher, hat er gemeint, wollte aber nichts Genaueres mitteilen.«

»Sonst?«, Frage von der Bine.

»Er wollte vor der Beichte noch in die Gruft, um komischerweise zu Maria zu beten …«

»Öha«, hat der Sanktus den Graffiti und ein Rascheln und Rumpeln gehört.

Die Daniela ist kraftlos in Graffitis Armen gelegen.

»Komisch ist das schon«, hat der Sanktus, als sie alle samt Daniela wieder draußen vor der Kirche gestanden sind, gemeint. »Jetzt haben wir vier Mörder für den Haslinger, und der Josip ist mit drei Stichen ermordet worden. Das erinnert mich alles wieder an den Mord im Orient-Express. Da stechen sie auch alle miteinander auf den Delinquenten ein. Der hat irgendeine Tochter aus einer Familie ermordet. Die Eltern begehen Suizid, und im Zug waren alle Bediensteten der Familie, die die Rache vollzogen haben.«

»Vollzogen haben. Aha. Ja, scho«, hat der Graffiti hinzugefügt, »aber wer wären dann die drei Stecher?«

Dabei hat er gegrinst, vor lauter Freude ob seines Wortspiels.

»Marija, Anela und Ivana Babic?«, hat die Bine mit ungläubigem Unterton gemeint. »Die rächen sich nach mehr als zwanzig Jahren, weil sie in den Neunzigern aus Bosnien von Josip zum Haslinger verschleppt worden sind?«

»Geht ja ned«, der Sanktus. »Marija ist tot und die Ivana wird ja hoffentlich von euch observiert, oder?«

»Stimmt. Kann ned sein.«

Die Bine hat jetzt ihr Handy gezückt und im Amt angerufen. Sie hat gemurmelt, den Kopf geschüttelt und genickt.

»Ivana hat ihr Hotel seit gestern nicht verlassen«, hat sie bekräftigt. »Die Beamten schauen vorsichtshalber gleich zu ihr.«

Kurz darauf hat ihr Handy geklingelt.

»Was?«, hat die Bine geschrien. »Sie ist *was*?«

Jetzt schreit sie gleich »Weg?«, hat sich der Sanktus gedacht und der Graffiti anscheinend auch.

»Weg?«, hat die Bine tatsächlich geplärrt. »Für was stell ich euch Hanswursten eigentlich dort ab? Zum Ausschlafen im Auto, oder was?«

Der Sanktus und der Graffiti haben grinsen müssen.

»Die Ivana ist ausgebüxt. Und von ihrem Mann haben wir auch keine Spur. Es ist zum Aus-der-Haut-Fahren. Wirklich. Diese Volldeppen. Wahnsinn. Da magst doch nicht mehr, oder? Da vergeht's dir doch. Shit, Fuck, Scheiße, Zefix und Leck mich doch am Arsch!«, hat die Bine geschimpft und in den Boden gestampft. »Also könnten es die Ivana und die Anela, falls es sie überhaupt noch irgendwo gibt und sich die Mädels irgendwie gefunden hätten, gewesen sein. Aber wer wär denn dann die dritte?«, hat die Bine in die Runde gefragt.

»Ruza Kovac«, haben der Sanktus und der Graffiti unisono geantwortet.

»Und wer ist die Anela?«, zweite Frage.

»Wiss'ma no ned«, Antwort der beiden Herren.

Und wie die Bine noch wie ein Puma in seinem Käfig auf dem Platz vor der Kirche auf und ab geschlichen ist, hat ihr Telefon erneut geklingelt.

»Was? Zefix!«, haben die beiden die Bine plärren gehört.

Die Bine hat die Arme in die Seiten gestemmt und zum Himmel emporgeschaut.

»Halts euch fest«, hat die gestottert. »Die Haslinger Annette ist auch verschwunden. Ihr Sohn hat sie gerade als vermisst gemeldet. Sie wollte sich heute Vormittag mit ihm zu einer wichtigen Sitzung mit den Kunden in München treffen, ist aber nicht erschienen. Im Bier-Hotel ist sie auch nicht. Das ist doch zum Mäusemelken.«

»Wir müssen das Lokal in München und das Hotel durchsuchen. Vielleicht finden wir was«, hat der Graffiti gesagt.

»Habts recht. Ich ruf den Staatsanwalt an«, hat die Bine tief schnaufend geendet.

»Äh, Bine?«, hat der Graffiti die junge Polizistin aufgehalten.

»Graffiti? Ja?«

»Gibt's schon irgendwas Neues vom Mord an der Jessica?«

»Leck mich doch am Arsch!«, war alles, was die Bine ihm an den Kopf geworfen hat, und ist mit den beiden Polizisten ins Auto verschwunden.

»Schlecht drauf, ha?«, hat der Graffiti den Sanktus gefragt.

»Wahrscheinlich hat's ihre Tage«, knappe Antwort vom Sanktus.

Die Daniela hat den Kopf geschüttelt. Sie war immer noch etwas blass ums Näschen.

DONNERSTAG – AUS WAS FÜR EINER FAMILIE STAMM ICH ÜBERHAUPT?

Am nächsten Morgen ist der Sanktus mit schwerem Schädel aufgestanden, da die außerordentliche Gesellschaft in der Bierwerkel etwas länger als gedacht getagt hatte. Da er ja wie immer sehr schwer zu überreden war, ein Glaserl mitzutrinken, waren Gäste und Wirt sehr bald beisammengesessen und hatten den einen oder anderen Liter vernichtet. Natürlich war der Hanspeter auch mit von der Partie, da es sich um einen schwäbischen Gesangsverein gehandelt hatte. Der Schwabe hatte sämtliche Musikstücke seiner Heimat mitgeplärrt, und der Sanktus hatte sich von Halbe zu Halbe immer schwerer getan, den baden-württembergischen Dialekt zu verstehen. Gegen Ende zu hatte er sich gar nicht mehr darum bemüht und nur noch in seinen Bierkrug gestarrt. Abdriften Scheißdreck dagegen. Kennst du, oder? Wenn die Worte undeutlich werden, das Bild gegenüber verwischt und du wie durch Gelee schaust und hörst, dann ist's so weit. Der Kopf wird schwer und du hast einen Geschmack im Maul, zum Davonlaufen. Das war dann der Zeitpunkt für ihn gewesen, sich französisch zu empfehlen, sprich abhauen ohne Pfiat-di-Sagen, also einfach verdrücken. Logisch, weil, sonst drohende weitere Halbe, die der Sanktus zu dieser vorgerückten Stunde beim besten Willen nicht mehr vertragen hätte.

Und daheim stell dir jetzt die Kathi vor, wie sie ihren Ehegatten gelobt hatte. Wie man sich in der Arbeit nur so hat zurichten können? Da sei der Wirt ja sein bester Gast. Und die Leberwerte und so weiter und so weiter.

Der Sanktus war ohne Zähneputzen ins Bett, sein Gewand hatte er im Schlafzimmer verstreut, und er hatte alle Lichter brennen lassen. Hat sie doch die Kathi ausmachen sollen, wenn sie so nüchtern und so gescheit war. Echt, oder?

Das alles hat sich natürlich am nächsten Tag gerächt, trotz zwei Kopfwehtabletten um vier in der Früh sowie mehreren Löffeln Natronpulver, weil ein Sodbrennen, da sagst du Sie!

Er ist beim Graffiti im Auto gesessen und hat wie im Delirium aus dem Frontfenster geschaut. Der Graffiti hat geredet, aber dem Sanktus war das wurscht. Er hat einfach nicht zuhören können. Kurz hat er seine Schlafstunden überrissen. Mehr als fünf waren es nicht, sprich, Alkohol noch voll da, also Rausch noch perfekt. Der Graffiti hat irgendetwas erzählt, aber das Gehörte war so weit weg und vor allem so unverständlich.

»Du stinkst ja wia a Schnapsbrennerei«, hat der Graffiti kritisiert. »Da werd ja i no bsoffen. Was hast denn gestern gmacht, Zefix no amoi? Wost doch weißt, dass wir heut a Razzia ham.«

»Bier«, einzige Sanktusantwort.

»Ja, mia!«

»Bier!«, der Sanktus jetzt lauter. »Koan Schnaps.«

»Du hast dir diesen Gewaltsrausch mit Bier angsoffen? Respekt! Mein lieber Herr Gesangsverein.«

»My dear Mister singing club«, hat der Sanktus gelallt und in sich hineingelacht.

»Hä?«, Graffiti.

»Mein lieber Herr Gesangsverein! Auf Englisch, my dear Mister singing club!«

Der Graffiti hat nur noch die Augen verdreht, und der Sanktus wäre gern noch ein bisserl eingenickt, hat aber Angst gehabt, dass er dann dem Graffiti den ganzen Mustang vollspeibt, also wachbleiben, weil, keine Blöße geben.

Die Fahrt ist zuerst in die Holledau ins Bier- und Wellnesshotel gegangen, da der Haslinger Tom, der Sohn, dort war. Er hat sich, jetzt, wo seine Mutter unauffindbar war, um den Betrieb kümmern müssen. Den Restaurantbetrieb in München hatte der Geschäftsführer anscheinend unter

Kontrolle. Dorthin würden sie später noch fahren. Und, Obacht, es sei ein Ossi, also Ostdeutscher, hat der Graffiti den Sanktus vorgewarnt.

Es ist jetzt nicht so, dass du meinst, der Sanktus hätte keine Ossis mögen, ganz im Gegenteil, der Sanktus war ein Freund von jedem Dialekt, aber beim Sächsischen hat er immer mitmachen müssen, was dann natürlich komische Blicke nach sich gezogen hat.

Dem Sanktus war das aber heute in seinem Zustand ziemlich egal. Hauptsache, das Hotel würde bald daherkommen und er kann aus dieser orangen Schüssel raus. Durch die sportliche Federung des Mustangs hat er nämlich jeden Hügel gespürt, und das war das Allerletzte, was sein nervöser Magen gerade gebraucht hat. Mageninhalt sozusagen auf Anschlag. Gott sei Dank war dann bald die Einfahrt durch die Hopfengärten in Sicht und die Auffahrt des Hotels da.

Der Sanktus hat sich aus dem Auto herausgewunden und erst einmal gestreckt und tief Luft geholt. Sofort hat sich alles um ihn zum drehen angefangen, und er hat sich kurzerhand am Auto festhalten müssen. Der Graffiti, der sein Taumeln gesehen hatte, hat gegrinst.

»Wennst speibn muasst, würd ich noch da heraußen gehen«, hat er lauthals über das Autodach hinweggeplärrt, so dass es auch alle, die gerade im Hotel ein und aus gegangen sind, hören haben können. Dem Sanktus war jedoch zu schlecht, um sich zu schämen, hat sich umgedreht, ist losgestartet und hat in einen Busch hinter der Auffahrt gekotzt.

»Des san die Leichen. Die schlagen mir auf den Magen«, hat er anschließend dem Graffiti versichert. »Wird Zeit, dass a End hergeht.«

»Ja, genau. So wird's sein«, hat der Graffiti bestätigt und gelacht. »Aber gar werden muss es jetzt wirklich einmal. Die Daniela ist auch schon ganz malad beinand.«

»Wo ist die denn heute?«, hat der Sanktus gefragt.

»Hat irgendwas von der Zeitung. Keine Ahnung.«

»Komisch, dass sie sich so was entgehen lässt.«

»Bin ja ich da, hat sie gesagt«, hat der Graffiti konstatiert. »Ich berichte, sie schreibt!«

Der Haslinger Tom war ein Häufchen Elend, so wie er im Sessel des Büros gesessen ist, das der Graffiti vor ein paar Tagen inspiziert hatte. Die Schranner Bine nebst den beiden Polizisten vom Vortag war auch anwesend. Der Tom hatte sein Gesicht in den Händen vergraben und es hat ausgesehen, als ob er weinen würde.

»Erst die Jessi. Dann der Papa, und jetzt ist die Mama auch noch weg. Was soll denn das? Was wollen die denn von uns?«, hat er geflüstert und dann mit rotunterlaufenen Augen zu den Ermittlern aufgeschaut.

»So«, hat die Bine gemeint, »Sie glauben jetzt also auch, dass Ihr Vater ermordet wurde.«

»Ja, hat doch der Gscheitl da bewiesen«, hat der Tom fast etwas zu laut ausgerufen und auf den Sanktus gezeigt.

Der Sanktus hat grinsen müssen. Ist runtergelaufen wie Öl.

»Glauben Sie, dass Ihre Mutter auch Opfer eines Gewaltverbrechens geworden ist?«, hat der Graffiti neunmalklug gefragt.

Opfer eines Gewaltverbrechens? Der Sanktus hat lachen müssen und mit einem Öffnen und Schließen seiner Hand dem Graffiti ein »Blablabla« angedeutet. Der Tom hat sein Gesicht wieder vergraben.

»Weiß ich ned, Zefix! Auf jeden Fall erwisch ich sie seit

gestern nirgends, und das ist ned normal. Sie wollte mit mir zu einem wichtigen Meeting mit einem Großkunden gehen. Sie ist nicht aufgetaucht. Das würde sie normal nie machen. Sie ist ein Kontrolletti, also ein Kontroll-Freak. Sie hat mich voll in die beiden Betriebe eingespannt. Vorher hat die Jessi das alles mit dem Papa geleitet. Die Mama hat aber immer aus dem Hintergrund angeschafft. Ich war lieber unterwegs. Kite-Surfen. Kenn S' des?«

»Das ist das mit dem Lenkdrachen, oder?«, hat die Bine gefragt.

»Genau. Das mit den Betrieben war ned so meines. Und jetzt hab ich beide am Hals, und ich kann ned amal Buchführung«, hat der Tom gewinselt und sich geschnäuzt.

Kurz bevor der Tom das Taschentuch an die Nase geführt hat, war dem Sanktus, als hätte er kleine weiße Krümel am Haslingerschen Riechzinken erkennen können. Aha, Gedanke beim Sanktus. Der Bub kokst! Sehr brav!

»Herr Haslinger«, unsere Kollegen werden Ihr Haus unter die Lupe nehmen und einige Dokumente beschlagnahmen«, hat die Bine gesagt. »Hier ist der Durchsuchungsbeschluss. Könnten Sie uns bitte einstweilen einige Fragen beantworten.«

Der Tom hat genickt.

»Kennen Sie Ivana Babic?«

Der Tom hat geschaut, als würde er den Rädern in seinem Hirn lauschen. Dabei hat er nervös mit einem Kugelschreiber auf seine Handfläche getrommelt.

»Es waren drei!«

»Wie?«, ist's vom Graffiti gekommen.

»Babics! Drei! Ivana, Marija und Anela. Die haben in München bei meinen Eltern gearbeitet. Ich war da noch ein kleiner Bub.«

»Was wissen Sie über diese drei Frauen?«, hat die Bine gefragt.

»Nix. Gar nix. Ich kann mich nur erinnern, dass mich die Marija immer getröstet hat, wenn irgendwas war und die Mama wieder einmal keine Zeit gehabt hat.«

»War die immer sehr beschäftigt, die Mama?«, hat die Bine nachgehakt.

»Klar. Mit der Jessi. War ja ihr Liebling. Brave Jessi, gute Jessi, süße Jessi, gescheite Jessi, Jessi, Jessi, Jessi. Ich könnt kotzen!«

Aha, Motiv, jetzt Gedanke beim Sanktus.

»Die Marija war so lieb. Sie war meine große Freundin. Auf einmal war sie dann weg.«

»Klar. Umgebracht und dann aus dem Weg geschafft!«, hat der Sanktus eingeworfen.

Den Tom hat's jetzt gerissen.

»Das hab ich ned gewusst. Wer hat sie denn ermordet?«, hat er gestottert. »Meine Marija.«

Jetzt hat er wirklich geweint.

»Ein Gast im Lokal Ihres Vaters hat sie erdrosselt, und Ihr Vater hat sie weggebracht!«, hat der Graffiti fast geschrien.

Der Tom ist jetzt aufgesprungen und hat mit einem »Klo« den Raum verlassen, so schnell haben sie ihn gar nicht aufhalten können.

Kurz darauf ist er sichtlich entspannter zurückgekommen. Koks nachgefüllt, hat sich der Sanktus gedacht.

»Erdrosselt. Das ist ja furchtbar«, hat der Tom geflüstert, als er sich vom Klo wieder im Büro eingefunden hatte. »Meine Marija. Aber warum sollte sie mein Vater weggebracht haben?«

»Weil tote Nutten schlecht fürs Geschäft sind«, hat der Graffiti herausgerufen. »So schaut's aus!«

»Ja. Das Serail, gell?«, hat der Tom gefragt.

»Genau«, der Sanktus.

»Das könnt ihr mir jetzt glauben oder nicht«, hat der Tom gemeint, »aber ich hab davon bisher nur gehört. Ich war einfach zu klein. Ich hab da nie hingedurft. Ich weiß, dass so eine Art Edelpuff beziehungsweise Puff light dort existiert hat. Aber bevor ich im richtigen Alter gewesen wäre, wo es mir mein Vater gezeigt hätte, war das Ding schon zu. Das muss kurz nachdem Marija verschwunden war, gewesen sein. Jetzt ist's mir auch klar, warum.«

Nun hat er die Polizisten und die beiden Hobbyermittler mit treuem Blick angesehen.

»Hat's so etwas auch hier gegeben?«, hat die Bine auf einmal gefragt.

»Nein. Gewiss nicht. Hier ist alles wirklich seriös. Ich hoffe, das werden die Daten, die Sie mitnehmen, zeigen.«

»Wir lassen die KTU nun noch am Pool und in der Garage, wo die Herren Spuren Ihres Vaters gefunden haben, ihre Arbeit machen. Würden Sie uns einstweilen in das Restaurant nach München begleiten, Herr Haslinger?«, hat die Bine gefragt.

»Und w… was machen Sie, um m… meine Mutter zu finden?«, hat der Tom gestottert.

»Wir versuchen Anhaltspunkte zu erlangen, wo wir suchen müssen. Bis jetzt tappen wir leider im Dunkeln«, hat die Bine erwidert.

»Fragen Sie Pater Josephus. Vielleicht weiß der etwas?«

»Leider nicht möglich. Der ist gestern blöderweise ermordet worden«, ist der Sanktus rausgeplatzt.

Jetzt hat der Tom einen Schrei herausgelassen, in dem

der Sanktus alles Leid der Welt vermutet hätte, so klagend war er. Toms Gesicht war aschfahl, und der Sanktus hat Angst gehabt, dass der Haslinger-Sohn gleich aus den Latschen kippt.

»Jetzt bin ich ganz allein, ganz allein«, hat der Tom gemurmelt, und der Sanktus hat sich gefragt, wie der Haslinger draufgekommen ist, dass seine Mutter bereits nicht mehr unter ihnen weilen würde.

Und jetzt hat er alles auf eine Karte gesetzt.

»Wissen Sie, wo sich Anela Babic aufhält?«

»Anela? Nein«, hat der Tom gewimmert, und der Sanktus war sich sicher, dass die Antwort nicht gespielt war. »Die war damals nur knapp älter als ich und so schnell weg, so schnell hab ich gar ned schauen können. Ich war da fünf, glaub ich. Wenn ich das alles gerade so überreiß, könnt ich kotzen. Aus was für einer Familie stamm ich überhaupt?«

»Wer hat bei euch wirklich angschafft?«, hat der Graffiti gefragt.

»Wie?«

»Na, wer hat an Hut aufghabt? Er oder sie?«, hat der Graffiti geschossen.

»Sie. Also meine Mama. Sie war der heimliche Chef. Nach außen hat alles mein Vater geregelt. Bierzelt, Restaurant, alles. Aber der wahre Chef war sie. Sie und die Jessica. Sie war die direkte Kopie meiner Mutter. Genauso durchtrieben, genauso fies. Ich war der Schwächling der Familie. Mir hat niemand was gesagt. Mich hat nie jemand eingeweiht.«

»War ja na gar ned so schlecht, oder?«, hat der Sanktus gefrotzelt.

»Irgendwie ned«, hat der Tom zugegeben.

»Letzte Frage, Tom«, hat der Graffiti hervorgebracht

und mit dem rechten Zeigefinger auf den jungen Haslinger gezeigt. »Wer und wo ist Ruza Kovac?«

Jetzt hast du einen Blitz durch den Tom fahren sehen können. Wechsel von fast wieder rosig zurück auf aschfahl bis grau.

»R… Ruza?«, hat er gestottert. »Ich k… kann mich nicht mehr so ganz an sie erinnern, aber ich weiß noch genau, wie alle immer gesagt haben, ich soll mich von Ruza fernhalten. Sie sei gefährlich. Ruza sei der personifizierte Teufel. Jessi hatte damals einen Wellensittich. Den Hansi. Der Vogel war ihr ganzer Stolz. Sie hat Ruza einmal einen schlimmen Streich gespielt. Ich kann mich nicht einmal mehr erinnern, um was es genau ging. Am nächsten Tag hat Ruza dem Hansi den Kragen umgedreht und ihn mit einem Stichel an das Dach von Jessis Puppenhaus genagelt. Ruza war skrupellos und durch und durch böse. Hüte dich vor den Gezeichneten, hat meine Oma immer gesagt.«

»Wieso gezeichnet?«, hat die Bine herausgeschossen.

»Sie hat rechts ein weißes Auge, auf dem sie blind ist. Meine Mutter hat ihr Reinigungsmittel ins Gesicht geschüttet.«

»Lauge, Zefix!«, hat der Sanktus ausgerufen. »Lauge, ned Lage. Das war's, was uns die Dudek sagen wollte. Herrschaftszeiten!«

So schnell hast du gar nicht schauen können, war die Fahndung nach Rita Koslowski in die Wege geleitet. Rita ist Ruza, ist es dem Sanktus immer wieder durch den Kopf gegangen. Ja Zefix, Zefix und noch einmal Zefix. Jetzt war ihm auch klar, warum der Medienstar nach München gekommen war. Die drei Bosnierinnen wollten sich gemeinsam an der Familie Haslinger rächen. Warum nach all den Jahren, war dem Sanktus noch nicht klar, aber es wird wohl einen Grund gegeben haben.

Die Frage, die ihn jetzt gequält hat, war, wer war Anela Babic? Und wo hat sie sich gerade aufgehalten? Tipp vom Sanktus, in München und wahrscheinlich ganz in der Nähe von der Annette Haslinger. Und der Sanktus hat auch schon einen Verdacht gehabt, wer Anela war.

ES LEBE HOCH DER ISARPREISS!

Die Fahrt nach München war kurzweilig und schnell, sprich, knapp eine Dreiviertelstunde später haben zwei Polizeiwagen mit dem Tom, dem Sanktus und dem Graffiti vor dem Haslingerschen Bierlokal, das an ein Bräustüberl erinnert hat, angehalten. Das Etablissement hat schon von Polizisten gewimmelt, als sie alle eingetreten sind.

Drinnen im Gastraum Turbulenzen, da ein großer, glatzköpfiger Herr in leichtem Trachtengewand den Polizisten nachgerannt ist und anscheinend sämtliche Beweisaufnahme beziehungsweise Beweismitnahme unterbinden hat wollen.

»Gännse fleisch mal langsam machen hior?«, hat er gerufen und einen Beamten am Uniformärmel zupfend aufhalten wollen.

Da war er, der Ossi, vor dem der Sanktus gewarnt worden war.

»Das sind ja Stasi-Methöden. Ist man denn hior als deutscher Bürschor vor nüscht mehr sischor? So geht das doch ne!«

Dem Sanktus hat der Mann fast leidgetan. Es hat so ausgesehen, als hätte ihm wohl noch keiner den Durchsuchungsbeschluss gezeigt, so hat er rotiert.

»Herr Marotzke!«, hat der Tom gerufen, aber der Geschäftsführer hat ihn nicht gehört.

»Genosse Marotzke!«, hat der Sanktus gebrüllt, und der Angestellte hat innegehalten und sich umgedreht.

Gleich ist der Geschäftsführer zum Haslinger gelaufen, aber der hat ihm bedeutet, die Beamten ihre Arbeit machen zu lassen.

»Bleiben S' ruhig, Herr Marotzke. Alles ist gut. Wir haben uns nichts vorzuwerfen. Was auch immer rauskommt bei der Aktion, wir werden's sehen.«

»Abor, isch kann die doch ne so einfach. Was socht denn do die Anedde?«

»Gar nix, weil, die find ma ned«, hat der Graffiti gemurmelt.

»Wer ist denn deor?«, Frage vom Geschäftsführer.

»Ein Bekannter. Passt schon«, der Tom.

Plötzlich ist die Bine mitten aus dem Tumult auf den Sanktus zugekommen.

»Der Nachfolger vom Bichä hat sich angekündigt. Hab gerade einen Anruf gekriegt. Er kommt gleich hier vorbei. Sanktus, Graffiti, was mach'ma?«

»Wir sind Bekannte vom Tom, aus die Maus!«, hat der Graffiti vorgeschlagen.

»Passt!«, hat der Tom bestätigt.

Hinten im Raum haben die Polizisten versucht, eine Tür, die in die Holzvertäfelung eingelassen war, zu öffnen, so dass nun alle Augen auf das Ende des Gastraums gerichtet waren. Der Marotzke ist sofort wieder losgestürmt, praktisch Attacke auf Ordnungshüter. Keiner hat den Mann im Sakko vom Eingang herkommen hören. Auch das dunkle Fahrzeug, das vor einer Minute draußen gehalten hatte, hatte keiner bemerkt.

»Aha, der Herr Sanktjohanser is auch immer noch mit von der Bartie«, hat die Stimme mit fränkischem Akzent gesagt. »Das möch'ma bsonders gern. Kann die Münchner Bolizei immer noch kaan Fall alaa lösen?«

Der Sanktus hätte sich jetzt am liebsten umgedreht und dem Demuth eine geschossen – aber es war gar nicht der Demuth. Vor dem Sanktus ist ein etwa 1,90 Meter großer, sympathisch aussehender, athletisch gebauter Mann in seinem Alter gestanden, der ihn angegrinst hat.

»Kennst mich nimmä, oder?«

»Ähh«, verwirrtes Krächzen seitens Sanktus. »Ja, i wird narrisch. Der Bergmann Rudolf. Ja verreck, der Franken-Rudi. Was tust denn du da?«

»Ich bin der Nachfolcher vom Kommissar Bichlmaier. Hat dir das die Frau Schranner ned gsacht?«, hat der Bergmann gefragt.

»Nein. Nur, dass es ein Franke wird, und wir haben schon alle Angst gehabt, dass der Demuth es irgendwie geschafft hat, zurückzukommen. Da bist mir jetzt du schon lieber, muss ich sagen!«

Die Schranner Bine hat jetzt nur verwundert von ihrem neuen Chef zum Sanktus und wieder zurück geschaut.

»Bine, pass auf«, hat der Sanktus jetzt erklärt. »Du weißt doch, dass ich einmal einen Ausflug in das Polizistenleben unternommen hab. Seinerzeit, weißt schon, gell! Da bin ich mit dem Rudi Streife gefahren. Der Rudi und ich haben einmal in einer Nachtschicht einen Notruf erhalten. Ein Mann hatte seine Frau krankenhausreif geprügelt. Als wir angekommen sind, hat der Mann gerade wieder auf seine Frau eingeschlagen, und als wir schlichten wollten, ist ihr kleiner Bub zu ihnen gekommen und hat gesagt: ›Mama, ich kann nicht schlafen!‹ Da hat sich der Vater umgedreht und dem Buben eine Watschn gegeben, dass der reglos im Gras liegen gebelieben ist. Dann hab ich rot gesehen, und der Mann ist einige Wochen im Krankenhaus gelegen. Blöderweise war's ein Politiker. Der Rudi hat mir geholfen, so gut es gegangen ist, aber das war halt dann das Aus bei der Polizei. Ich krieg heut noch an Vogel, wenn ich an den Kerl denk.«

»Der Dyp hat sich inzwischen umbracht. War in irchendso a Affäre verwickelt. Den hamma ausgsessen, Sanktus. Gfällt ma, dass ma wieder zsamm sind. Es hat sich ja scho bis in unser Frankenland naufgsprochen, dass in München allerweil so a wahnsinnicher Bierbrauer mitermittelt. Und es hat sich aa rumgsprochen, dass des goar ned so schlecht ist. Und bevor mich alle frachen, ich bin der Liebe wegen hergezochen.«

Jetzt hat der Bergmann gegrinst.

»Also ich däd sachen, never change a running system. Also Frau Schranner, Sanktus. Back ma's!«

Der Sanktus hätte vor Freude einen Luftsprung machen können.

»So. Und hier ist das berühmte Serail gewesen. Früher war das der große Saal«, hat der Tom verkündet, als er die Glastüre zum Seminar-Center geöffnet hat. Vor ihnen ist ein heller Raum mit rotem Teppich und moderner Anmeldung gelegen. Vom zentralen Gang sind helle Meeting-Räume mit Milchglaswänden weggegangen. Modern Design zentraler Begriff.

»Aber wer braucht heut noch an Saal? Koaner! Fasching is out, Starkbierfeste geh'ma nimmer, Maibockanstich negativ, im Sommer ist er eh leer und so weiter und so weiter. Es lebe hoch der Isarpreiß!«, hat der Tom gespottet.

»Na bravo!«, war alles, was der Sanktus sagen hat können.

»Heute ist es ein Seminar-und-Business-Center. Sie haben einen Workshop? Sie haben ein Assessment Center? Ein Seminar? Bei Haslingers sind Sie richtig. Alles inklusive Übernachtung, Vollpension mitten im Münchner Flair. Und für die Seele ein Wochenende im Bier-Wellnesshotel genehm? Alles frisch arrangiert und gebucht von Haslinger und Family.«

Der Tom hat abwehrend die Hand nach oben gehalten und wie ein Besoffener in den Boden geschaut.

»Na bravo«, erneut vom Sanktus.

»Und ist der Puff auch noch inbegriffen?«, hat der Graffiti leise gefragt.

»Das hab ich gehört, Meister Graffiti. Und ich muass sagen, i woaß's ned, und mi interessiert's aa ned. Ab heut ist alles anders. Jetzt bin i der Chef«, hat der Tom verkündet.

Der hat doch grad gar keinen Koks genommen, hat sich der Sanktus gedacht.

»Und die Frau Mama?«, hat der Sanktus gefragt.

»Mir wurscht«, hat der Tom gemeint. »Das regeln meine bosnischen Mädels, oder?«

Diesen Satz hat der Tom fast geschrien und jetzt hat er dem Sanktus jovial auf die Schulter geklopft.

»Herr Haslinger«, hat der Bergmann eingeworfen. »Sie machen sich grad a weng verdächdich. Fällt Ihnen des ned auf?«

»Wissen S' was, Sie, das ist mir auch wurscht. Ich hab mich aus den Gschäfterln meiner Sippschaft immer rausgehalten. Des werden S' selber ganz schnell rausfinden. Und jetzt auf Wiederschauen. Ich habe einen Betrieb zu leiten.«

»Eine letzte Frage«, hat der Sanktus den Tom aufgehalten.

»Weng meiner!«

»Wo ist das ganze Zeug vom früheren Serail jetzt?«

Nun hat der Tom erst einmal gar nichts gesagt.

»Gute Frage, Sanktus. Aber leider wieder keine Ahnung. Aber ganz ehrlich, würd mich selber interessieren.«

Dann hat er den Kopf geschüttelt, in den Boden geschaut, sich umgedreht und ist die Treppen runter zurück in den Gastraum.

»Ein komischer Kerl, oder?«, hat die Bine beim Verlassen des Wirtshauses gemeint.

»Ein Kokser vor allem«, hat der Graffiti ergänzt.

»Schon, gell?«, hat der Sanktus gemeint.

»Welche Rolle spielt der bei dem Ganzen?«, hat die Bine gefragt.

»Ich glaub ned, dass er was mit dem Verschwinden seiner Mutter oder den Morden zu tun hat. Hab ich im Bauchgefühl, bevor's mich fragts«, hat der Sanktus bestimmt.

»Ich ruf jetzt amal die Daniela an und frag, ob sie was Neues weiß«, hat der Graffiti gemeint und auf dem Handy gewischt, doch die Daniela ist anscheinend nicht hingegangen.

»Hat wohl grad was Wichtigeres zu tun«, hat der Sanktus gemeint.

»Scheints«, kurzer Kommentar vom Graffiti.

»Habt ihr an Dibb, wo die Frau Haslinger sein könnt?«, hat der Bergmann gefragt.

»An was, Rudi?«, hat der Sanktus gefragt und gegrinst.

»Geht das jetzt wieder los? An Tipp!«, hat der Franke deutlicher ausgesprochen.

»Ah! Hartes D und hartes B«, hat der Sanktus gefrotzelt. »Jetzt ist's klar! Leider nein. Keine Ahnung.«

»Nehmen wir mal an, die Bosnierinnen haben sie wirklich in ihrer Gewalt. Wo würdet ihr an deren Stelle die Haslinger verstecken?«, hat der Bergmann in die Runde gefragt.«

»Irgendwo, wo keiner hinkommt!«, hat die Bine gemurmelt.

»Wenn es Rache ist, würd ich sie an einem gräuslichen Ort verstecken. Oder an so einem Ort, der halt zur Rachegeschichte dazugehört!«, hat der Bergmann philosophiert.

»Vielleicht in der Kirche, in der der Josip ermordet worden ist. Da haben sie sich doch getroffen, oder? Der Pater Božidar hat doch was von wegen einer langwierigen Sache und von jemandem aus der Heimat gemurmelt«, hat der Sanktus gesagt.

»Kannst du den Boži anrufen, er soll mal in jedem unzugänglichen Winkel der Kirche nachschauen. Gruft und so«, hat der Graffiti angeschafft.

»Eh klar! Kann ich sonst noch was für Sie tun, Herr Oberkriminalrat?«, hat der Sanktus gefragt und gegrinst.

»Wenn S' mir eine warme Leberkässemmel bringen könnten, Sanktjohanser. Das wär ganz lieb«, hat der Graffiti gekontert.

»Jetzt reißts euch zsamm, Zefix!«, hat die Bine geschimpft.

»Noch eine Alternative?«, Frage vom Bergmann.

»Serail!«, hat der Graffiti herausgeschrien.

»Aber das gibt's doch nicht mehr«, hat der Bergmann gekontert. »Ist doch jetzt eine Seminar-Oase.«

»Rudi«, hat der Sanktus gesagt. »Ich widersprech dir ja nur sehr ungern.«

»Das wär mir neu«, hat der Bergmann herausgeprustet.

»Aber schau mal da rauf. Da wo das Seminarzentrum ist. Riesige Fenster, lichtdurchflutet. Da rauf bau ich doch keinen Edelpuff. Das war früher der Saal für die Veranstaltungen und sonst nix. Ich glaub dem Tom sogar, dass er das nicht weiß, aber ein Serail war da oben definitiv noch nie.«

»Keller?«, Frage vom Bergmann.

»Genau. Keller!«, Antwort vom Sanktus.

»Herr Haslinger, entschuldichen Sie bidde, dass wir schon wieder da sind, aber wir müssten noch a weng in Ihren Keller schauen«, hat der Bergmann zuckersüß gesäuselt.

»Warum jetzt des na?«, hat der Tom nervös und unentspannt gefragt.

»Weil da oben nie im Leben ein Serail war!«, hat der Sanktus herausgeschossen und einen Tritt von der Bine kassiert.

»Na, mir soll's recht sein«, hat der Tom gemurmelt und das Quartett ins Treppenhaus hinunter in den Keller geführt.

Der Keller ist nur spärlich beleuchtet gewesen. Ausgesehen hat er wie jeder beliebige Keller in einem Münchner Altbau. Weiße Wände, enge Gänge, Abteile mit Holzlatten abgetrennt, hie und da eine Revisionsöffnung für den Kaminkehrer. Hier im Haslingerschen Gourmettempel sind natürlich noch Kühlboxen, die in die alten Abteile eingebaut waren, hinzugekommen.

»Und?«, Frage vom Tom.

»Nix«, Antwort vom Graffiti.

»Kann ned sein!«, Veto vom Sanktus. »Was ist denn da für ein Schrank da hinten am Ende von dem Gang?«

»Schau ihn dir an, wennst willst«, Antwort vom Tom.

Der Sanktus ist losgestartet. Jetzt war sein Jagdinstinkt auf voll ausgeprägt. Er ist zu dem Blechschrank hin, hat ihn wie ein Irrer ausgeräumt, es waren anscheinend nur Tischdecken darin aufbewahrt worden, hat den Schrank zur Seite geschoben, der Graffiti war ihm inzwischen zur Hand gegangen, und dahinter ist eine Tür mit einem Bullauge zum Vorschein gekommen.

Der Sanktus hat sich kurz zum Rest der Gruppe umgeschaut und mit einem gespannten Blick die Tür geöffnet. Jetzt ist er aus dem Staunen nicht mehr herausgekommen.

Der Geschäftsführer war sich der Dringlichkeit seiner Lage bewusst. Seit der alte Haslinger tot war, hat dieser Tag kommen müssen. Dieser Sohn! Ein Muster an Inkompetenz. Doch wenn einmal die Polizei im Haus war, würde es nicht mehr lange dauern und die häufigen Unregelmäßigkeiten während seiner Dienstzeit würden auffliegen. Nicht selten hatte er besoffener Laufkundschaft K.-o.-Tropfen ins Getränk gemischt und sie so um ihre Geldbörsen erleichtert. Auch die Abrechnungen gegenüber der Familie Has-

linger waren nicht stets tadelfrei. Von Lieferanten hatte er
des Öfteren Zuwendungen erhalten, damit ihre Produkte
in die Einkaufslisten aufgenommen wurden. So hatte er
sich im Laufe der Jahre eine beträchtliche Summe zusam-
menergaunert.

Er nahm das komplette Geld aus der Kasse, leerte den
kleinen Tresor in seinem Büro und verließ das Hotelrestau-
rant auf Nimmerwiedersehen – jedoch nicht bevor er sich,
die Schranner Bine nackt vorgestellt, auf dem Klo einen
runtergeholt hatte.

Nachdem der Sanktus den Lichtschalter gefunden hatte
und der Raum hell erleuchtet war, war er sich nicht sicher,
wie er das Bild, das sich aufgetan hatte, einzuschätzen hatte.

Vor ihm ist definitiv das Serail gelegen. Der Raum war
zwischen drei und vier Meter hoch, was daran gelegen ist,
dass dieser Teil des Kellers anscheinend tiefer gelegen oder
ausgebaggert worden war, sprich, die Gruppe ist über eine
kleine Treppe hinabgestiegen. Der Sanktus ist sich vorgekommen wie in einer anderen Welt. Die Wände waren mit
orientalischen Szenen bemalt, auf dem Boden ist noch der
ein oder andere Perserteppich gelegen, und von den Decken
sind seidene Schals herabgehangen, so dass der Eindruck
eines Harems erzeugt wurde. Inmitten des Raums hat der
Sanktus eine Bar gesehen. Sie war inzwischen stillgelegt
und teilweise abgebaut. Hinter der Bar war die Wand kahl.
Dort musste ein riesiges Bild gehangen haben. Auch andere
Teile des großen Raums waren nicht mehr komplett deko-
riert, und es waren auch keinerlei gemütliche Polster oder
gar Sitz- oder Liegemöglichkeiten vorhanden.

Der Sanktus hat eine seitliche Tür geöffnet und ist in
einem der berühmten Separees gestanden. Alles war in tie-

fem Rot gehalten. Ein extrem verstaubtes Bett samt Bezug und Decke war ebenfalls noch vorhanden. Bestimmt ist da noch Sperma drauf, hat sich der Sanktus gedacht, und ihn hat's bei diesem Gedanken geekelt.

»Ausgeflogen«, hat er den Graffiti hinter sich hören können.

»Ausgezogen«, hat der Bergmann gemeint.

»Oder umgezogen«, der Sanktus.

»Zefix!«, ist es nur vom Tom gekommen.

»Tja, Herr Haslinger«, hat der Bergmann gesagt, »willkommen im sagenumwobenen Serail.«

Alternative eins war also ausgefallen. Das Serail hatte seit langem keine Menschenseele mehr betreten. Die Bine hatte die KTU zurückbeordert, aber nirgends war eine Spur der Haslinger Annette zu finden. Einfach gar keine Spur, also keine aktuelle. Zwanzig Jahre alte Spuren hat es zuhauf gegeben, aber die waren nicht ermittlungsrelevant. Hätte den Sanktus aber schon interessiert, welche DNAs hier noch zu finden gewesen wären. Vielleicht gar die eines bayerischen Ministerpräsidenten? Nicht auszudenken.

Der Sanktus hat also wohl oder übel seinen alten Schulkameraden, den Pater Božidar, anrufen müssen.

Der Pater war erreichbar und hat dem Sanktus versprochen, mit ihm die Kirchenanlagen nach der Haslinger Annette zu durchsuchen. Die Polizei wollte er nicht noch einmal im Haus haben. Der Sanktus war schon relativ geschafft, da sie seit in der Früh auf den Beinen waren und ihm sein Suri vom Vorabend immer noch nachgehangen ist, aber da hat er durchmüssen. Also war der nächste Weg klar.

JETZT MAL EHRLICH, SANKTUS

Der Graffiti, der ihn begleiten hat dürfen, hat mit dem Mustang direkt auf dem großen Platz vor der Kirche gehalten, und der Pater Božidar ist schon die Treppen heruntergekommen, da ihm der Sanktus kurz vor der Ankunft eine WhatsApp geschickt hatte.

Kaum in der Kirche, ist dem Sanktus wieder der schwere Weihrauchgeruch aufgefallen, und sofort war ihm seine Oma präsent, ihn ermahnend, bei der Predigt zuzuhören.

»Die Tür zur Gruft ist gewaltsam geöffnet worden«, hat ihn der Pater aus seinen Träumereien gerissen.

Die beiden Ermittler und der Pater sind nach links abgebogen und zu einer Tür, die nach unten geführt hat, gegangen. Die Gruft der Kirche hat sich unter der Taufkapelle befunden, in der mittig das schwere steinerne Taufbecken gestanden ist. Seitlich an den Wänden waren Bilder mehrerer Heiliger befestigt.

Der Graffiti und der Sanktus haben die schwere Tür unter die Lupe genommen. Sie war mit einem Stemmeisen geöffnet worden. Das bezeugten die eindeutigen Spuren. So viel war sicher. Drinnen hat der Pater Božidar das Licht eingeschaltet. Die Gruft war leer. Nur die Grabplatten an den Wänden waren zu sehen.

»Ich weiß nicht, wer hier etwas wollte«, hat er konstatiert. »Warum muss jemand die Gruft aufbrechen? Gut, sie ist der Öffentlichkeit nicht zugänglich, um die Ruhe meiner verstorbenen Brüder nicht zu stören, aber es gibt doch immer Ausnahmen. Mir ist unwohl beim Gedanken, dass jemand in unserem Gotteshaus umherläuft und Türen gewaltsam öffnet.«

»Hast zu viel zu verbergen, Boži, ha?«, hat der Sanktus gesagt und ihn geknufft.

»Ja, genau. Streu Salz auf unsere Wunden. Es ist genug, was zurzeit in den Medien über uns publiziert wird. Da brauch ich keine Extra-Geheimnisse hier. Wir sind clean, verstehst du!«

»Passt scho, Boži. Passt scho!«, hat ihn der Sanktus beschwichtigt. »Dir glaub ich's sogar.«

Und jetzt hat der Sanktus dem Pater Božidar den Teil der Geschichte des Pater Josephus alias Josip Vukovic, den der Pater noch nicht gekannt hat, erzählt. Der Geistliche hat ganz ruhig zugehört und hielt den Kopf gesenkt. Der Graffiti hat im Hintergrund die Platten der in die Wand eingelassenen Gräber begutachtet.

»Und du meinst, die Annette Haslinger wird bei uns in der Kirche irgendwo gefangen gehalten, weil der Josip hier gewirkt hat?«, hat der Pfarrer gefragt.

»Genau, Boži. Können diese Frauen die Haslinger hier irgendwo festhalten? In irgendeinem Eck, in das niemand kommt?«, hat der Sanktus gefragt.

»Die einzige Stelle in der Kirche wäre die Gruft hier.«

»Fehlanzeige«, vom Graffiti.

»Ansonsten im Kloster«, hat der Pater Božidar sinniert.

»Zu viel Betrieb. Da würden sie auffallen«, ist's vom Graffiti aus dem Hintergrund gekommen.

»Im Glockenturm vielleicht?«

»Zu laut!«, der Graffiti. »Wie oft wird denn da herunten geputzt?«

»Wie?«

»Na, abgestaubt!«, hat der Graffiti gerufen.

»So gut wie nie. Warum?«, hat der Pater Božidar gefragt.

»Glaub ich gern. Schauts amal.«

Jetzt sind der Sanktus und der Pater zum Graffiti und haben wie zwei Autos auf die Grabplatten geglotzt.

»Alle beschrifteten Platten sind mit einer Staubschicht überzogen. Die Reservegräber, also die unbeschrifteten Platten, nicht. Wenn man genau von der Seite hinschaut, sieht man, dass da drübergewischt oder draufgetappt worden ist.«

»Wie bei den Kupferhauben im Sudhaus, wenn die Touristen kommen«, hat der Sanktus eingeworfen.

»Ja, Sanktus. Scheiß drauf!«, hat ihn der Graffiti ermahnt. »Warum streicht einer mit der Hand über die unbeschrifteten Gräber!«

Weil er spüren will, ob da wer drin ist, hat sich der Sanktus gedacht, und er hat geglaubt, dass er auch schon weiß, wer das war.

»Jetzt mal ehrlich, Sanktus«, hat der Pater Božidar gemeint, als sie wieder im Kirchenschiff gestanden sind. »Wenn die drei Bosnierinnen Rache nehmen wollen, und es soll ein Platz der Erinnerung sein, dann ist psychologisch gesehen die Kirche falsch. Dann müsste es doch so eine Art Tatort sein. Ein Ort des Niemals-Vergessens, ein grausamer Ort.«

»Gibt's nimmer. Da waren wir schon«, hat der Graffiti gemurmelt.

Im Sanktus-Kopf hat es wieder einmal gerattert, Uhrwerk Scheißdreck dagegen. Wo hat die Haslinger Annette sein können?

Er hat das Telefon gezückt und die Bine angerufen, aber

keine Spur von der Ivana und von Ruza Kovac. Auch die Daniela hat der Graffiti immer noch nicht erreichen können.

»Hoffentlich ist der nix passiert«, hat er nervös gesagt.

Der Sanktus hat ein Grinsen auf den Lippen gehabt. Der? Der ist gewiss nix passiert, hat er sich gedacht.

»Wir machen einen Ausflug, Graffiti. Eine Idee hab ich noch. Auf geht's!«

AUFZUG?

So sind der Sanktus und der Graffiti zum zweiten Mal an diesem Tag die Auffahrt zum Bier- und Wellnesshotel hochgefahren. Dieses Mal nicht bis vor die Eingangstür, sondern direkt auf den Parkplatz.

Die Bine und den Bergmann hatten sie nicht informiert. Rein für den Fall, dass das Sanktus-Bauchgefühl falsch gewesen wäre. Außerdem wollten sie kein großes Aufsehen riskieren.

Sie haben sich also für eine Nacht eingebucht und sich

vor dem Abendessen noch auf einen kurzen Saunagang verabredet.

»Also du kommst hier über die Anlagen von außen jederzeit herein und wieder raus«, hat der Graffiti gemeint, als sie zusammen in der gläsernen Hopfensauna gesessen sind.

»Genau! Ideal, ha?«, hat der Sanktus bestätigt.

Sie waren bis auf einen Herrn ganz allein im Wellnessbereich, was zu dieser späten Stunde kein Wunder war. Fast alle Gäste waren bereits im Speisesaal, um ihr Abendmahl einzunehmen, und das Ermittlerduo hatte Bewegungsfreiheit.

Den Vorraum, von dem aus es auch in die Brauerei gegangen ist, hatten sie vorher auch schon nach einer geheimen Tür untersucht, jedoch Fehlanzeige.

Der Sanktus und der Graffiti sind aus der duftenden Hopfensauna hinaus und haben den zentralen Saunaraum unter die Lupe genommen. Irgendwo hat doch so eine geschissene Tür sein müssen, hat sich der Sanktus gedacht. Irgendwo in diesem Drecks-Wellneshotel hat das neue, umgezogene Serail sein müssen. Herrschaftszeiten. Der Sanktus war hundertprozentig sicher, dass dieses zweifelhafte Etablissement hier sein hat müssen. Das haben ihm die teilweise fehlenden Elemente des Ur-Serails bewiesen. Die waren definitiv umgezogen worden. Sonst wäre doch alles im Ursprungszustand beziehungsweise alles leer, also geräumt gewesen.

Der Sanktus hatte auf der Fahrt hierher mit seinem Vater telefoniert, weil, A hat er schon wieder eine Vertretung für die Bierwerkel gebraucht, und B hat er wissen wollen, ob sein Erzeuger unter Umständen durch irgendeinen depperten Zufall in der Vergangenheit einmal im Serail zu Gast gewesen war. Und wie immer hast du auf den alten Sanktjohanser bauen können. Er zwar nicht, aber sein Spezl, der

Finsinger Luggi, der früher Politiker chauffiert hatte. Am meisten hatte der Finsinger von den knackigen, orientalisch wirkenden Damen geschwärmt. Er hatte dem alten Sanktjohanser auch immer wieder euphorisch bestätigt, dass man sich wirklich wie in Tausendundeiner Nacht vorgekommen war, vor allem nach ein paar Halben oder gar nach einem moderaten Haschischkonsum. Aber auch das große Ölgemälde hinter der Bar, das eine Szene aus der Entführung aus dem Serail gezeigt hat, war ihm in Erinnerung geblieben. Musste ein Vermögen gekostet haben, dem Finsinger seiner Meinung nach.

Und dieses Ölgemälde war im Keller der Gastwirtschaft nicht mehr vorhanden. Wenn du so ein Stück abnimmst, baust du es woanders wieder auf, hat sich der Sanktus gedacht. Ansonsten lässt du es, wo es ist.

Also war die Wahrscheinlichkeit hoch, dass das Ölgemälde irgendwo hier hängen musste, denn der Sanktus hat sich einfach nicht vorstellen können, dass der Sipp beim Hotelneubau auf das Revival einer solchen Institution verzichtet hätte. Die Chance auf leicht verdientes Geld und simple Erpressung einfach so verwirken zu lassen? Auch wenn in München das Pflaster für das Serail seit den 90ern zu heiß geworden war, auf dem Land hat das immer noch funktionieren können. Und sowohl A92 und A93 sind nah und kommen aus dem Osten, also Nuttennachschub einfach und gesichert. Eine gmahte Wiesn, wie der Bayer sagt.

Aber wo war der Zugang? Der Sanktus hat ihn stark im Wellnessbereich vermutet, sozusagen Saunabesuch mit Happy End. Das wäre sein Tipp gewesen, aber irgendwie weit und breit keine Tür in Sicht. Und das hat den Sanktus nervös gemacht. Den Graffiti anscheinend auch, so wie er umhergerannt ist.

Sie hatten zwischen den Saunakabinen gesucht, auf dem Weg zum Pool und im Bereich des Bierbads, in dem sie seinerzeit die weinende Diana gefunden hatten. Viel mehr war da nicht mehr zu holen. Wie konnten die drei Bosnierinnen den Raum gefunden haben, weil Sanktus-These ja immer noch, die Entführung der Haslinger nicht aus dem Serail, sondern in das Serail. Allein dieses Wortspiel war ein Garant, dass es so war. Die Ivana musste diesen Zugang bei der Eröffnung gefunden haben. Anders hat es sich der Sanktus nicht vorstellen können. Oder war sie bereits zuvor einmal Gast hier gewesen und hatte es ihm gegenüber verschwiegen?

»Und?«

»Nix, Zefix!«

»Geh'ma essen, sonst fällt's auf, oder?«

»Passt!«

Die zwei Hobbydetektive sind also in den Speisesaal und haben vorgehabt, sich ein reichhaltiges Abendbuffet einzuverleiben, da Motto »Kulinarisches aus der Goldenen Stadt«, sprich Prager Köstlichkeiten nebst böhmischem Bier.

Doch so richtig hat sich der Hunger samt Genuss nicht einstellen wollen, da das Serail in den beiden Köpfen gespukt hat. Und kein Erfolg, kein Appetit, so schaut's aus.

Der Graffiti hat in seinem Braten mit böhmischen Serviettenknödeln umeinandergestochen, als ob er eine Sezierung durchgeführt hätte, und der Sanktus hat zum fünften Mal kurz hintereinander lustlos und in Gedanken an seinem böhmischen Dunklen genippt. Die zwei ein Stillleben zum Davonlaufen.

»Ich glaub, wir suchen falsch«, hat der Graffiti mit belegter Stimme gesagt, Motto: Ja keine Mithörer.

»Freilich«, der Sanktus. »Sonst hätt'ma ja schon was gfunden, oder?«

»Wir gehen immer von Wellness mit Happy End aus. Stell dir mal die gwamperten Politiker in der Hopfensauna oder in so einem Bierbad vor.«

»Bierbad ja«, hat der Sanktus zugestimmt. »Sauna nein, weil zu viel Glas! Kann jeder reinschauen.«

»Auch Bierbad nein, weil, das ist ein öffentlicher Bereich. Da zieht sich der doch ned aus, oder?«

»Geschlossene Gesellschaft?«

»Scho«, hat der Graffiti zugegeben. »Könnt sein. Aber da wäre für jede Gaudi in der Lederhose das Wellnessareal ein Muss.«

»Das überzeugt! Kann ned sein. Also?«, hat der Sanktus gefragt.

Der Graffiti hat sich jetzt eine Serviette geschnappt und das Hotel skizziert.

»So! Untergeschoss: Wellness, Pool, Brauerei, Weinkeller. Kein großer Platz mehr übrig, oder?«

»Passt!«, vom Sanktus.

»Erdgeschoss: Rezeption, Bar, Küche, Speisesaal, Outdoor-Aktivitäten. Auch nix mehr, oder?«

»Okay!«, vom Sanktus.

»Erster und zweiter Stock Zimmer. Kannst du alle Gänge abmarschieren, kein Platz für ein Serail.«

»Klar!«, vom Sanktus. »Und nu?«

Jetzt haben beide mit dem Zeigefinger gleichzeitig nach oben gedeutet.

»Dachgeschoss!«, unisono.

»Genau«, hat der Graffiti gemeint. »Da wohnen normal

immer die Hotelbesitzer. Da aber da ein Serail ist, haben sie über der Garage gebaut. Merkst was?«

»Aufzug?«

»Aufzug!«

Die beiden haben also ihr Bier ausgetrunken und sind zum Aufzug gesprintet.

Drinnen haben sie das Tableau betrachtet. UG, EG, 1. OG, 2. OG und drüber ein Schlüsselzylinder.

»Hod er'n scho!«, hat der Graffiti gesummt.

»Wo kriagn ma jetzt an Schlüssel her«, hat der Sanktus ebenfalls im Tonfall des Landtagsabgeordneten Filser, der im Thoma-Stück überlegt, wo er im Abteil der ersten Klasse seinen Koffer, also seinen Kufern, platzieren soll, gesummt.

»Rezeption, heut Nacht!«, hat der Graffiti mit einem Lächeln geantwortet.

Dann haben sich die beiden noch ein paar Halbe Hausbrau-Weißbier an der Bar genehmigt, natürlich Freibier, da bekannter Lebensmitteltechnolge Dienst gehabt hat, und sind zeitig ins Bett.

FREITAG – WELCH EIN GESCHICK!
O QUAL DER SEELE!

Der Sanktus und der Graffiti sind um circa zwei Uhr in der Nacht in die Hotellobby geschlichen. Bevor sie ins Bett gegangen waren, hatten sie schon den großen Schlüsselkasten der Rezeption ausfindig gemacht. Das war nicht schwer, denn er war vom Tresen her zu sehen, nämlich im kleinen Büro hinter der Rezeption rechts an der Wand.

Die Rezeption war in der Nacht nur mit einer Person besetzt. Das war stets ein männlicher Angestellter, und wie es der Teufel hat haben wollen, hat es heute Nacht den Lebensmitteltechnologen getroffen. Zufall pur, und Glück darfst du auch einmal haben.

Die beiden sind also zur Rezeption und der Lebensmitteltechnologe hat sie mit fragendem Blick angeschaut.

»Die Minibar ist leer«, hat der Graffiti gelallt.

»Krieg'ma no a Halbe bei dir?«, hat der Sanktus betrunken gemurmelt.

»Leck mich am Arsch. Seids ihr beinand«, hat der Lebensmitteltechnologe gemeint. »Eigentlich brauchts ihr ja nix mehr. Aber ein Absacker geht noch. Klar. Ist eh scheißlangweilig hier in der Nacht.«

»Gmahte Wiesn«, hat der Graffiti bestätigt und den Daumen in die Höhe gereckt.

»Was wollt ihr denn?«

»Sanktus Spezial«, unisono.

»Mensch, das Fass war doch vorher schon leer. Die Diskussion hatten wir doch schon«, hat der Lebensmitteltechnologe gewinselt.

»Weißt was? Das zwickeln wir zwei jetzt ganz frisch vom Tank. Ich begleit dich und der Graffiti hält die Stellung«, hat der Sanktus vorgeschlagen.

Zehn Minuten später ist der Sanktus mit dem Lebensmitteltechnologen wieder an der Bar aufgetaucht. Der Graffiti hat ein verschmitztes Lächeln auf den Lippen gehabt, was so viel bedeutet hat, wie: Schlüssel in unserer Gewalt.

Die beiden haben brav ihre Halbe ausgetrunken, haben sich tausendmal beim Lebensmitteltechnologen bedankt, ein großzügiges Trinkgeld auf den Tresen gelegt, trotz Freibier, und sind die Stufen zum ersten Stock hinaufgestiegen.

Droben haben sie einen Haken geschlagen und sind in Richtung Aufzug gesprintet. Der war natürlich gleich da, weil Frequentierung um drei in der Früh eher mau.

Der Graffiti hat den Schlüssel wie ein Zeremonienmeister in den Zylinder geschoben und umgedreht. Die Tür hat sich geschlossen, und der Aufzug hat sich nach oben bewegt. Das Display hat 2. OG angezeigt, aber die Kabine hat ihren Weg fortgesetzt. Der Sanktus war gespannt, kannst du dir nicht vorstellen. Fast ein bisserl nervös. Das Display hat jetzt 3. OG angezeigt und die Tür hat sich geöffnet.

Nur der Vollständigkeit halber sei an dieser Stelle vermerkt, dass sich der Lebensmitteltechnologe selbst noch eine Halbe gezapft, diese getrunken und sich dann wieder hinter seine Rezeptionstheke verzogen hatte. Von der Entwendung eines Aufzugschlüssels hat er nichts bemerkt und ist selig eingeschlummert.

Der Sanktus und der Graffiti haben jetzt auf eine künstliche Felswand geschaut, die in einem blaufarbigen Licht wie mit Edelsteinen besetzt geleuchtet hat. Im Sanktus hat sich ein Gefühl aus seiner Kindheit breitgemacht. Das Gefühl, wenn ihm seine Oma Märchen vorgelesen hat. Der Traum einer fiktiven Welt des Orients. Prinzessin Scheherazade, Ali Baba und die vierzig Räuber. Sesam öffne dich, hat er jetzt gedacht, und hinter ihm hat sich der Aufzug geschlossen.

Der Graffiti hat ihm mit dem Kopf nach links bedeutet, und die beiden sind entlang der Kunstwand in das »Serail« hineingeschlichen.

Das heutige Etablissement hat mit dem der 70er wahrscheinlich eher wenig zu tun gehabt. Auch hier hat es sich zwar um einen großen Raum gehandelt, doch der beengte Eindruck des Kellers war der Freiheit eines ausgebauten Dachgeschosses gewichen. Mehrere indirekte Beleuchtungen haben den großen, hohen Raum in Lila getaucht. Große Dachfenster haben die Paarung mit diffusem Nachtlicht komplettiert. Überall im Raum sind Palmen bis hin zur Decke gewachsen.

Der Sanktus und der Graffiti haben mit großen Augen gestaunt.

»Ich hab von außen keine Fenster gesehen«, hat der Graffiti geflüstert.

»Müssen beleuchtete Attrappen sein«, der Sanktus. »Von außen soll bestimmt niemand diese Puffbeleuchtung sehen.«

Mitten im Raum hat sich ein hellblau strahlender Whirlpool befunden. Gesprudelt hat er jedoch nicht. Ringsherum standen Ottomanen und kleine, orientalisch wirkende Tischchen. Der Boden war ebenfalls in Mustern der östlichen Welt gehalten. Wunderbare Plätzchen für das Liebesvorspiel, hat sich der Sanktus gedacht.

Zur linken Seite, gegenüber dem Becken, war eine Bar platziert, dahinter, ebenfalls hell beleuchtet und farbenfroh, das Ölgemälde aus dem Keller in München. Auf dem Bild waren ein Mann und eine Frau auf Knien, die sich, verzweifelt und anscheinend singend, in die Augen gesehen haben. Im Hintergrund ein orientalischer Innenhof. Den beiden waren die Arme auf den Rücken gefesselt. Mehrere Bewacher mit landesüblicher Kleidung und Turban hatten das vermeintliche Liebespaar umringt. Seitlich vor den beiden hat ein wüst aussehender Henkersknecht mit Säbel posiert, ein schwarzer Scherge hat die beiden nach unten gedrückt, so dass sie sich nicht aufrichten haben können.

»Schön«, hat der Sanktus gesagt und das Ölgemälde betrachtet.

»Klar!«, hat der Graffiti bestätigt. »Das ist aus der Mozart-Oper ›Die Entführung aus dem Serail‹. Konstanze und Belmonte werden zum Tode verurteilt und nehmen Abschied vom Leben. Sie singen das Duett: ›Welch ein Geschick! O Qual der Seele‹. Bassa Selim, der die beiden verurteilt hat, ist aber gnädig und schenkt ihnen das Leben.«

»Was du alles weißt«, hat der Sanktus gemurmelt.

»Gell, da schaust, alter Banause?«, hat der Graffiti lachend gefragt. »Hab a mal eine Musiklehrerin ghabt, weißt.«

»Ah, jetzad!«, hat der Sanktus gemeint.

Auf einmal haben die beiden einen Schrei aus dem anderen Flügel des Dachgeschosses hinter ihnen gehört. Dieser Teil war durch eine sandsteinfarbige Mauer, die den Eingang in einen türkischen Palast dargestellt hat, getrennt.

Hinter der Mauer war das Haupthaus des Palastes angedeutet und beleuchtet. Vor der Mauer wieder Palmen und
sogar ein ausgestopftes Kamel.

Da hat er aber sauber aufgefahren, der Sipp, Sanktus-
Gedanke. Aber alles in allem waren die beiden begeistert,
weil doch romantisch und seltsam zugleich.

»Dahinter sind bestimmt die Separees. Auf geht's!«, hat
der Graffiti geflüstert.

Die beiden sind durch das Eingangstor, das die typische
geschwungene Form des Orients besaß, und haben erneut
einen Schrei gehört.

Der Lebensmitteltechnologe ist kurz aus seinem Schlaf aufgeschreckt, hat sich umgesehen, sich ausgiebig am Hintern
gekratzt und gegähnt. Ob die beiden wohl nach dem Bier
gut einschlafen hatten können? Gewusst hat er es nicht,
aber vermutet. Er hat kurz an seinen Fingern gerochen,
ist zur Bar und hat sich eine Sicherheitshalbe geöffnet. In
den Keller zu gehen, um ein Hausbräubier zu holen, war
er zu faul.

Sie haben sich jetzt in einem spärlich beleuchteten, kurzen,
mit persischen Teppichen ausgestatteten Gang befunden,
von dem rechts und links Türen weggegangen sind. Ganz
am Schluss war ein kleiner, heller Raum mit Marmorbo-
den, in dessen Mitte ein Brunnen, am Rand eine Sitzgruppe.
Alles wieder, wie wenn hier ein Sultan residiert hätte. Hinter dem Brunnen haben sie eine halb angelehnte Tür entdeckt, aus der ein Lichtschein geflackert hat. Dann wieder ein Wehklagen.

Der Sanktus und der Graffiti sind entlang der Separee-
Türen und um den Brunnen herumgeschlichen. Langsam

haben sie die Tür, aus deren Öffnung das Flackern gekommen ist, geöffnet und sind in das Zimmer hinein.

Das Zimmer war eher eine Suite. Sie befanden sich in einem kleinen Vorraum, in dem nur eine Sitzgruppe aus Edelholz war. Die Wände waren abermals mit aufwändigen arabischen Ornamenten verziert. Am Tisch hat eine Kerze gebrannt. Nach rechts weg ist die Tür zum Schlafzimmer gegangen, in der ein Schlüssel gesteckt ist. Anscheinend war drin jemand eingesperrt gewesen. Die Tür war offen und im Raum dahinter haben die beiden ein großes Bett mit Baldachin, ebenfalls im orientalischen Stil, erkennen können. Darin ist jemand gelegen. Neben dem Bett haben zwei große Kerzenständer mystisches Licht verbreitet.

Der Graffiti hat dem Sanktus bedeutet, still zu sein. Sie haben langsam und vorsichtig in das Zimmer geschaut, aber der Raum war leer. Schritt für Schritt haben sie sich dem Bett und der Gestalt darin genähert. Sie war vollständig mit einem weißen Laken verdeckt, so dass nicht zu erkennen war, um wen es sich handelte.

Der Sanktus hat das Tuch langsam heruntergezogen und das Gesicht der Annette Haslinger ist zum Vorschein gekommen.

Schnell haben der Sanktus und der Graffiti das Laken ganz entfernt und versucht, die Annette zu wecken. Anscheinend war ihr ein Beruhigungsmittel verabreicht worden, da sie kaum wachzukriegen war.

Plötzlich ist ein Ruck durch die Annette gefahren und sie hat ihre Augen geöffnet.

Der Sanktus hat einen Schrei losgelassen und auch der Graffiti ist, blass im Gesicht, einen Schritt zurückgewichen.

Annettes Iris und Pupillen waren weißlich grau. Ruza, ist es dem Sanktus durch den Kopf gegangen.

»Sie kann euch nicht mehr sehen«, hat der Sanktus eine Stimme von hinten gehört und sich umgedreht.

Hinter ihnen sind im flackernden Kerzenlicht Ivana Babic alias Anja Hoffmann, Ruza Kovac alias Rita Koslowski und Anela Babic gestanden. Die drei Frauen waren unbemerkt durch die Tür gekommen.

»Was tust denn *du* da?«, hat der Graffiti gefragt.

»Muss Liebe schön sein«, hat der Sanktus gesagt. »Graffiti, blind macht sie. War doch klar, dass Anela Daniela ist. Die Damen waren somit immer über unsere Schachzüge informiert.«

Der Graffiti ist stumm dagestanden. So hatte ihn der Sanktus noch nie gesehen, ihn, den Frauenhelden von der Au. Wie ein begossener Pudel.

»Tut mir leid«, hat die Daniela geflüstert.

»Mir aa«, hat der Graffiti geantwortet.

»Was habt ihr mit ihr gemacht?«, hat der Sanktus gefragt.

»Chlorbleichlauge. Auge um Auge, Zahn um Zahn«, hat Ruza hämisch lachend geantwortet.

»Aber warum beide?«, hat der Sanktus gefragt.

»Eines für Ruza, eines für Anela«, hat Ivana gesagt.

»Und Marija?«, hat der Graffiti gemeint.

»Sie hat uns gestanden, dass sie Marija abgeholt und in der Gruft von Josips Kirche verscharrt haben.«

»Aha«, vom Sanktus und Graffiti. Wie es der Sanktus gesagt hatte, als sie den fehlenden Staub auf den Tafeln bemerkt hatten. Die Bosnierinnen waren in die Gruft eingedrungen. Da die Grabstätten verschlossen waren, hatten sie, auf der Suche nach einer Öffnungsmöglichkeit, mit ihren Händen über die unbeschrifteten Platten gestrichen. Vielleicht wollten sie Marija auch einfach nur fühlen.

»Sicher ist für Annette auch noch ein schöner Platz dort«, hat die Daniela gesagt.

»Wir sperren euch jetzt hier ein und vollenden unser Werk. Wenn sie euch morgen finden, sind wir längst über alle Berge«, hat die Ivana proklamiert. »Umdrehen!«

Beide Männer haben sich jetzt umgedreht und hingekniet. Daniela hat ihnen die Hände mit Tüchern auf den Rücken gefesselt.

Ruza ist zu Annette und hat ihr die Hände auf das Bett gedrückt. Ivana hat passende Stücke vom Laken mit einer großen Schneiderschere abgeschnitten und Annettes Hände am Bettrahmen festgebunden. Ruza war danach sofort wieder bei den zwei Ermittlern, um ein etwaiges Entkommen zu verhindern. Dann hat Ivana Annette ein Tuch um den Hals gelegt, sich neben Annette auf das Bett gekniet und eiskalt zugezogen.

Der Graffiti, verwirrt von der Abgebrühtheit dieser Frau, ist auf die Beine und hat in Richtung Bett loswollen.

Der Sanktus hat nur einen Schatten aus dem Hintergrund vorhuschen gesehen, eine schnelle Handbewegung, und der Graffiti ist mit der Schneiderschere, die ihm die Ruza in den Rücken gestochen hatte, mit einem Stöhnen zu Boden gegangen.

Der Sanktus ratlos und verzweifelt. Hatte es das jetzt wieder einmal gebraucht? War das Ermitteln so wichtig, dass am Ende sein Freund mit einer Schere im Rücken vor ihm liegen musste? Er hat gespürt, wie all seine Kraft in diesem Moment aus ihm gewichen ist. Wie wenn dir jemand den Strom abstellt. Fast wäre er in einer Art Selbstmitleid versunken, da hat er dran denken müssen, als er den kleinen Schorschi nach der Geburt das erste Mal auf dem Arm gehabt hat. So ein Gefühl kann sich keiner vorstellen, der nicht selbst einmal Vater geworden ist. Den Geruch des frischgeborenen Säuglings hat er sofort in der Nase gehabt. Das war für ihn ein Zeichen. Ein Zeichen des Lebens. Ein Zeichen, dass es immer weitergeht. Nein, diese Schlacht würden die drei Weiber nicht gewinnen. Wirklich ned!

Er hat stillgehalten. Vom Bett her hat er ein grausames Röcheln hören können. Annette Haslinger war gerade dabei, ihren letzten Kampf zu verlieren. Der Sanktus hat gespürt, wie ihm eine Schweißperle von der Stirn, am Auge vorbei bis zur Nasenspitze gelaufen ist. Das Abtropfen hat eine befreiende Wirkung gehabt.

Das Gurgeln der Annette ist stiller geworden und der Sanktus hat noch die letzten Zuckungen ihrer Beine verfolgen können.

Plötzlich war Ruhe.

Ivana hat sich umgedreht und ein teuflischer Ausdruck hatte sich ihres sonst so angenehmen Gesichts bemächtigt.

»Fertig«, hat sie leise gesagt.

»Dann auf in die Kirche zur Beerdigung«, hat Ruza angewiesen, und die drei Frauen haben angefangen, die Tote in die Bettdecke zu wickeln. Anscheinend war das gar nicht so einfach, denn alle drei haben unter Aufbringung all ihrer Kräfte herumgewerkelt.

Der Sanktus hat die Zeit genützt, zu prüfen, ob er seine Hände am Rücken unter seinen Hintern hat bringen und unter den Beinen durchziehen können.

Die drei Bosnierinnen waren so beschäftigt, dass sie nicht gemerkt haben, wie er versucht hat, Spielraum für seine Arme zu erzeugen. Wäre er früher nur öfter zum Sport gegangen. In der Eile hatte die Daniela aber Gott sei Dank nicht viel Wert auf eine besonders feste Fesselung gelegt. Der Sanktus hat gespürt, wie er die beiden Fäuste durch Drehen und Wenden, langsam aber sicher, Millimeter für Millimeter auseinanderbringen konnte. Gleich würde es reichen.

Keine der drei hat bemerkt, wie der Sanktus in die Hocke gegangen ist, die Hände unter dem Hintern vorgebracht hat, aufgesprungen ist und mit einem Satz rückwärts aus der Tür raus war. Kaum draußen, hat er sie verschlossen und war erst einmal in Sicherheit.

»Was willst denn du schon wieder?«, hat der Lebensmitteltechnologe schlaftrunken gerufen. »Schon wieder Durst?«

»Da kommt jetzt gleich die Polizei und der Krankenwagen. Hast mich?«

Da hat der Lebensmitteltechnologe genickt, obwohl seine Augen gesagt haben: »Out of order.«

»Die schickst du in den dritten Stock. Verstanden?«

Wieder Nicken.

»Der Aufzug fährt rauf. Ich hab den Schlüssel abgezogen, aber der Zylinder ist in Serailstellung!«

»Serailstellung?«

»Ja, dritter Stock. Der Zylinder ist der Knopf. Den musst du drücken. Und jetzt pass hier auf und wart auf den Krankenwagen. Hast mich?«

»Hab dich!«

»Wird aa guad sein, Zefix. Keinen Meter rührst dich weg, gell!«

»Jaja«, Maulen seitens Lebensmitteltechnologen.

Der Sanktus ist wieder in den dritten Stock hinauf. Schon beim Eintreten ins Serail hat er die Frauen aus dem Sultanspalast toben hören können.

»Wie geht's dem Graffiti?«, hat er durch die geschlossene Tür gerufen, nachdem er in der Suite angekommen war, und gehofft, dass ihn jemand vor lauter Randale hört.

»Er atmet nur noch ganz flach«, hat er die Daniela durch die Tür vernehmen können. »Wir müssen ihn ins Krankenhaus bringen. Schnell. Mach auf!«

»Ja, genau! Drei gegen einen. So werden wir's machen. Sehr guter Plan«, hat der Sanktus gefrotzelt.

»Mach einfach!«, hat die Daniela geschrien. »Er verblutet.«

»Ich hab den Krankenwagen bestellt!«, hat der Sanktus durch die geschlossene Tür gerufen. »Wenn der da ist, mach ich auf.«

»Entweder du machst jetzt auf«, hat der Sanktus die Ruza gehört, »oder ich schneide ihm die Kehle durch. Dann kannst du lange auf den beschissenen Krankenwagen warten. Also?«

Den Sanktus hat der Bus gestreift, aber bei drei Mörderinnen eigentlich keine Überraschung. Sein Hirn hat wieder gerattert, dass es ihm ganz schwindlig geworden ist, aber der Graffiti jetzt praktisch Geisel. Da beißt die Maus keinen Faden ab. Langsam hat er den Schlüssel im Schloss gedreht und die Tür geöffnet.

Kaum war sie einen Spalt auf, sind auch schon Ivana und Ruza aus dem Schlafzimmer gehastet. Drinnen ist der Graffiti gelegen. Das Hemd war an seinem Rücken an der Stelle, an der die Schere herausgeragt hat, klebrig vom Blut, und auch der Boden ringsherum hatte etwas abbekommen. Die Daniela ist im Schneidersitz auf dem Boden gesessen, hat ihm die Haare gestreichelt und geweint. Seinen Kopf hatte sie anscheinend zuvor auf ein Kissen gelegt.

Von draußen hat eine der beiden anderen der Daniela

einige Worte auf Kroatisch oder Bosnisch zugerufen. Wahrscheinlich etwas in Richtung »Komm jetzt!«. Die Daniela hat nur den Kopf geschüttelt und den Graffiti weiter gestreichelt. Noch einmal ein unverständlicher Wortschwall, aber die Angesprochene hat nicht reagiert.

»Anela, komm!«, hat es die Ruza auf Deutsch versucht. »Lass den Kerl liegen. Wir haben keine Zeit. Der Sanktus hat bestimmt schon die Polizei informiert.«

»Komm endlich!«, hat die Ivana geschrien.

»Du dumme Gans. Lass ihn liegen!«, die Ruza. »Der wird sowieso nicht mehr. Komm jetzt endlich!«

Die Daniela hat nur den Kopf geschüttelt und geweint. Der Sanktus, irgendwie immer noch die Türklinke in der Hand, hat zu den beiden Mörderinnen im Vorraum geschaut und war sprachlos. In Ruzas Augen war blanker Hass, in Ivanas unendliche Trauer, da sie sich wohl jetzt sicher war, ihre erst kürzlich gefundene Schwester nun endgültig zu verlieren. Ruza hat ihre Mitstreiterin am Arm gepackt und sie mitgezogen. Dem Sanktus hat sie noch eine Kusshand zugeworfen und ihm zugezwinkert.

Kurz darauf waren die beiden aus der Suite entflohen. Der Sanktus unfähig, etwas dagegen zu unternehmen.

Jetzt ist ihm ganz schwummrig geworden und er hat sich neben die Daniela setzen müssen.

»Um Goddes Willen, Sanktus«, hat er den Bergmann auf einmal vernehmen können. »Wie geht's dem Herrn Himsl, also an Graffidi?«

Der Bergmann hat dem Sanktus aufgeholfen.

»Weiß ned!«

»Er atmet noch«, hat der Notarzt, der die Erstversorgung des Verletzten übernommen hatte, gemeint.

»Kriegen wir schon hin«, hat die Daniela geflüstert, die neben der Trage gestanden ist und dem Graffiti die Hand gehalten hat. »Gell!«

Der Graffiti hat langsam die Augenlider geschlossen und nicht mehr zu ihr gesehen. Aus und vorbei, hat sich der Sanktus gedacht. Da hat er den Graffiti gut genug gekannt. Nachtragender Charakter, der Himsl.

»Krankenhaus Freising«, hat der Arzt dem Bergmann zugeflüstert.

Die Annette ist gleich darauf im dunklen Sarg gefolgt.

Die Daniela hat sich wieder auf den Boden gesetzt und ist regungslos sitzen geblieben. Rote Augen jetzt Markenzeichen.

»Wo ist denn die Bine?«, hat der Sanktus gefragt.

»Mit den Erdinger Kollechen bei am Unfall auf der Landstraß gleich a baar Kilometer weider. Zwei dode Frauen. Ham beim Überholen gegen an Lastwagen verloren. Frau Meilinger, mein Beileid. Es handelt sich anscheinend um Ihre Schwester und um Frau Kovac.«

Jetzt Weinen wie ein Wasserfall.

»Bitte stehen Sie auf«, hat der Bergmann weitergemacht. »Ich muss Sie jetzt wegen Mord und Beihilfe zum Mord verhaften.«

Die Daniela ist schluchzend, beide Hände vor den Augen, sitzen geblieben.

»Frau Meilinger, bidde jetzt.«

Der Sanktus hat der Daniela aufgeholfen und sie an sich gedrückt. Er hat ihr über den Kopf gestreichelt und gemeint: »Wird scho! Kriangn ma scho hin!«

Irgendwie hat er sich vorgestellt, dass Ivana und Ruza die Drahtzieherinnen waren, und vielleicht auch nur sie die Mörderinnen. Eine schöne Vorstellung.

Und jetzt hat der Sanktus heim zu seinem Schorschi, zur Martina und zur Kathi wollen.

SONNTAG, EINE WOCHE SPÄTER – MUSS ICH MIR EINE NEUE SUCHEN

Der Graffiti hatte es überlebt, weil der Stich mit der Schere kein wichtiges Blutgefäß verletzt hatte, und er war nach ein paar Tagen schon wieder aus dem Krankenhaus entlassen worden. Die beiden Bosnierinnen sind inzwischen in ihr Heimatland überführt worden, und die Daniela, der Thupsi, der Jordan, die Olivia und die Cilli waren sicher hinter weiß-blauen Gittern. Wahrscheinlich St. Adelheim, wie die JVA Stadelheim im Münchner Volksmund genannt wurde.

Heute also großes Mordfall-Abschlussessen in der »Neuen Kirche«, sprich beim Bhupinder, der alles aufgefahren hatte, was die traditionelle indische Küche zu bieten gehabt hat. Die Ashwini hat in ihrem wundervollen türkisfarbenen Sari bedient und der Sanktus hat wieder einmal den Blick nicht von ihren schönen Zehen lassen können. Ein Augenschmaus.

Der Tisch am hinteren Ende war bereits schwer mit indischen Vorspeisen beladen, und der Drengler hat wie immer das passende Sinnlos-Wissen zu den kulinarischen Köstlichkeiten gehabt. Niemand hat ihm zugehört, da sich die Ulli mit der Kathi unterhalten hat, die Betty-Lou und die Martina es immer noch nicht fassen haben können, dass ihr großes Vorbild Rita Koslowski eine skrupellose Mörderin war, der Graffiti seine Hand auf den Schenkel der Schranner Bine gehabt und ihr tief in die Augen geschaut hat, sowie die Anna, der Hannes, der alte Sanktjohanser und der Sanktus, die selbst miteinander den Fall diskutiert haben. Nur der Schorschi hat nichts gesagt, weil er mit dem Einparken seiner Lego-Autos zwischen mehreren Sternbräu-Bierfilzen beschäftigt war.

Der Drengler hat seinen Monolog kurz unterbrochen, als die Tür aufgegangen ist und der Bergmann in das Lokal hereingekommen ist. Und er war nicht allein. Hinter ihm ist die Lena hereingekommen. Auf zwei Beinen, also mit Prothese, also in offenen Sandalen mit hohem Absatz. Wunder der Technik, hat sich der Sanktus gedacht, denn von weitem hat er die künstlichen Zehen nicht von den echten weggekannt, alle natürlich schönst lackiert.

Die Lena hat einen Elan und ein Glück ausgestrahlt, so hat sie der Sanktus noch nie gesehen. Beide sind nun Hand in Hand an den Tisch hinter gekommen.

»Servus beinand«, hat der Bergmann angefangen. »Sorry, dass ma zu spät sind. Mir ham a weng die Zeit vergessen.«

Jetzt hat er der Lena einen Kuss auf die Lippen gedrückt.

»Mia ham sozusagen verschlafen, gell«, hat die Lena schmunzelnd zugegeben, und der Sanktus hat daran gedacht, wie er vor ein paar Jahren geglaubt hat, dass er im Suff mit der Lena geschlafen hätte.

Dass der Bergmann das nun anscheinend live getan hatte, hat ihm fast ein bisserl gestunken, aber als er die Lena lächeln gesehen hat, war es ihm sofort wieder wurscht. Hat sie doch glücklich mit dem Rudi werden sollen. Außerdem war der Bergmann ja jetzt der Nachfolger vom Bichä, also war es gar ned so schlecht, dass die Lena vielleicht ein bisserl einen positiven Einfluss haben würde. Sozusagen oberbayerische Franken-Infiltration.

»Hab ich Euch scho gsacht, dass ich wechen der Liebe nach Oberbayern zurück bin? Die Lena brauch ich euch ja ned vorstellen, oder?«, hat der Bergmann gefragt, und alle haben verneint.

»Wo habt ihr euch kennengelernt?«, hat die Kathi gefragt.

»In der Sauna, wo sich der Sanktus seinerzeit den Kopf angehauen hat«, hat die Lena geantwortet und den Sanktus spitzbübisch lächelnd angesehen.

»Was hat er da gmacht?«, hat der Bergmann sofort gefragt.

»Insider!«, die Lena und der Sanktus unisono.

Dann haben die beiden lauthals lachen müssen. Der Bergmann hat auch gelacht, aber den Kopf geschüttelt.

»Und?«, hat der Sanktus gefragt. »Was gibt's Neues vom Fall?«

Der Bergmann und die Bine haben jetzt komischerweise beide auf den Graffiti geschaut.

»Die Daniela, also die Frau Meilinger, hat anfangs die Aussage verweigert. Wenn, würde sie es dem Quirin beichten, hat sie uns zu verstehen gegeben«, hat die Bine gesagt.

»Ja«, hat sich der Graffiti geräuspert. »Also die Geschichte mit der Flucht aus Bosnien und wie sie zum

Haslinger gekommen sind, kennts ja eh alle. Die Daniela ist, kurz nachdem sie dort war, zu einer Pflegefamilie, zu den Meilingers, gekommen. Dort hat's ihr an nichts gefehlt. Wirklich! Die neuen Eltern waren total lieb und haben sie wie eine eigene Tochter behandelt. Sie hat sich eigentlich gar nicht mehr an die Zeit in Bosnien erinnern können, aber irgendwann Anfang des Jahres ist auf einmal die Anja Hoffmann, also die Ivana, vor ihrer Tür gestanden. So viel zum Thema, sie hat die Anela nie wieder gesehen. Hahaha!«

»Wie hat die denn die Daniela gefunden?«, hat die Kathi fast herausgeschrien.

»Sie hat die Adresse vom Sipp gehabt«, hat der Graffiti geantwortet.

»Vom Sipp?«, hat der Sanktus gefragt. »Den hat sie doch jetzt erst wiedergetroffen.«

»Denkst du?«, hat der Graffiti herausgeprustet. »Da wirst schauen. Unsere unschuldige Ivana. Von wegen. Sie hat den Sipp schon einmal vorher getroffen, als sie mit ihrem Mann zu einem Gespräch wegen dem Hotel in Bayern war. Die beiden haben sich sofort erkannt, aber wie die Ivana es genau geschafft hat, die Adresse von der Anela zu kriegen, hat mir die Daniela nicht sagen können – oder wollen.«

Alle am Tisch erst einmal sprachlos.

»Da wär aber noch nicht viel passiert. Das Problem war, dass die Ivana bei diesem Besuch auch die Jessica Haslinger kennengelernt hat. Und jetzt verzwickter Zufall. Die Jessica war eine Lesbe und war mit einer Kollegin vom Hoffmann zusammen. Die hatte sie wiederum beim Verhandeln des Kredits kennengelernt. So! Jetzt wollten der Hoffmann und die Liebhaberin von der Jessica beide in den Vorstand von diesem Finanzladen, und da hat die Jessica der Ivana gedroht, dass, wenn sich ihr Alter nicht zurückzieht, sie etwas über Ivanas Vergangenheit im Serail verlauten lassen würde. Weil, und jetzt passts auf, die Ivana und die Marija waren gar nicht so unzufrieden, dass sie zur Prostitution gezwungen wurden. Die beiden Matzen haben es faustdick hinter den Ohren gehabt und ein gutes Geld beim Haslinger verdient. Aber die Drohung war halt praktisch das Todesurteil.«

Jetzt war es mucksmäuserstill. Keiner am Tisch hat ein Wort herausgebracht. Der Drengler hat in ein Papadam gebissen, und es hat gekracht, dass du meinst, ein Haus stürzt ein. Die Ulli hat ihm einen Rempler gegeben, und der hat das restliche Gebäck schnell wieder zurück auf den Teller gelegt.

»Ja, aber die Jessi wär ja dann auch aufgeflogen, oder?«, hat die Kathi gefragt.

»Die hatte sich bereits geoutet beziehungsweise ist geoutet worden. Das hat uns doch die Tante Anneliese erzählt. Also, die Ivana hat aufgrund der Drohung sofort die Ruza Kovac, also die Rita Koslowski, kontaktiert. Die war nämlich das gleiche Kaliber wie die zwei anderen. Eher schlimmer. Natürlich waren somit ihre neue Identität und ihr sorgfältig aufgebautes Ich-bin-in-ärmlichen-Verhältnissen-in-Köln-aufgewachsen-Konstrukt auch in Gefahr, und nun haben die beiden einen Racheplan geschmiedet. Also die Jessica hat sterben müssen. Außerdem hätten sie so dem Sipp und der Annette nahegebracht, wie es ist, wenn ein Familienmitglied stirbt, siehe Marija. Die Daniela haben sie auch davon überzeugt, wegen gestohlener Kindheit und Menschenhandel und Mord an der Marija und so weiter. Sie hat sich also als Lesbe Maria ausgegeben und die Jessica verführt. Sie hat sie mit einem Kissen beim vermeintlichen Sexabenteuer erstickt. Also die Hände waren ans Bett gefesselt. Sonst wär's ja ned gegangen.«

Immer noch ungeteilte Aufmerksamkeit im Auditorium.

»Die Leiche haben sie dann am Feringasee verbrannt, um die genetischen Spuren zu verwischen. Gar ned so blöd, die Mädels. An dem Mord war die Ruza aber nicht beteiligt, weil sie zu der Zeit nicht in München sein hat können.«

»Und Herr Haslinger?«, hat der Drengler gefragt.

»Das war mehr oder weniger ein Zufall. Auch er war auf der Abschussliste, aber die beiden Eltern hätten noch etwas leiden sollen. Nun, eigentlich hat ihn die Ivana ja nicht umgebracht. Das waren ja die anderen vier. Der Nächste im Plan war der Pater Josip, da er ja auch an dem ganzen Leid beteiligt war, das über die Bosnierinnen gekommen war. Annette und er hatten seinerzeit die tote Marija in der Gruft der Kirche begraben, also versteckt. Rudi, Bine, wahrscheinlich findet ihr da auch die Leiche vom Haslinger. Das muss die Annette vor ihrer Ermordung anscheinend noch preisgegeben haben. Sie und der Pater Josip haben den Sipp genauso weggeschafft wie die beiden Männer die Marija 1993.«

»Und warum?«, hat der Bergmann gefragt.

»Schlecht für's Geschäft. Jegliche Ermittlung in den Familienkreisen vermeiden. Die Machenschaften im Serail sind wie ein Damoklesschwert über ihnen gehangen. All die Jahre«, hat der Graffiti erwidert. »Wirklich, so ticken die Haslingers.«

Der Bergmann hat gleich sein Handy gezückt und etwas hineingeschrieben. Wahrscheinlich: Leiche am Montag ned vergessen, hat sich der Sanktus gedacht. Dann hat er gleich wieder mit der Lena Händchen gehalten.

»Die Ruza und die Ivana haben den Josip aufgesucht

und ihn zur Rede gestellt. Er hat zuerst versucht, sie zu verarschen, hat dann aber bald den Kürzeren gezogen, wie man gesehen hat.«

Jetzt hast du fast ein Lächeln auf den Zuhörergesichtern sehen können.

»Und die Anela, äh, Daniela, nö? Oder andersherum?«, Frage vom Drengler.

»War bei mir und hätte den beiden anderen Damen für den Fall der Fälle den Rücken von uns freihalten müssen. War aber nicht nötig, da es ja ganz in der Früh war. Die Meldung, dass eine Leiche gefunden worden ist, ist von der Ivana anonym an die Polizei abgesetzt worden. Die Daniela ist per WhatsApp verständigt worden, dass sie fertig waren.«

Jetzt wieder Aha und Kopfschütteln.

»Dann haben sich die drei noch die Annette geschnappt«, hat der Graffiti weitergemacht.

»Und wie das?«, hat die Ulli vor lauter Spannung laut herausgerufen.

»Für die drei Mädels war von Anfang an klar, dass die Annette das letzte Opfer hat sein müssen. Sie hat am längsten leiden sollen, da sie ja sozusagen das treibende Element aller kriminellen Handlungen der Familie Haslinger war. Sie hat sozusagen da sterben müssen, wo alles angefangen hat«, hat der Graffiti verschwörerisch geantwortet.

»In de Serail. Is dock klar«, hat der Bhupinder eingeworfen und noch eine Runde Getränke gebracht. »Ick hör scho su. Brauckts eick nix denka!«

»Genau, Bhupinder«, hat der Graffiti bestätigt. »Im Serail. Die Ivana hat die Baupläne praktisch über ihren Mann besorgt und die Gegebenheiten vor Ort auskundschaftet. Sie sind ganz einfach dreist hinausgefahren, haben ihr Mietauto auf den Hotelparkplatz gestellt – Mietauto, so dass man sie durch ihren Wagen nicht identifizieren kann –, haben bei der Annette geklingelt, sie mit einer Waffe, die die Ruza besorgt hatte, bedroht und in der Nacht ins Serail verschleppt. Dort haben sie sie fast zwei Tage gefoltert. Ruza hat ihr Chlorbleichlauge in die Augen getröpfelt, bis Annette erblindet war. Ein Auge war die Rache für Annettes Angriff und ihr eigenes blindes Auge von seinerzeit, das zweite Auge war die Rache für Anelas Verkauf an die Familie Meilinger. Ihr Tod war die Rache für Marija. Und den Rest kennt ihr ja alle schon. Wir beide haben sie in der Suite überrascht, aber wir waren halt zu spät.«

»Ein Frage hab ich noch«, hat der alte Sanktjohanser eingeworfen. »Wer hat eigentlich die Ivana die Treppen runtergeworfen?«

»Das war die Annette«, hat der Graffiti geantwortet. »Sie hat die Ivana inzwischen auch wiedererkannt gehabt und ihre Schlüsse gezogen.«

»Und warum bedrohte mein ehemaliger Freund Haslinger nun Ivana am Pool?«, hat der Drengler gefragt. »Dies sollte im Rahmen einer lückenlosen Aufklärung nun wohl doch auch bekannt sein.«

»Das war anscheinend wirklich so, wie die Ivana das geschildert hat. Er hat sie immer noch als seine Nutte betrachtet und wollt ihr an die Wäsche. Sie wollte sich nur verteidigen. Das war anscheinend tatsächlich Notwehr«, hat der Graffiti erklärt.

»Und jetzt?«, hat die Kathi gefragt.

»Muss ich mir eine Neue suchen«, hat der Graffiti geantwortet und der Schranner Bine zugezwinkert. »Weil, so schnell kommt die Daniela da ned raus!«

BAYERISCH – HOCHDEUTSCH
WÖRTERBUCH

angestochen	angetrunken
anraunzen	verbal angreifen
ausgenackelt	ausgeschlagen
ausgschamt	unverschämt
aussackeln	ausnehmen
benzen	quängeln
Bsuffene und Narrische	Besoffene und Närrische
bumperlfit	topfit
Drecksmatz	dreckige Hure
Dullackn	Delle, Beule
Fasching	Karneval
Gmahte Wiesn	Volltreffer
Gscheithaferl	Besserwisser
Gschaftlhuber	hyperaktiver Mensch
gschert	ordinär, ungehobelt, fies
Habts mi?	Versteht Ihr mich?
hochgestackst	hochgelagert, aufgebockt
jetzad	jetzt
Karren	abwertend PKW
Klapperl	Sandalen
knickert	geizig
Kufern	Koffer
langzotzig	langhaarig
Mädl	Mädchen
Mistpritschn, Matz	Hure

Ranzen	dicker Bauch
Rempler	Rums, Stoß
Ruach	geiziger Mensch
schäbern	scheppern, knallen
Schachterldeifi	Teufel aus der Box
scheuchen	vertreiben, antreiben
Spatznwadln	dünne Waden
stad	still
Stamperl	Schnapsglas
tramhappert	schlaftrunken, benommen
umeinanderkasperln	herumhüpfen
Wapperl	Aufkleber, Schild
Zwetschegnmandl	kleines, dürres Männchen

DIE NEUEN Lieblings-plätze

GMEINER KULTUR

WWW.GMEINER-VERLAG.DE
Mensch, Kultur, Region